Diogenes Taschenbuch 24724

de
te
be

Fröhliche Weihnacht überall

Geschichten aus aller Welt

Ausgewählt von Elke Ritzlmayr

Diogenes

Covermotiv: Illustration von kungenardod

Nachweis am Schluss des Bandes

Originalausgabe

www.diogenes.ch
150 / 23 / 852 / 1
ISBN 978 3 257 24724 4

Inhalt

GRACE PALEY

Die lauteste Stimme

Es gibt einen bestimmten Ort, da dröhnen Müllschlucker, knallen Türen, klirrt Geschirr; jedes Fenster ist der Mund einer Mutter, der die Straße bittet, endlich mal leise zu sein, woanders Rollschuh zu fahren, nach Hause zu kommen. Meine Stimme ist am lautesten.

Da ist auch meine Mutter noch das blühende Leben wie ich, und der Lebensmittelhändler steht auf, wenn er sich mit ihr unterhält. »Mrs. Abramowitz«, sagt er, »die Leute sollten vor ihren Kindern keine Angst haben.«

»Ach, Mr. Bialik«, erwidert meine Mutter, »wenn man zu der hier oder ihrem Vater ›Psst!‹ sagt, sagen sie: ›Im Grab ist es noch still genug.‹«

»Von Coney Island zum Friedhof«, sagt mein Papa, »ist dieselbe U-Bahn, kostet gleich.«

Ich stehe direkt neben dem Fass mit den eingelegten Gurken. Mit dem kleinen Finger mache ich winzige Strudel in der Lake. Ich halte einen Moment lang inne und verkünde: »Campbell's Tomatensuppe. Campbell's Rinderbrühe mit Gemüse. Campbell's Schot-ti-sche Graupensuppe …«

»Sei still«, sagt der Händler, »die Etiketten gehen ab.«

»Bitte, Shirley, sei einen Moment still«, sagt meine Mutter.

Die ganze Straße stöhnt: Sei still! Sei still!, doch das

fröhliche Gedudel in meinem Inneren bringt sie nicht zum Verstummen. Keinen Deut.

Es gibt bei uns auch, aber gleich um die Ecke, ein rotes Backsteingebäude, das schon seit vielen Jahren alt ist. Jeden Morgen stehen die Kinder in Zweierreihen davor, die gerade sein müssen. Das stört sie nicht. Sie warten ohnehin.

Normalerweise bin ich dabei. Ja, ich komme als Erste, weil ich mit »A« anfange.

An einem kalten Morgen tippte mir der Aufsichtsschüler auf die Schulter. »Du sollst in Raum 409 kommen, Shirley Abramowitz«, sagte er. Ich tat, wie mir geheißen. Rasch lief ich eine Treppe für nach unten hoch in Raum 409, in dem eine sechste Klasse war. Dort musste ich, ohne zu zappeln, am Pult warten, bis Mr. Hilton, der Lehrer, Zeit hatte zu reden.

»Shirley?«, sagte er nach fünf Minuten.

»Ja bitte?«, flüsterte ich.

»Oje, Shirley Abramowitz!«, sagte er. »Man hat mir gesagt, du hast eine besonders laute, klare Stimme und liest mit schöner Betonung. Ob das wohl stimmt?«

»O ja«, flüsterte ich.

»Na, dann reiß dich mal zusammen; eines Tages könnte ich sehr gut dein Lehrer sein. Sprich laut und deutlich.«

»Ja«, rief ich.

»Na, wer sagt's denn?«, sagte er. »Also, Shirley, kannst du dir ein Band ins Haar oder ein Klämmerchen reinmachen? Es ist zu strubbelig.«

»Ja!«, brüllte ich.

»Schon gut, beruhige dich.« Er wandte sich an die Klasse. »Kinder, keinen Mucks. Schlagt Seite 39 auf. Lest bis Seite 52. Wenn ihr fertig seid, fangt wieder von vorn an.« Noch einmal musterte er mich von oben bis unten. »Also, Shirley, du weißt ja wahrscheinlich, dass bald Weihnachten ist. Wir bereiten ein wunderschönes Weihnachtsspiel vor. Die meisten Rollen sind schon verteilt. Aber ich brauche noch ein Kind mit einer kräftigen Stimme und viel Stehvermögen. Weißt du, was Stehvermögen ist? Ach, ja? Kluges Kind. Gestern habe ich gehört, wie du in der Schulversammlung ›Der Herr ist mein Hirte‹ gelesen hast. Ich war sehr beeindruckt. Das hast du wunderbar gemacht. Deine Lehrerin Mrs. Jordan lobt dich in den höchsten Tönen. Jetzt hör mir zu, Shirley Abramowitz, wenn du die Rolle haben und in dem Stück dabei sein willst, dann sprich mir nach: ›Ich gelobe, so hart zu arbeiten wie nie zuvor.‹«

Ich schaute zum Himmel und sagte sofort: »Das gelobe ich.« Dann küsste ich meinen kleinen Finger und schaute zu Gott.

»Das Leben eines Schauspielers, mein Kind«, erklärte er, »ist wie das eines Soldaten: gegenüber seinem General, dem Regisseur, nie säumig oder ungehorsam. Auf dich«, sagte er, »auf dich kommt es an. Voll und ganz. In allem.«

Nachmittags zupften und schrubbten Kinder die Truthähne und Maisbündel von den Klassenzimmerfenstern. Auf Wiedersehen, Thanksgiving. Am nächsten Morgen brachte uns ein Aufsichtsschüler rotes und grünes Papier aus dem Sekretariat. Wir schnitten neue Figuren aus, hängten sie an die Wände und klebten sie an die Türen.

Die Lehrer wurden immer fröhlicher. Ihre Köpfe bimmelten wie die Glocken der Kindheit. Meine beste Freundin Evie, nicht die Bravste, bekam keinen einzigen Tadel wegen Flüsterns. Wir lernten »Holy Night« – fehlerlos. »Wunderbar!«, sagte die Referendarin Miss Glacé. »Wenn man bedenkt, dass manche von euch nicht mal Englisch können!« Wir lernten »Deck the Halls« und »Hark! The Herald Angels Sing« … Da kannten unsere Lehrer nichts, und wir auch nicht.

Als aber meine Mutter davon hörte, sagte sie zu meinem Vater: »Misha, du hast ja keine Ahnung, was da abläuft. Die Cramer ist Vorsitzende des Eintrittskartenausschusses.«

»Wer?«, fragte mein Vater. »Die Cramer? Ah ja, die Frau ist sehr aktiv.«

»Aktiv? Aktiv muss einen Grund haben. Hör zu«, sagte meine Mutter traurig, »mich wundert, dass meine Nachbarn so ein Brimborium zu Weihnachten veranstalten.«

Dazu fiel meinem Vater erst nichts ein. Dann meinte er: »Du bist in Amerika! Clara, du wolltest doch hierherkommen. In Palästina würden dich die Araber bei lebendigem Leibe fressen. In Europa, da gab's Pogrome. In Argentinien wimmelt es von Indianern. Hier hast du Weihnachten … Treppenwitz der Geschichte, was?«

»Sehr witzig, Misha. Was ist aus dir geworden? Wir sind vor langer Zeit in ein neues Land gekommen, weil wir vor Tyrannen weggelaufen sind, und jetzt geraten wir in ein heimliches Pogrom, wo unsere Kinder einen Haufen Lügen lernen – was ist daran witzig? Ach, Misha, dein Idealismus, wo ist er hin?«

»Und dein Humor?«

»Den hatte ich nie, doch du hattest viel Idealismus.«

»Ich bin immer noch derselbe Misha, ich habe mich kein bisschen verändert. Da kannst du jeden fragen.«

»Frag nur mich«, sagte meine Mama, sie ruhe in Frieden. »Ich habe die Antwort.«

Mittlerweile mussten sich auch die Nachbarn überlegen, was sie dazu meinten.

Martys Vater sagte: »Mein Junge, der hat eine sehr wichtige Rolle.«

»Meiner auch«, sagte Mr. Sauerfeld.

»Mein Junge nicht!«, sagte Mrs. Klieg. »Ich habe nein zu ihm gesagt. Die Antwort ist nein. Wenn ich nein sage, meine ich nein!«

Die Frau des Rabbi sagte: »Es ist empörend!« Aber keiner hörte auf sie. Unter dem engen Himmel von Gottes unermesslicher Weisheit trug sie eine rotblonde Perücke.

Jeder Tag war voller Leben und Abenteuer. Ich war die rechte Hand von Mr. Hilton. Er sagte: »Wie würde ich es jemals ohne dich schaffen, Shirley?«

Oder er sagte: »Deine Mutter und dein Vater sollten Gott jeden Abend auf Knien danken, dass er ihnen ein Kind wie dich geschenkt hat.«

Er sagte auch: »Es ist ein rechtes Vergnügen, mit dir zu arbeiten, mein liebes, liebes Kind.«

Manchmal jedoch sagte er: »Herrgott, was hab ich mit dem Textbuch gemacht? Shirley, Shirley! Such es mir.«

Dann antwortete ich ganz ruhig: »Hier ist es, Mr. Hilton.«

Manchmal, wenn er sehr müde war, rief er voller Verzweiflung: »Shirley, ich bin es leid, die Blagen anzuschreien. Sagst du bitte Ira Pushkov, dass er gefälligst erst dann reinkommen soll, wenn Lester zum zweiten Mal auf den Stern gezeigt hat?«

Also brüllte ich: »Ira Pushkov, was ist los mit dir? Du Trottel! Mr. Hilton hat dir schon fünf Mal gesagt, dass du erst dann reinkommen sollst, wenn Lester zum zweiten Mal auf den Stern gezeigt hat.«

»Oi, Clara«, fragte mein Vater, »was macht sie da bis sechs Uhr abends? Kann nicht mal mehr die Teller auf den Tisch stellen.«

»Weihnachten«, sagte meine Mutter kühl.

»Hoho!«, sagte mein Vater. »Weihnachten. Was schadet das schon? Schließlich lehrt die Geschichte uns alle was. Vom Lesen wissen wir, dass diese Feiertage auch aus heidnischen Zeiten sind, die Kerzen, das Licht, sogar Chanukka. Wir lernen also, dass gar nicht alles christlich ist. Wenn sie meinen, es sind ihre Privatfeiertage, dann sind sie Ignoranten und keine Patrioten. Die Geschichte mit allem Drum und Dran gehört der gesamten Menschheit. Willst du zurück ins Mittelalter? Ist es besser, sich den Kopf mit einem gebrauchten Rasiermesser zu scheren? Schadet es Shirley, wenn sie lernt, den Mund aufzumachen? Sicher nicht. Vielleicht lebt sie eines Tages einmal nicht zwischen Küche und Laden. Sie ist nicht dumm.«

Ich danke dir, Papa, für deine gütigen Worte. Und es stimmt bis zum heutigen Tage: Ich spinne manchmal, aber dumm bin ich nicht.

Abends gab mir mein Vater einen Kuss und sagte mit lebhafter Anteilnahme am Fortkommen meiner Karriere: »Shirley, morgen ist dein großer Tag. Hals- und Beinbruch!«

»Das kannst du dir sparen«, sagte meine Mutter. Dann schloss sie alle Fenster, damit keiner Mandelentzündung bekam.

Morgens schneite es. An der Straßenecke hatte eine freundliche Stadtverwaltung einen Baum für uns geschmückt. Um seinem kalten Schatten auszuweichen, gingen unsere Nachbarn drei Straßen weiter nach Osten, um einen Laib Brot zu kaufen. Der Fleischer zog die schwarzen Rollläden vor die Fenster, damit die farbigen Lichter nicht auf seine Hühnchen schienen. Da machte ich nicht mit. Auf dem Weg zur Schule warf ich dem Baum mit beiden Händen einen Kuss der Toleranz zu. Der Ärmste, er war ein Fremdling in Ägypten.

Ich ging an den Kindern, die mich alle anstarrten, vorbei direkt in die Aula. »Los geht's, Shirley!«, sagten die Aufsichtsschüler. Vier für ihr Alter große Jungs hatten sich schon als Requisiteure und Bühnenarbeiter an die Arbeit gemacht.

Mr. Hilton war sehr nervös. Nicht mal froh. Alles, was er sagte, beendete er mit einem traurigen Blick zur Seite. Er saß zusammengesunken in der Mitte der ersten Reihe und bat mich, Miss Glacé zu helfen. Das tat ich auch, obwohl sie meine Stimme zu hallend fand und »Angeberin!« zu mir sagte.

Die Eltern trafen lange, bevor wir so weit waren, ein. Sie wollten einen guten Eindruck machen. Aus den meterlangen Vorhängen lugte ich in den Saal. Ich sah meine Mutter, wohl war ihr nicht zumute.

Miss Glacé klebte Ira, Lester und Meyer an ihre Bärte. Fast hätte sie vergessen, den Stern am Draht zu befestigen, doch ich erinnerte sie daran. Ich räusperte mich ein paarmal, um den Hals frei zu kriegen. Miss Glacé vergewisserte sich, ob alle fertig kostümiert und in einer Reihe aufgestellt darauf warteten, ihre Rolle zu spielen. »So, jetzt …«, flüsterte sie.

Dann ging's los:

Jackie Sauerfeld, der hübscheste Erstklässler, schob mit seinem dürren Ellenbogen die Vorhänge auseinander und sang mit hoher Stimme:

»Liebe Eltern,
wir sind heut hier
ein Weihnachtsspiel zu bieten.
Die Geschicht erzählen wir
mit Gesten und Gebärden.«

Er verschwand.

Sofort danach brach meine Stimme aus den Kulissen, und Ira, Lester und Meyer schraken zusammen; kalt erwischt, obwohl sie darauf gewartet hatten.

»Ich erinnre mich, erinnre mich … an das Haus meiner Geburt …«

Miss Glacé riss den Vorhang auf, und da war es, das Haus – ein alter Heuboden, auf dem Celia Kornbluh mit ihrer Lieblingspuppe Cindy Lou im Stroh lag. Aus den Kulissen gingen Ira, Lester und Meyer langsam auf sie zu und zeigten abwechselnd auf einen wandernden Stern und auf Cindy Lou.

Es war eine lange Geschichte, und es war eine traurige Geschichte. Während der kleine Eddie Braunstein mit seinem Hirtenstab auf der Bühne hin und her wanderte und Schafe suchte, sagte ich mit sorgfältiger Betonung all die Worte über meine einsame Kindheit auf. Als ich wieder auf die Einsamkeit zu sprechen kam und darauf, dass keiner mich verstand, außer ein paar Frauen, die niemand leiden konnte, löste Marty Groff Eddie ab, der nun zu klein war. Marty trug den Gebetsschal seines Vaters. Ich kündigte zwölf Freunde an, und die Hälfte der Viertklässler versammelte sich um Marty, der auf einer Apfelsinenkiste stand, während meine Stimme zu predigen begann. Laut klagend hielt ich eine feierliche Rede über Liebe und Gott und die Menschen, doch wegen des schrecklichen Verrats von Abie Stock kamen wir plötzlich zu einem berühmten Moment. Marty, dessen Sprachrohr der Erinnerung ich war, wartete am Fuß des Kreuzes. Er stierte verzweifelt ins Publikum. Ich stöhnte: »Mein Gott, mein Gott, warum hast du mich verlassen?« Die Soldaten in Scheichsgewändern packten den armen Marty, um ihn, den Todgeweihten, festzunageln, doch er riss sich los, drehte sich wieder zum Publikum und streckte die Arme hoch, um seine Verzweiflung und das Ende zu zeigen. Ich raunte so laut ich konnte: »Der Rest ist Schweigen, aber alle in diesem Raum, in dieser Stadt – in dieser Welt – wissen jetzt, dass ich des ewigen Lebens teilhaftig werde.«

An dem Abend besuchte uns Mrs. Kornbluh, und wir tranken in der Küche ein Glas Tee.

»Wie geht's der Jungfrau?«, fragte mein Vater und gab sich besorgt.

»Für einen Mann mit einer Tochter haben Sie ein freches Mundwerk, Abramovitch.«

»Hier«, sagte mein Vater freundlich, »nehmen Sie ein bisschen Zitrone, das versüßt Ihnen die Laune.«

Sie stritten ein wenig auf Jiddisch und fielen dann in einen

Mischmasch aus Russisch und Polnisch. Als ich wieder etwas verstand, sagte mein Vater: »Trotz allem, Sie müssen zugeben, dass es eine wunderbare Sache war, uns mit den Glaubensvorstellungen einer anderen Kultur bekannt zu machen.«

»Hm, ja«, sagte Mrs. Kornbluh. »Nur … Sie kennen doch Charlie Turner – den niedlichen Jungen in Celias Klasse – und ein paar andere. Die haben sehr kleine oder überhaupt keine Rollen bekommen. Das hinterlässt doch einen faden Beigeschmack. Schließlich ist es ihre Religion.«

»Oi«, meinte meine Mutter, »was sollte Mr. Hilton denn machen? Sie haben so dünne Stimmchen, da hätten sie ja brüllen müssen. Die englische Sprache kennen sie auswendig von Anfang an. Sie sind blond wie Engel. Finden Sie es so wichtig, dass sie in dem Stück mitmachen? Weihnachten … die ganze Bescherung … es gehört ihnen sowieso.«

Ich lauschte angestrengt, bis ich nicht mehr konnte. Todmüde kletterte ich aus dem Bett und kniete mich hin. Ich bildete mit den Händen eine kleine Kirche und sagte: »Höre, Israel …« Dann rief ich laut auf Jiddisch: »Bitte, gute Nacht, gute Nacht. Psst.« Mein Vater sagte: »Selber psst«, und knallte die Küchentür zu.

Ich war glücklich. Ich schlief sofort ein. Ich hatte für alle gebetet: meine redselige Familie, die weit entfernten Verwandten, Vorübergehende und all die einsamen Christen. Ich war überzeugt, dass ich gehört wurde. Meine Stimme war jedenfalls am lautesten.

Glossar

Dann küsste ich meinen kleinen Finger und schaute zu Gott.
Wenn die Thora beim Gottesdienst in der Synagoge hochgehalten wird, küssen die Gläubigen den kleinen Finger und halten ihn in ihre Richtung hoch; es soll Glück bringen.

Chanukka
Acht Tage dauerndes jüdisches Lichterfest zum Gedenken an die Wiedereinweihung des zweiten Tempels in Jerusalem im Jahr 164 v. Chr. Es beginnt jeweils am 25. Tag des Monats Kislew (November/Dezember) und findet damit häufig zur gleichen Zeit wie Weihnachten statt.

sich den Kopf mit einem gebrauchten Rasiermesser zu scheren
Unter orthodoxen Juden war und ist es Brauch, dass verheirateten Frauen ab ihrer Hochzeit das Haupthaar rasiert wird, Frauenhaar gilt als aufreizend. Die Tradition, das Kopfhaar komplett abzurasieren und mit einer Perücke, dem sogenannten Schejtel, zu bedecken, stammt aus Osteuropa. Ein Messer durfte zum Rasieren nach dem jüdischen Gesetz jedoch nicht verwendet werden, nur eine Schere war erlaubt.

Hals- und Beinbruch
Dieser Segenswunsch ist im Deutschen eine Verballhornung des hebräischen Glückwunschs »Hatzlacha uwracha« und bedeutet »Erfolg und Segen«.

ein Fremdling in Ägypten
Dies bezieht sich auf die Gefangenschaft des Volkes Israel in Ägypten (Zweites Buch Mose). Jeden Sabbat sowie zu Pessach wird die Befreiung der Juden gefeiert. Die Erinnerung an das eigene Leid in der Fremde hält im Judentum Verständnis für und Aufgeschlossenheit gegenüber Fremden lebendig.

Gebetsschal
Der Gebetsschal (hebr. Tallit) erinnert mit den Zizijot, zu Deutsch Schaufäden, an die Gebote, die ein frommer Jude zu erfüllen hat; er wird vorwiegend von Männern ab der Bar Mitzwa beim Morgengebet und in der Synagoge getragen, hier auch als Anspielung darauf und Erinnerung daran, dass Jesus Jude war.

Höre, Israel
Das »Höre, Israel« (hebr. »Schma Jisrael«) und die folgenden Thoraverse sind zentrale Bestandteile des täglichen Morgen- und Abendgebets, das den Monotheismus des Judentums und das zentrale Gebot der Nächstenliebe bekräftigt. Beim Beten des »Schma Jisrael« hält man sich zur besseren Konzentration auf Gott die Hand vor die Augen.

ITALO CALVINO

Die Kinder des Weihnachtsmanns

Es gibt für den Einzelhandel und die Industrie keine schönere Jahreszeit als die Wochen vor Weihnachten. In den Straßen ertönt das fröhliche Tremolo der Dudelsäcke, und die GmbHs, die bis gestern vor allem an ihren Umsätzen und Dividenden interessiert waren, entdecken die Welt der Gefühle und des Lächelns. Jetzt denkt jede Behörde, jede Firma nur noch darüber nach, wie sie ihren Nächsten eine Freude bereiten kann; man verschickt Glückwünsche und Geschenke an Schwesterfirmen, Lieferanten und Privatkunden; jede Firma muß bei einer anderen Firma Massen von Geschenken für ihre Partnerfirmen einkaufen, und diese kaufen ihrerseits bei einer Firma Geschenkvorräte für die ersteren. Die Schaufenster der Geschäfte sind bis spät in die Nacht hinein beleuchtet, vor allem die der großen Kaufhäuser, deren Personal fast rund um die Uhr Kisten und Pakete packt. Auf der anderen Seite der beschlagenen Schaufensterscheiben, auf den eisbedeckten Bürgersteigen, tummeln sich Dudelsackbläser, die eigens zum Fest von ihren dunklen, geheimnisvollen Bergen heruntergekommen sind; sie stehen auf den Plätzen und großen Kreuzungen der Innenstadt, kneifen ihre von den vielen ungewohnten Lichtern, von den allzu schmucken Schaufenstern geblendeten Augen zusammen und blasen aus voller Lunge. Sobald sie diese Schalmeien vernehmen, vergessen die Geschäftsleute für ein paar Tage ihren Streit um Zins und Zinseszins und stürzen sich Hals über Kopf in einen anderen, friedlicheren Wettstreit: Wer überreicht wem auf die anmutigste Weise das schönste und originellste Weihnachtsgeschenk?

Dieses Jahr hatte die Werbeabteilung des Warenhauses Sbav die Idee, allen Stammkunden des Hauses ihr Weihnachtsgeschenk persönlich ins Haus zu bringen – durch einen als Nikolaus verkleideten Mitarbeiter.

Der Vorschlag der Werbeabteilung wurde vom Vorstand einstimmig angenommen. Man erwarb ein vollständiges Weihnachtsmannkostüm – mit weißem Rauschebart, roter Mütze und rotem, pelzbesetztem Mantel und Stiefeln. Nun rief man die Laufburschen des Hauses herbei, um zu sehen, welchem von ihnen das Kostüm am besten paßte; aber der eine war so klein, daß der Bart ihm bis zur Erde reichte, der nächste war zu kräftig und paßte nicht in den Mantel, ein anderer war zu jung und wieder ein anderer zu alt, so alt, daß er der Verkleidung gar nicht bedurft hätte.

Während der Leiter der Personalabteilung in den verschiedenen Abteilungen nach geeigneteren Kandidaten für das Amt des Weihnachtsmanns Ausschau hielt, machten sich seine Vorstandskollegen an die Ausarbeitung eines Konzepts. Die Mitarbeitermotivationsabteilung wollte die Geschenkaktion per Weihnachtsmann auch auf die eigene Belegschaft ausdehnen; die Vertriebsabteilung überlegte, ob der Nikolaus neben den Geschenken nicht auch neue Bestellungen ausliefern könne, und die Werbeabteilung machte sich Gedanken, wie man den Firmenschriftzug groß herausbringen könnte – vielleicht indem der Weihnachtsmann die Buchstaben S, B, A, V auf vier aneinandergereihten Ballons hinter sich herzog.

Alle waren sie von der eifrigen und herzlichen Atmosphäre, die sich in der festlich eingestellten Stadt verbreitete, angesteckt. Was war schöner, als um sich herum das frohe Treiben der Wirtschaft wahrzunehmen und dabei die Nächstenliebe zu spüren, die die Wurzel dieses Treibens war – natürlich zählte vor allem die Nächstenliebe, woran das fröhliche Pfeifen der Dudelsäcke, ›firulí, firulí‹, ja auch keinen Zweifel ließ.

Unten im Lager der Sbav stand der Lagerarbeiter Marcovaldo. Er packte fieberhaft Waren ein und aus und hatte auf diese Weise regen Anteil am materiellen und spirituellen Austausch der Sympathien. Aber nicht allein dieses Ein- und Auspacken stimmte ihn festlich, sondern das Wissen, daß irgendwo unter den Hunderttausenden von Paketen sein eigenes Päckchen, liebevoll verpackt von der Mitarbeitermotivationsabteilung, auf ihn wartete – ganz zu schweigen vom dreizehnten Monatsgehalt und dem Zusatzgeld für Überstunden am Ende dieses Monats. Mit diesem Geld konnte er dann ebenfalls in die Läden gehen und kaufen, kaufen, kaufen, dann schenken, schenken, schenken, wie es sein Familiensinn, seine Interessen und die Interessen der ganzen übrigen Wirtschaft ihm nahelegten.

Die Tür ging auf, und der Leiter der Personalabteilung trat ein, einen falschen Bart in der Hand.

»He, du!« wandte er sich an Marcovaldo, »probier mal bitte den Bart hier an. Paßt hervorragend! Also, hör zu, du bist ab sofort unser Weihnachtsmann. Komm nach oben, beeil dich! Wenn du's schaffst, fünfzig Adressen am Tag zu beliefern, kriegst du eine Extraprämie!«

So kam es, daß der Lagerarbeiter Marcovaldo als Weihnachtsmann verkleidet durch die Stadt fuhr – in einem dreirädrigen Lieferwagen der Sbav, voll beladen mit bunt verpackten, mit Mistel- und Stechpalmenzweigen geschmückten Paketen mit eleganten Schleifen. Der weiße Wattebart juckte ein bißchen, aber dafür schützte er seinen Hals vor der Kälte.

Zuerst fuhr Marcovaldo zu sich nach Hause; er wollte zu gern sehen, ob seine Kinder nicht überrascht waren, wenn sie ihn in dem Aufzug sahen. ›Wahrscheinlich erkennen sie mich nicht mal‹, dachte er, ›macht nichts. Um so mehr freuen sie sich hinterher!‹

Die Kinder spielten im Treppenhaus. Sie drehten sich nur flüchtig nach ihm um.

»Ciao, Papa!«

Marcovaldo war verblüfft. »Aber ... wundert ihr euch denn nicht über meine Verkleidung?«

»Du bist als Nikolaus verkleidet«, meinte der kleine Pietro. »Na und?«

»Habt ihr mich denn gleich erkannt?«

»Klar. Den Herrn Sigismondo haben wir schließlich auch gleich erkannt – obwohl der besser verkleidet war als du!«

»Und den Schwager der Pförtnerin!« rief ein anderer.

»Und den Vater der Zwillinge, die nach vorne raus wohnen!«

»Und den Onkel von Ernestina, dem Mädchen mit den Zöpfen!«

»Wie?« fragte Marcovaldo. »Die sind alle als Weihnachtsmänner unterwegs?«

Die Enttäuschung war eine doppelte: Nicht nur als Familienvater fühlte er sich in seinem Stolz getroffen, nein, die ganze Firma stand jetzt blöd da.

»Logo, alle als Weihnachtsmänner mit falschem Bart, so wie du«, antworteten die Kinder und wandten sich wieder ihrem Spiel zu.

In der Tat war es so, daß viele Werbeabteilungen gleichzeitig dieselbe Idee gehabt hatten. Sie hatten jede Menge Leute als Weihnachtsmänner auf Zeit rekrutiert, überwiegend Arbeitslose, Rentner und Obdachlose, und hatten ihnen allen rote Mäntel und Wattebärte verpaßt. Anfangs hatte es die Kinder amüsiert, unter den Verkleidungen Verwandte oder Nachbarn oder Bekannte wiederzuerkennen; aber bald hatten sie sich an die Maskerade gewöhnt und gar nicht mehr darauf reagiert.

Das Spiel, in das sie vertieft waren, schien sie sehr zu beschäftigen. Sie saßen im Kreis auf einem Treppenabsatz und steckten die Köpfe zusammen.

»Darf man fragen, was ihr da ausbrütet?« fragte Marcovaldo.

»Bitte stör uns nicht, Papa, wir müssen uns Geschenke ausdenken.«

»Geschenke? Für wen?«

»Für ein armes Kind. Wir sollen ein armes Kind suchen, dem wir dann was schenken.«

»Und wer hat euch das gesagt?«

»Es steht in unserer Lesefibel.«

Marcovaldo wollte schon sagen: »Eigentlich seid ihr ja

auch arme Kinder!« Aber die Ereignisse der letzten Woche hatten ihn so sehr dazu verleitet, sich selbst für einen Bewohner des Schlaraffenlandes zu halten, in dem alle glücklich waren und kauften und schenkten, was das Zeug hielt, daß er es für nicht ratsam hielt, vor den Kindern von Armut zu sprechen. Statt dessen sagte er: »Arme Kinder gibt's nicht mehr!«

Der kleine Michele stand auf und fragte: »Ist das der Grund dafür, daß du uns nichts mitgebracht hast, Papa?«

Marcovaldo spürte einen kleinen Stich im Herzen. »Jetzt muß ich erst mal meine Prämie verdienen«, sagte er in Eile, »dann kann ich euch auch was mitbringen.«

»Und womit verdienst du deine Prämie?« wollte der kleine Filippo wissen.

»Ich fahre Geschenke aus«, erwiderte Marcovaldo.

»Für uns?«

»Nein, für andere Leute.«

»Warum nicht für uns? Mach das doch zuerst ...«

Marcovaldo versuchte es den Kindern zu erklären. »Weil ich nicht der Nikolaus der Mitarbeitermotivationsabteilung, sondern der Nikolaus der Werbeabteilung bin. Klar?«

»Nee.«

»Also, seht mal, das ist so ...«

Aber dann gab er es auf. Und da es ihm leid tat, daß er mit leeren Händen gekommen war, gedachte er es dadurch wiedergutzumachen, daß er seinen kleinen Michele mit auf Tour nahm.

»Wenn du brav bist«, bot er ihm an, »darfst du mitkommen und zusehen, wie dein Papa den Leuten die Geschenke bringt.«

Er schwang sich auf den Fahrersitz des Lieferwagens.

»Gut, vielleicht finde ich ja ein armes Kind«, meinte Michele. Er sprang auf und hielt sich an den Schultern seines Vaters fest.

Auf der Fahrt in die Stadt fielen Marcovaldo ausschließlich rot-weiße Nikoläuse auf. Sie sahen exakt genauso aus wie er; sie fuhren Motorroller und Lieferwagen, hielten bepackten Kunden die schweren Kaufhaustüren auf oder halfen ihnen, ihre Einkäufe in ihren eigenen Autos zu verstauen. Alle waren sie so konzentriert und so vielbeschäftigt, als wäre ihr einziger und höchster Daseinszweck, den festlichen Weihnachtsbetrieb aufrechtzuerhalten. Wie alle seine Kollegen raste Marcovaldo von einer Adresse zur nächsten; er kletterte von seinem Fahrersitz herunter, stieg auf den Lieferwagen, sortierte die Pakete, nahm eines aus dem Stapel, brachte es an die Haustür, leierte dort die Worte: »Die Sbav wünscht Ihnen frohe Weihnachten und ein glückliches neues Jahr!«, erhielt sein Trinkgeld und fuhr weiter.

Das Trinkgeld war zuweilen recht beachtlich, und Marcovaldo hätte eigentlich mehr als zufrieden sein können, aber eins vermißte er: Jedesmal, wenn er an der Tür stand und läutete, hinter sich den kleinen Michele, freute er sich auf ein überraschtes, glückliches, dankbares Gesicht – aber die Leute beachteten ihn nicht mehr als den Briefträger, der ihnen jeden Tag die Zeitung brachte.

Das nächste Haus auf der Liste war eine luxuriöse Villa. Ein Kindermädchen öffnete die Tür. Sie sagte: »Oh, noch ein Paket! Darf ich fragen, von wem Sie kommen?«

»Die Sbav wünscht Ihnen …«

»Ist gut, folgen Sie mir«, unterbrach sie ihn und ging voraus. Der Flur, durch den sie gingen, war voll von edlen Teppichen, Gobelins und Majolika-Vasen. Der kleine Michele, der hinter seinem Vater herging, staunte nicht schlecht.

Das Kindermädchen öffnete eine Glastür. Sie traten in einen Saal mit hoher Decke, in dem ein großer Tannenbaum stand. Es war ein richtiger Weihnachtsbaum; an seinen Zweigen funkelten bunte Glaskugeln und alle möglichen Süßigkeiten und Geschenke. An der Decke hingen schwere kristallene Kronleuchter; sie ragten in die höchsten Spitzen des Tannenbaums hinein. Auf einem Tisch standen Karaffen und Vasen aus echtem Silber und Bergkristall, Dosen mit Süßigkeiten und Geschenkkassetten mit erlesenen Weinen. Unter dem Christbaum auf einem Teppich lagen Spielsachen aller Art – so viele, daß es für jedes gute Spielzeuggeschäft gereicht hätte. Besonders zahlreich vertreten waren komplizierte elektronische Geräte und Raumschiff-Modelle. Inmitten dieser Pracht, auf einer dunklen Ecke des Teppichs, lag ein Kind, ein Junge im Alter von etwa neun Jahren, auf dem Bauch. Er blätterte mürrisch und sichtlich gelangweilt in einem Bilderbuch, als ob ihn alles, was um ihn herum vorging, völlig kaltließe.

»Schau mal, Gianfranco«, sagte das Mädchen, »der Nikolaus ist nochmal zurückgekommen und hat dir noch ein Geschenk gebracht.«

»Nummer dreihundertzwölf«, seufzte das Kind, ohne von seinem Buch aufzusehen. »Legen Sie's bitte da hinten hin.«

»Das Kind hat recht«, sagte das Kindermädchen, »das ist sein dreihundertundzwölftes Geschenk. Gianfranco hat nicht eines ausgelassen; Zählen ist seine Stärke, müssen Sie wissen!«

Auf Zehenspitzen verließen Marcovaldo und der kleine Michele das Haus.

Draußen fragte Michele: »Papa, sag, war das ein armes Kind?« Marcovaldo, der mit dem Heraussuchen des nächsten Päckchens beschäftigt war, antwortete nicht gleich. Dann protestierte er: »Was sagst du da? Arm? Weißt du, wer sein Vater ist? Der Präsident der Nationalen Vereinigung zur Förderung des Weihnachtsgeschäfts, Träger des Ritterordens und ...«

Er sah sich um. Wo war Michele? Marcovaldo rief: »Michelino! Michelino! Wo steckst du?« Nichts.

›Wahrscheinlich hat er einen anderen Weihnachtsmann vorbeilaufen sehen, hat ihn mit mir verwechselt und ist ihm nach‹, überlegte Marcovaldo. Gedankenverloren setzte er seine Reise fort und sah zu, daß er schnell wieder heimkam.

Zu Hause angekommen, fand er seinen vermißten Sohn Michele quietschvergnügt im Kreise der Geschwister.

Er fragte ihn: »Sag mal, wo warst du denn? Ich hab dich überall gesucht ...«

»Ich bin nach Hause gelaufen, um die Geschenke für das arme Kind zu holen.«

»Für welches arme Kind?«

»Das, das so traurig aussah ... in der Villa mit dem Weihnachtsbaum ...«

»Was, das Kind meinst du? Was konntest du dem denn schenken?«

»Oh, wir haben uns was Schönes ausgedacht – drei Geschenke, in Stanniolpapier verpackt.«

Die Geschwister fielen ein: »Ja! Wir sind alle zusammen dort gewesen und haben sie ihm überreicht. Du hättest sehen sollen, wie er sich gefreut hat!«

»Na sowas!« spottete Marcovaldo. »Da hat er das ganze Haus voll Geschenke und freut sich ausgerechnet über die, die ihr ihm bringt?«

»Ja, ob du's glaubst oder nicht, genauso war es … Er hat alle anderen Päckchen liegen lassen, aber unsere hat er gleich aufgemacht …«

»Und was war drin?«

»Das erste Geschenk war ein Hammer – der große runde Holzhammer aus'm Keller …«

»Und?«

»Er ist vor Freude in die Luft gesprungen. Dann hat er den Hammer genommen und ihn gleich ausprobiert!«

»Ausprobiert?«

»Ja, er hat alle Spielsachen zertrümmert, und danach die Sachen aus Glas! Dann hat er das zweite Geschenk ausgepackt …«

»Was war das?«

»Eine Steinschleuder. Du hättest sehen sollen, wie begeistert er war! Er hat alle Glaskugeln am Baum damit abgeschossen. Dann waren die Kronleuchter dran …«

»O je, hör auf, ich kann's mir lebhaft vorstellen! Und … das dritte Geschenk …?«

»Wir hatten nichts anderes mehr, also haben wir ihm einfach ein paar Streichhölzer aus der Küche eingepackt. Über die hat er sich am allermeisten gefreut. Er hat gesagt: ›Super, echte Streichhölzer! Die geben sie mir hier nie!‹ Dann hat er eins angezündet und …«

»Und?«

»… hat das ganze Haus in Brand gesteckt!«

Marcovaldo schlug die Hände über dem Kopf zusammen. Er stöhnte: »Um Gottes willen! Ich bin ruiniert!«

Als er am nächsten Morgen zur Arbeit ging, machte er sich auf das Schlimmste gefaßt. In Windeseile zog er die Verkleidung an und lud seinen Lieferwagen voll. Er wunderte sich insgeheim, daß ihn noch niemand aufgehalten und angesprochen hatte – da aber rannten drei der Abteilungsleiter seines Kaufhauses auf ihn zu: die Leiter der Presse-, der Werbe- und der Vertriebsabteilung.

»Halt!« brüllten sie. »Alles abladen – aber dalli!«

›Da haben wir's!‹ dachte Marcovaldo und sah sich im Geiste bereits fristlos entlassen.

Aber es kam anders.

»Beeilung!« rief einer der drei Chefs. »Diese Pakete müssen sofort durch andere, neue ersetzt werden! Die Nationale Vereinigung zur Förderung des Weihnachtsgeschäfts hat eine neue Kampagne gestartet!«

»Das ist denen aber früh eingefallen!« knurrte der zweite Chef. »Hätten die das nicht rechtzeitig sagen können?«

»Nein. Es war ein plötzlicher Einfall des Präsidenten der Vereinigung«, erklärte der Angesprochene. »Sein Sohn soll ein paar völlig neuartige Geschenke, sogenannte Geschenkvernichtungsgeschenke, vermutlich aus Japan, bekommen haben. Man sagt, es waren die ersten Weihnachtsgeschenke, über die er sich wirklich gefreut hat …«

»Was noch mehr zählt«, fügte der dritte Abteilungsleiter hinzu, »ist die Tatsache, daß dieses Geschenkvernichtungsgeschenk Artikel jeder Art kaputtmacht. Durch dieses neuartige Geschenk wird der Warenverbrauch angekurbelt und die Nachfrage belebt, und das alles in ganz kurzer Zeit und sozusagen von Kinderhand ... Der Präsident der Nationalen Vereinigung zur Förderung des Weihnachtsgeschäfts sieht hierin ungeahnte Perspektiven für die gesamte Wirtschaft, er ist hellauf begeistert ...«

»Und sein Sohn«, fragte Marcovaldo leise, »hat er tatsächlich so großen Schaden angerichtet?«

»Nun, es ist schwierig, den Schaden auch nur grob zu schätzen; wenn man bedenkt, daß das ganze Haus bis auf die Grundmauern niedergebrannt ist ...«

Marcovaldo fuhr die hell erleuchtete Straße entlang; es wimmelte nur so von Müttern, Kindern, Onkeln und Tanten, Ballons und Paketen, Schaukelpferden, Weihnachtsbäumen, Weihnachtsmännern, Hühnern, Truthähnen, Panettoni, Flaschen, Dudelsackbläsern, Schornsteinfegern und Straßenverkäufern, die Pfannen voll heißer Maroni auf ihren runden schwarzen Ofen springen ließen.

Die Stadt sah kleiner aus, als sie war – eingeschlossen in eine leuchtende Flasche, begraben im dunklen Herzen des Waldes, zwischen hundertjährigen Kastanienstämmen und einem dicken Mantel aus Schnee. Zuweilen hörte man in der Dunkelheit einen Wolf heulen, und die Hasen zogen sich in ihre schneebedeckte Höhle in der warmen roten Erde unter den Kastanienschalen zurück.

Ein Hase, ein weißer, hoppelte hinaus in den Schnee, stellte die Lauscher auf und lief im Mondenschein umher. Er war so weiß, daß man ihn im Schnee nicht sah, nur seine Pfoten hinterließen leichte Abdrücke, die wie Kleeblätter aussahen. Auch der Wolf machte sich so gut es ging im schwarzen Schatten der Bäume unsichtbar; nur wenn er das Maul öffnete, sah man seine spitzen weißen Zähne.

Zwischen dem schwarzen Wald und dem weißen Schnee verlief eine natürliche Grenze. Auf der einen Seite lief der Hase entlang, auf der anderen der Wolf.

Der Wolf sah die Spuren des Hasen im Schnee und folgte ihm, hielt sich dabei aber immer auf seiner Seite, um nicht gesehen zu werden. Dort, wo die Spuren endeten, mußte der Hase sein; der Wolf verließ die schützende Deckung, sprang mit weit aufgerissenem Maul herbei und biß mit seinen scharfen Zähnen … ins Leere.

Der Hase saß ein paar Schritte entfernt, unsichtbar. Er kratzte sich mit einer Pfote am Ohr und hoppelte davon.

Wo ist er? Hier? Dort? Ein bißchen weiter da drüben? Alles, was man sah, war eine weiße Schneedecke – so weiß wie das Blatt Papier, auf dem diese Geschichte steht.

AGATHE MULOT

Noemis Oma

Für Nina

Ich heiße Noemi, und ich habe eine ganz tolle Oma. Wir telefonieren zweimal jede Woche. Am Sonntag liest sie mir ein Buch vor, die Bilder hält sie vor die Kamera, sodass ich mitgucken kann. Meine Oma wohnt nämlich richtig weit weg, in Deutschland, da können wir nicht so oft hinfahren. Papa, Maman, Lili und ich wohnen in Frankreich. Ich kann also Französisch und auch Deutsch.

Oma kann sogar noch viel mehr Sprachen, sie weiß fast alles. Und sie erklärt besser als ein Erklärungsbuch. Ich glaube, sie ist ›weise‹. Papas Wort finde ich zu schwer, er sagt immer ›tiefinnig‹ oder so, aber ich finde es nicht tief, was Oma sagt, man muss nicht durch ihre Sätze schwimmen wie in der Schule, ich verstehe alles, ohne mich anzustrengen.

Letztes Jahr durften wir Weihnachten bei ihr feiern. Oma hat vor der Bescherung mit mir und Lili einen Spaziergang gemacht. Das macht man in Frankreich nicht so. Da gibt es die Geschenke auch nicht schon am 24. nachmittags, aber plötzlich hatte Oma gesagt, bevor ich mich vor Aufregung in einen Hampelmann verwandele, sollten wir noch mal raus.

Ich habe meine Hand in Omas blaue Manteltasche gekuschelt. Oma hat ihre Hände für Lilis Kinderwagen gebraucht. Meine kleine Schwester ist gleich am Gartentor eingeschlafen. Ich wollte mich gerade beklagen, dass es keinen Schnee gab und alles grau statt wunderschön weiß war, da hat Oma mich etwas gefragt: »Weißt du, warum wir Weihnachten feiern, Noemi?«

»Weil heute das letzte Geschenk im Adventskalender war!«

»Das stimmt!« Wenn Oma lacht, tanzen ihre Haare, sogar wenn sie eine Mütze aufhat. »Aber weißt du, das mit dem Adventskalender, das kam später.«

»Nein! Den gibt es immer *vor* Weihnachten, ab dem ersten Dezember.«

Ich muss zugeben, dass ich Oma manchmal nicht gleich verstehe, aber sie hat sofort erklärt: »Ich meine bei den Menschen früher, lange bevor wir beide gelebt haben.«

Es war so schön still draußen, sogar die Autostraße war leer. Oma hat leise gesprochen, vielleicht um Lili nicht zu wecken, aber ich glaube, es war, weil sie mir ein Geheimnis verraten hat: »Weihnachten feiern wir, weil wir uns freuen, dass die Nächte wieder kürzer werden und die Tage wieder länger.«

Das hatte ich wirklich noch nie gehört. Oma hat ruhig und leise weitererzählt, sodass ich ganz vergessen habe, dass ich doch traurig war, dass es nicht schneite. »Dieses Fest gab es schon lange bevor man es Weihnachten nannte, weil es mit der Sonne und der Erde und den Jahreszeiten schon immer und ewig so geht. Die Nacht und die Kälte, vor denen wir uns gruseln, dehnen sich im Herbst aus, aber kurz vor Weihnachten wendet sich alles zum Guten. Jedes Jahr. Wir hoffen, wir warten, wir sehnen uns danach. Aber wir feiern erst, wenn wir ganz sicher sind, nämlich wenn mehrere Nächte nacheinander kürzer waren. Deswegen ist Weihnachten nicht am Tag der Sonnenwende, sondern ein wenig später, am 24. oder am 25. Dezember, beides ist richtig. Manche fangen halt ein bisschen früher mit dem Feiern an. Es ist einem einfach nach Liedern, Süßigkeiten, Geschenken und Lachen, wenn die schwere Zeit bald vorbei sein wird. Das ist bei allen Menschen so, egal ob heute oder gestern, hier oder ganz woanders.«

Eine Weile sind wir weiterspaziert, ohne ein Wort zu sagen, während in der Dämmerung an den Hauswänden die Weihnachtsdekorationen angingen.

Dann habe ich Oma gefragt: »Sind deswegen Kerzen auf dem Baum und ein Stern obendrauf?«

»Aber sicher!« Wenn Oma lächelt, leuchten ihre Augen. »Licht gehört immer dazu. Licht ist Hoffnung. Vielleicht haben es heute die meisten Leute nicht mehr so kalt und dunkel wie früher, als es noch keinen Strom gab. Aber es gibt noch immer viel Schlechtes und Schlimmes und … hm …«

»Schwieriges?«

»Ja, das Wort habe ich gesucht. Weißt du, Noemi, eines Tages werde ich nicht mehr da sein. Und an dem Tag werdet ihr traurig sein und auch am nächsten, aber auch diese Dunkelzeit wird vorbeigehen. Das Licht kommt immer zurück.«

Als Oma das erzählt hat, bin ich sehr erschrocken. Zum Glück waren wir wieder am Haus angekommen, und Papa und Maman haben von der Tür aus gerufen: »Kommt schnell rein, es gibt warmen Tee und Geschenke!«

Und zum Glück geht es meiner Oma gut. Sie ist zwar zu alt, um zu uns zu fahren, aber das macht nichts, denn am Anfang der Sommerferien waren wir noch mal bei ihr. Und seitdem habe ich jeden Sonntag und jeden Mittwochnachmittag – da ist nämlich keine Schule – mit Oma telefoniert. Heute habe ich ihr erzählt, dass bei uns der Herbst anfängt. Da hat Oma mich was ganz Erstaunliches gefragt: »Hast du schon angefangen, deine Laterne zu basteln?«

Ich war wirklich verblüfft. »Meinst du so eine Straßenlaterne? Kann man die selbst bauen?«

»Nein«, hat sie schnell gesagt, »einen Lampion. Geht ihr nicht zum Laternenlauf?«

Davon hatte ich noch nie gehört, und Oma meinte traurig, dass französischen Kindern das Beste am Herbst entgeht. Ich war sehr neugierig und musste einfach mehr wissen: »Besser als Kastanien, durch bunte Blätter laufen und Drachensteigen?«

»Noch besser als all das zusammen. Man baut sich einen Lampion aus Papier mit einer Kerze darin. Wenn es dunkel ist, tragen alle ihren Lampion an einem Stab, und man singt dabei von Laternen, Sternen und dem Mond.«

Das habe ich mir so schön vorgestellt: Kinder, die singen und dabei bunte, leuchtende Sonnen spazieren führen.

»Oh, Oma!« Ich weiß nicht, ob ich ein bisschen böse war, denn ich war gleichzeitig so glücklich. »Warum hast du uns nie davon erzählt?«

»Also, letztes Jahr wart ihr so furchtbar erkältet, da hatte ich Angst, ihr wärt enttäuscht, wenn ich nach dem Laternenlauf frage, wo ihr doch nicht hingekonnt hättet.«

Oma überlegt immer, was und wann sie etwas sagt, das

will ich auch können, wenn ich später weise bin. Und ich will auch, dass sie mir beibringt, wie man so schön singt: »Ich geh mit meiner Laterne und meine Laterne mit mir.«

Oma hat drei Lieder gesungen, und dann wollte Maman, dass wir Schluss machen. Am Abend hat Oma noch mal angerufen und lange mit Papa geredet. Papa und Maman haben Fahrkarten gekauft! Der Martinstag mit dem Laternenlauf ist dieses Jahr während meiner Schulferien, und Maman kann sich freinehmen. Ich bin so aufgeregt! Ich kann gar nicht einschlafen.

Dann habe ich es aber geschafft: Ich habe so lange gewartet, dass jetzt Abfahrtstag ist. Oma hat Maman überzeugt, dass Lili und ich auch jede einen Rucksack tragen. Schließlich ist es das erste Mal ohne Papa. Lili gefällt es, weil sie die Knabbersachen trägt.

Bei Oma will Maman, dass ich Lili ins Schlafzimmer begleite, um unsere Sachen dort auszupacken. Ich muss aber sofort wieder runter: Während der Zugfahrt sind mir so viele Fragen eingefallen! Unten höre ich deutlich, wie Oma sagt: »Es ist gut, dass ihr kommen konntet. Ich darf keine Gelegenheit auslassen, meine Enkelinnen zu sehen!« Dann gehe ich in die Küche rein und drücke Oma, weil ich mich auch so sehr freue. Maman ist ein bisschen genervt, ich hätte bei Lili bleiben sollen, findet sie.

Die Fragen purzeln aus meinem Mund raus, einfach weil wir endlich angekommen sind: »Wann fangen wir an mit Basteln? Wie kommt das Licht raus, schneidet man Schlitze ins Papier? Warum ist es am Martinstag? Hatte der Martin auch eine Laterne?«

»Wir basteln morgen!«, verspricht Oma. »Und dann zeige ich dir alles, und vom heiligen Martin erzähle ich euch vor dem Einschlafen.«

Unsere Gutenachtgeschichte handelt tatsächlich von einem armen Menschen, der gefroren hat. Niemand hat ihm geholfen, bis Martin vorbeikam und seinen Mantel in zwei geteilt hat, damit sie es beide nicht zu kalt haben. Mein Kopf liegt schon ganz ruhig auf dem Kopfkissen, als Oma abschließt: »Das wirklich Wichtige an dieser Geschichte ist: Man darf nichts weggeben, was man selbst braucht.« Ich stelle mir vor, dass unsere Decke, die ich mit Lili teile, damit wir beide bedeckt sind, der lange rote Mantel ist. Meine Augen fallen zu.

Gleich nach dem Frühstück basteln wir los. Oma hat einen Taschenrechner vor sich und einen Winkelmesser. Ihre Laterne soll nämlich 24 Seiten haben, so viele wie es Stunden gibt. Das ist ganz schön aufwendig! Unsere Laternen werden würfelförmig. Lili und ich malen mit Schablonen Sterne in allen Größen, die schneiden wir dann aus und kleben buntes Papier auf die Löcher. Das ist kein normales Papier, sondern Transparentpapier. Ich finde es toll, dass es so was gibt.

Und dann ist endlich Martinstag. Lili und ich stehen schon aufgeregt vor dem Haus. Oma und Maman kommen endlich, und wir gehen runter zum Platz, wo sich alle Kinder versammeln.

Auf dem Weg erklärt Oma: »Nur wenige Menschen wissen, dass die Laternen im Herbst mit Weihnachten zu tun haben. Jetzt fängt die Dunkelzeit an, die an Weihnachten zu Ende geht. Aber die Nächte machen uns keine Angst.«

Ich halte Oma meine Laterne hin, um zu zeigen, dass ich es verstanden habe. Dann sind wir auch schon angekommen. Um uns herum sind viele Familien, alle Kinder haben Laternen, manche sind rund, andere sehen aus wie Hüte, viele sind eckig wie unsere, und alle sehen selbstgebastelt aus. Omas Laterne ist wirklich die beste von allen! Sie holt ein Feuerzeug mit ganz langem Hals raus, legt es auf ein Mäuerchen. In der rechten Hand zeigt sie uns drei Kerzen, damit Lili und ich uns bedienen.

»Und das ist die Ersatzkerze«, sagt Maman und will die dritte in die Tasche stecken.

»Nein. Ersatz habe ich im Beutel hier, die ist für Lili.« Oma hat die Kerze einfach Maman aus der Hand genommen und sie in Lilis Laterne gesteckt.

»Aber Lili ist doch viel zu klein! Noemi, wie sagt man ›dangereux‹?«

»Es ist nicht gefährlich!« Oma hat ganz deutlich gesprochen, dabei sah sie ein bisschen aus wie ein Wachhund, der Lili beschützt. Oma mag es nicht, wenn Maman so tut, als könne sie kein Französisch.

»Aber im Laden gab es doch LED-Lampen!«

»Pfff! Damit man die Laterne in alle Richtungen schleudern kann, ohne dass etwas passiert? Wann sollen die Kinder Vorsicht lernen, wenn nicht mit etwas, das sie selbst gemacht haben und auf das sie stolz sind? Ich traue es der Lili zu, heute hier draußen mit Feuer umzugehen. Komm her, Lili, du darfst selbst anzünden. Stell die Laterne auf den Boden, und wir halten den Taschendrachen zusammen.«

»Heißt dein Feuerzeug so?«, will ich wissen. Oma nickt, und dann darf ich meine Kerze ganz allein anzünden.

Alle ziehen los und singen dabei. Ich fühle mich geborgen mit all den Kindern, die mit ihren Lichtern die Nacht weniger unheimlich machen. Lili hält ihren Stab mit beiden Händen und geht langsamer als sonst. Sie sieht sehr konzentriert aus, was auch Oma gesehen hat: »Das machst du so toll!«, sagt sie ihr. Da hebt Lili den Stab höher und macht große Schritte. Plötzlich ist die Kerze aus, vom Schaukeln ausgeblasen. Oma steht schon mit dem Taschendrachen da: »Du warst übermütig, das macht nichts.«

Ich schaue zu Maman rüber, die ein fröhliches Gesicht macht. Es ist auch ihr erster Laternenlauf, und ich glaube, es gefällt ihr so gut wie mir. Da fällt mir ein: »Oma! Ich weiß immer noch nicht, ob der Martin eine Laterne hatte!«

»Nein, es geht darum, dass der heilige Martin nicht gewartet hat, bis endlich der Sommer zurückkommt.«

»Und auch nicht darauf, dass der Weihnachtsmann dem armen Mann einen Anorak schenkt.«

»Genau! Man muss die Dinge selbst in die Hand nehmen. Man darf weder die Dunkelheit walten lassen noch darauf vertrauen, dass es von selbst wieder gut wird.«

»Was hat es aber mit uns und den Laternen zu tun?«

»Jetzt ist die dunkelste Zeit im Jahr, und jede Nacht wird länger. Weihnachten ist noch lange hin, aber die Leute werden uns vorbeiziehen sehen mit unseren Laternen, wir bringen ihnen schon mal ein wenig Licht, warm und hell. Überall, wo es Nacht gibt, muss man ein Licht dagegenhalten! Auch wenn man weiß, dass Besserung kommen wird, ist es gut, sich Mut zu machen.«

Das gefällt mir! Ich vergesse ganz, dass ich einen Stab in der Hand habe, und hüpfe vor Freude. Alle schauen nur mich an!

Im nächsten Moment muss ich weinen und zittere am ganzen Körper. Die Kerze hat sich gelöst und ist auf das Papier gefallen, und das Feuer hat alles aufgegessen. Die Spitze des Stabs ist verkohlt, und der Kerzenhalter aus Metall ist runtergefallen, in die wenigen grauen Papierfetzen, die von meiner Laterne übrig sind.

Oma bückt sich zu mir und flüstert lieb: »Es gibt Schlimmeres, als zu viel Gutes tun zu wollen.«

Ich versuche, nur Oma anzuschauen und nicht die anderen, die mich erschrocken anstarren. Es sieht so aus, als ob Maman etwas sagen wollte, aber Oma zu streng geguckt hat. Jetzt spricht sie zu mir: »Ich schenke dir meine Laterne.«

»Aber Oma, die ist noch viel kostbarer als meine. Du hast so lang gebraucht, um das Gerüst mit den Holzstäbchen zu bauen.«

Oma reicht mir trotzdem den Stab, an dem die vierundzwanzigseitige, sechsfarbige, große Laterne baumelt. Ob sie schon zu sehr wackelt?

Oma hat ganz kurz gelächelt, bevor sie gesprochen hat, ich habe es gesehen: »Du machst nie zweimal den gleichen Fehler, Noemi! Ich werde aufpassen, was ich sage, und du wirst auf den Laternenstab achten und dich nicht mehr ablenken lassen.«

Oma gibt mir eine zweite Chance. Ich nehme den Stab, und alle gehen weiter. Ich passe ab jetzt supergut auf Omas Laterne auf, weil sie die beste Trösterin ist.

Inzwischen ist der Martinstag schon ein paar Wochen her, aber oft, wenn ich traurig bin, wünsche ich mir, dass Oma bei mir wäre. Damit ich meine kleinen kalten Finger zwischen ihre großen warmen Hände stecken könnte. Heute ganz besonders! Papa hat erklärt, dass wir dieses Jahr nicht bei Oma Weihnachten feiern können, weil sie krank ist.

»Das ist sooooo schade! Aber wir wollen uns nicht anstecken, oder?«

Dazu hat Papa nichts weiter gesagt, stattdessen hat er geflüstert: »Oma fühlt sich zu schwach, um Besuch zu haben, aber man kann mit ihr telefonieren.«

»Und wenn sie Halsweh hat, macht das nichts, ich kann was erzählen und ihr alle Schneelieder, die ich gelernt habe, vorsingen.«

Auf einmal sieht Papas Gesicht nicht mehr so ernst aus, und er hat die Hand auf meine Schulter gelegt. »Da freut sich Oma bestimmt und fühlt sich ein bisschen weniger krank.«

Nach Weihnachten kommen erst mal keine Ferien. In der Schule hat die Lehrerin gefragt, was unsere Lieblingserfindung ist. Meine ist natürlich das Telefon oder das Internet, weil man sich dann auch noch sieht. Aber mittwochs telefonieren Oma und ich meistens, sodass sie ihren Computer nicht aufbauen muss.

Wie schön, dass wieder Mittwoch ist! Ich kann es kaum erwarten, Oma anzurufen. »Oma, Oma! Heute bin ich dran. Ich bringe dir was bei«, rufe ich ins Telefon, als sie abnimmt.

»Was denn?« Oft höre ich an Omas Stimme, dass sie lächelt, auch wenn ich sie nicht sehe.

»Papa hat gesagt, in Deutschland kennt man die Chandeleur nicht! Das Pfannkuchenfest!«

»Oh!« Oma klingt genau so begeistert, wie ich gehofft hatte. »Da will ich aber mitmachen!«

»Das ist am zweiten Februar, aber … aber ich weiß gar nicht, warum man da feiert, vielleicht magst du das Fest ja nicht, weil es keine Bedeutung hat.«

»Na, Pfannkuchen mag ich auf jeden Fall«, beruhigt mich Oma. »Was macht man sonst noch an dem Fest?«

»Nix! Nur Pfannkuchen essen, und manche legen den ersten Pfannkuchen auf den Schrank, aber Maman ist jedes Jahr dagegen. Sie glaubt auch nicht, dass es Glück bringt.«

»Wann sagtest du, ist es?«

»Am Zweiten, in einer Woche«, antworte ich. Ich bin ganz ungeduldig, ob Oma doch etwas davon weiß.

»Nun, es ist also Lichtmess.«

»Licht! Au ja!«, freue ich mich. »Dann ist es auch ein Lichterfest!«

»Aber natürlich! 40 Tage nach Weihnachten. Weißt du, Noemi, an Weihnachten haben wir gefeiert und gesungen und Geschenke gemacht, weil die Tage ein klitzekleines bisschen länger geworden sind. Und 40 Tage später, da ist jeder Tag zwar eine Stunde länger geworden, aber es ist immer noch nicht Frühling, und die langen kalten Nächte sind noch lange nicht vorbei. Also feiern wir noch mal, um uns Mut zu machen, und die Pfannkuchen sind kleine Sonnen. Wir drohen der Sonne, weil sie sich so viel Zeit lässt.«

»Meinst du, wir sagen der Sonne, dass wir sie auffressen, wenn sie nicht bald kommt?«

»M-hm, wenn nicht bald die Tage länger werden … hams!«

Wir müssen so lachen, dass mir Papas Telefon runterfällt, aber Oma ist eh lautgestellt.

»Es heißt bei uns: An Lichtmess kann man wieder bei Tageslicht zu Abend essen.«

Papa ist wegen dem Smartphone angerannt und sagt: »Na, das wird nichts bei uns, wenn wir das Licht nicht anschalten. Bei uns in Frankreich isst man ja viel später zu Abend als in Deutschland.«

»Das macht nichts«, hat Oma ganz lieb geantwortet. »Ihr könntet doch eine Kerze anzünden. Noemi und Lili haben es ja bei mir geübt. Manche in Deutschland machen das an Lichtmess.«

Ich habe Papas Smartphone aufgehoben, es sieht heile aus, aber ich bin noch ein bisschen erschrocken, also redet Papa weiter mit Oma: »Chandeleur, das kommt von ›chandelles‹, das sind ganz lange Kerzen. Ich glaube, früher mal haben die Leute in Frankreich auch Lichter angemacht.«

Papa hält jetzt sein Smartphone selbst in der Hand und wartet, was Oma sagt: »Die Pfannkuchen sind geblieben, das ist doch sehr französisch. Ich jedenfalls lasse mir den Schmaus nicht entgehen. Ich will jetzt jeden zweiten Februar Pfannkuchen essen!« Oma war so glücklich! Ich konnte es gar nicht fassen, als Papa am Samstag erklärt hat, dass Oma im Krankenhaus ist und wahrscheinlich länger dort bleibt.

»Kriegt Oma Pfannkuchen?«, hat meine kleine Schwester gefragt.

»Nein, Lili, im Krankenhaus kann man kein Essen bestellen, da bekommen alle das gleiche«, habe ich erklärt. »Und die Deutschen, die wissen gar nicht, dass man am zweiten Februar Pfannkuchen bäckt.«

Ich bin bis heute traurig gewesen, weil ich mir große Sorgen um Oma mache, aber als wir mit Papa und Maman besprochen haben, wie wir das Chandeleuressen am Abend machen wollen, da habe ich mich an alles erinnert, was Oma mir zu Licht und Hoffnung gesagt hat, und mich ein bisschen besser gefühlt. Fast, als ob sie da gewesen wäre, um mich zu trösten.

Für unser Lichterpfannkuchenfest machen wir das jetzt jedes Jahr so: Papa backt die Pfannkuchen, Maman holt die langen Kerzen vom Dachboden, und Lili und ich dürfen jede eine anzünden und feierlich zum Tisch tragen.

Ich schaue gebannt auf die Flammen, sie sind klein, aber sie machen es ein wenig heller in mir drin. Ich muss so sehr und so lange an Oma denken, dass Lili den ersten Pfannkuchen ergattert. Draußen ist die Dämmerung vorbei. Die Nacht bedeckt unser Haus, unseren Garten, die Straße und alle Nachbarhäuser. Es macht mir keine Angst, obwohl keiner weiß, wie es mit Oma weitergeht.

Ich habe von ihr gelernt: Jede Nacht kommt an ihr Ende, selbst an Nord- und Südpol dauert sie höchstens ein halbes Jahr. Man darf sich nicht entmutigen lassen, und wenn das Ende der Dunkelzeit absehbar ist, dann kommt die Freude zurück. Und bis dahin muss man sich selbst Licht machen und es jedem bringen, der von Dunkelheit umgeben wird.

ERNEST HEMINGWAY

Weihnachten in Paris

Paris im fallenden Schnee. Vor den Cafés die großen, rotglühenden Holzkohlepfannen. An den Cafétischen dicht vermummte Männer mit hochgeschlagenem Mantelkragen, Gläser mit Grog *Americain* betastend. Zeitungsjungen, die die Abendzeitungen ausrufen.

Die Busse poltern wie grüne Moloche durch den in der Dämmerung rieselnden Schnee. Aus dem Gestöber erheben sich weiße Hausfassaden. Schnee ist nie so schön wie in der Stadt. Es ist herrlich, in Paris auf einer Seinebrücke zu stehen und durch den weichen Vorhang des Schnees an der grauen Masse des Louvre vorbei über den von vielen Brükken überspannten und von den grauen Häusern des alten Paris gesäumten Fluß den Blick bis dorthin schweifen zu lassen, wo Notre-Dame in der Abenddämmerung kauert.

Es ist sehr schön in Paris und sehr einsam zur Weihnachtszeit.

Der junge Mann und seine Freundin gehen vom Quai im Schatten der großen Häuser die Rue Bonaparte hoch bis zu der schmalen, hell erleuchteten Rue Jacob. In einem kleinen Restaurant im ersten Stock eines Hauses, Dem Echten Restaurant der Dritten Republik, das über zwei Räume, vier winzige Tische und eine Katze verfügt, wird ein spezielles Weihnachtsmahl serviert.

»Es schmeckt nicht besonders nach Weihnachten«, sagt das Mädchen.

»Ich vermisse die Preiselbeeren«, sagt der junge Mann.

Sie fallen über das spezielle Weihnachtsessen her. Der Truthahn ist zu einem eigenartigen geometrischen Gebilde geschnitten, das ein wenig Fleischgeschmack, eine Menge Knorpel und einen großen Knochen aufzuweisen hat.

»Erinnerst du dich noch an den Truthahn zu Hause?« fragt das Mädchen.

»Sprich bloß nicht davon«, sagt der Junge.

Sie fallen über die Kartoffeln her, die mit viel zuviel Fett gebraten sind.

»Was glaubst du, was die jetzt zu Hause machen?« fragt das Mädchen.

»Ich weiß nicht«, sagt der Junge. »Glaubst du, daß wir jemals wieder nach Hause kommen?«

»Ich weiß nicht«, antwortet das Mädchen. »Glaubst du, daß wir jemals als Künstler Erfolg haben werden?«

Der Inhaber kommt mit dem Dessert und einer kleinen Flasche Rotwein.

»Ich hatte den Wein vergessen«, sagt er auf französisch.

Das Mädchen beginnt zu weinen.

»Ich hatte mir Paris anders vorgestellt«, sagt sie. »Ich dachte, es sei eine lustige und schöne Stadt und voller Lichter.«

Der Junge legt einen Arm um sie. Zumindest das konnte man in einem Pariser Restaurant tun.

»Macht nichts, Schatz«, sagt er. »Wir sind doch erst drei Tage hier. Es wird sich noch ändern. Wart's nur ab.«

Sie aßen das Dessert, und keiner von beiden erwähnte die

Tatsache, daß es leicht angebrannt war. Dann bezahlten sie die Rechnung, gingen nach unten und traten auf die Straße. Es schneite noch immer. Und sie gingen durch die Straßen des alten Paris, in denen einst Wölfe herumgestrichen und Männer auf Jagd gegangen waren, und all das unter den Augen der hohen alten Häuser, denen Weihnachten nichts bedeutete.

Der Junge und das Mädchen hatten Heimweh. Es war ihr erstes Weihnachten fern der Heimat. Was Weihnachten ist, erfährt man erst, wenn man es in einem fremden Land nicht wiederfindet.

DROR MISHANI

Neun Uhr bei ihm, acht bei ihr

Hauptinspektor Avraham Avraham kam um halb acht von der Arbeit nach Hause, duschte, zog seine Trainingshose und ein frisches weißes T-Shirt an, aß eine Kleinigkeit zu Abend, setzte sich dann mit einem schwarzen Kaffee auf den Balkon und schaltete um Punkt neun seinen Laptop ein. Tausende Kilometer entfernt, in einem Altbau in Brüssel mit Blick auf einen kleinen Platz, tat Marianka, seine Freundin, genau dasselbe. Bei Ausbruch der Seuche war Marianka in Brüssel gewesen und Avraham in Cholon, und seither waren sie getrennt – abgesehen von sechs stürmischen Tagen auf der Ägäisinsel Andros, von denen ich bei anderer Gelegenheit berichten werde. Jeden Abend aber sprachen sie miteinander.

Am Abend des Gesprächs, das ich Ihnen jetzt schildern werde, war Avraham in desolater Stimmung. Die Sehnsucht lastete schwer auf ihm, aber auch der Alltag im Zeichen der Pandemie, der Überstunden bedeutete und selbst einen profilierten Ermittler wie ihn zwang, lästige und strapaziöse Polizeiaufgaben zu übernehmen wie die Errichtung von Straßensperren, die Verfolgung von Quarantänebrechern und Ähnliches mehr. Marianka, die Avrahams Not spürte und ihn aufmuntern wollte, schlug ihm etwas vor: Sie würde ihm von einem Wunder erzählen, das sich tatsächlich im von der Seuche heimgesuchten Brüssel ereignet habe. Und Avraham müsse ihr versprechen: Sollte die Geschichte von dem Wunder es schaffen, ihn aufzuheitern, müsse auch er ihr von einem Wunder erzählen, das ihm passiert war. Worauf er erwiderte, in seinem Leben gäbe es keine Wunder. »Das werden wir noch sehen«, meinte Marianka und begann zu erzählen.

»Also, folgendermaßen: Vor einer Woche, an einem der ersten Herbsttage, ging bei der Leitstelle der Brüsseler Polizei eine Meldung ein, ein positiv getesteter und noch ansteckender Kranker, der eigentlich in Quarantäne sein sollte, habe sein Haus verlassen und sei in der Stadt gesehen worden. Der Anruf kam von einer Nachbarin, die nebenan wohnte und wusste, dass der Mann sich mit dem Virus infiziert hatte. Sie hatte ihn beim Verlassen seines Hauses in der Avenue Brugmann beobachtet und noch eine Weile verfolgt.

Es war um die Mittagszeit, die meisten Beamten waren etwas essen gegangen, und Wachtmeister Jacques Bonnard, der den Anruf entgegennahm und im Protokoll vermerkte, war allein in der Leitstelle. Laut der Beschreibung der Nachbarin, die Bonnard notierte, war der Kranke um die sechzig, großgewachsen und massig. Er hatte eine Wollmütze auf, trug einen langen Regenmantel, braune Hausschuhe und hielt ein rotes Taschentuch in der Hand, mit dem er sich immer wieder die Nase putzte. Gesehen wurde er zuletzt, als er den großen ALVO-Supermarkt in der Chaussée de Waterloo betrat. Bonnard beschloss, keine Zeit zu verlieren. Jede Minute, die der Mann sich in dem Supermarkt aufhielt, gefährdete das Leben von Dutzenden, ja vielleicht Hunderten von Menschen.

Kurz darauf traf Bonnard in dem Laden ein, verschwitzt und keuchend. Er lief die Regalfluchten in beiden Stockwerken ab und musterte die vielen Kunden. Keiner von ihnen entsprach der Beschreibung. Als er sich an die Geschäftsführerin wandte, bestritt diese vehement, dass ein Mann mit diesen Merkmalen im Supermarkt gewesen sei, woraus, so Bonnards Vermutung, die Furcht sprach, sie könnte gezwungen werden, den Laden zu schließen.

An dieser Stelle muss ich noch etwas hinzufügen. Wachtmeister Bonnard ist ein junger Beamter, gerade mal sechsundzwanzig, sehr gut aussehend und von dem Gefühl durchdrungen, eine Mission zu erfüllen. Er ist vor etwa einem Jahr zur Polizei gekommen, nach einem Philosophie- und Mathematikstudium an der Universität Liège. Seine Eltern hatten sich in seiner Kindheit immer gewünscht, dass er Priester wird. Die allermeisten Polizisten in seiner Lage – er stand vor dem Supermarkt, durchnässt von dem starken Regen, der inzwischen eingesetzt hatte – wären ins Präsidium zurückgekehrt. Bonnard aber nicht. Er beobachtete die Passanten, in der Hoffnung, den groß gewachsenen Mann zu entdecken, dessen Name übrigens Marcel Ephemer war, als ein dunkelhäutiges Mädchen von vielleicht fünfzehn oder sechzehn Jahren, das Gesicht zur Hälfte von einer roten Maske verdeckt, zu ihm trat und ihn fragte, ob sie mit ihm reden könne. Sie hatte Bonnards Gespräch mit der Filialleiterin mitgehört und erzählte, sie habe den Mann im Regenmantel sehr wohl gesehen. Er hatte ihren Argwohn geweckt, weil er in einem fort hustete, weshalb sie sich von ihm entfernt, ihre Einkäufe schnell bezahlt und zugesehen hatte, dass sie aus dem Laden kam.

Und genau da, beim Verlassen des Supermarkts, hatte sie ihn in ein Taxi steigen sehen.

Bonnard schüttelte die Resignation, die ihn für einen Moment überkam, ab wie die Regentropfen von seiner Jacke. Bestimmt erzähle ich die Geschichte nicht richtig und weiß auch nicht alle Einzelheiten, aber irgendwie gelang es ihm, den Taxifahrer ausfindig zu machen, bei dem der Mann aus dem Supermarkt eingestiegen war. Nach Aussage des Fahrers, eines Migranten aus Albanien, war der Mann jedoch gar nicht schwergewichtig, sondern im Gegenteil relativ hager und gebeugt und wollte zu einem Friseursalon in der Rue Belliard gefahren werden. Dort hatte er den Fahrer gebeten zu warten, war nach weniger als zehn Minuten unfrisiert wieder aus dem Salon gekommen und hatte sich zum Museum für Naturwissenschaften fahren lassen, wo er von der Besuchermenge verschluckt wurde.

Du kannst dir vorstellen, wie Bonnards Besorgnis wuchs, je länger die Suche andauerte. Aber er bat nicht um Hilfe, obgleich die Anzahl der Menschen, die der Mann im Regenmantel hätte anstecken können, bereits in die Tausende ging, und im Nachhinein muss man sagen, gut, dass er keine Verstärkung angefordert hat. Die Stunden verflogen nur so. Vom Museum war der Mann, der jetzt kleiner als in der ursprünglichen Beschreibung war und einen dunklen Anzug, aber keinen Mantel mehr trug, zu einem Fischrestaurant gegangen, von dort weiter zu einem Tabak- und Weinladen und dann in eine Buchhandlung. Und Bonnard ihm immer nach.

Erst gegen Abend, als sich Dunkelheit über die Stadt legte und auch eine empfindliche Kälte, beschloss Bonnard aufzugeben. Die Verfolgungsjagd hatte ihn in die Nähe des Parc Léopold geführt, seines Lieblingsparks in Brüssel, und er hatte große Lust, hineinzugehen und um den See zu spazieren, unter den Bäumen, die ihre Kronen zum Wasser hin neigen, entschied dann aber, dass er besser ins Präsidium zurückkehrte, um von dort die Nachbarin anzurufen, die den flüchtigen Kranken gemeldet hatte, und sie um weitere Informationen zu bitten. Er setzte sich auf eine Parkbank an der Straße, um erst noch eine Zigarette zu rauchen. Und da sah er sie.

Sie stand an der Dachkante eines sechsgeschossigen Hauses auf der anderen Straßenseite, und es war klar, sie wollte springen. Wegen der Dunkelheit und der Entfernung sah Bonnard nicht viel, sah nicht, dass sie um die sechzig war, grauhaarig, mit grünen Augen, ebenso wenig wie er wusste, warum sie sich das Leben nehmen wollte. Er wusste noch nicht, dass ihr Mann an der Krankheit gestorben war, dass sie sich bei ihm angesteckt hatte, aber genesen war und jetzt ganz allein auf der Welt, denn sie hatten keine Kinder. Die Trauer, sein Fehlen und die Einsamkeit hatte sie nicht verwinden können. Bonnard sprang von seinem Platz auf, überquerte die Straße, rannte auf das Haus zu und rief ihr von unten zu, sie solle stehen bleiben. Seine Rufe machten andere Passanten auf die Frau aufmerksam, und Bonnard bat sie, weiter mit ihr zu reden, während er zur Haustür hastete. Mit Hilfe des Portiers gelangte er aufs Dach und näherte sich ihr von hinten. Und in dem Augenblick, in dem er sie packte, wusste er, er hatte noch nie einen fragileren und so zitternden Körper gehalten.

Also, verstehst du, Avi? Was wäre passiert, wenn er sich

nicht auf die erfolglose Suche gemacht hätte? Und nicht zu der Bank gelangt wäre, von der aus man das Dach sehen konnte? Sie wäre gesprungen.«

Avraham lächelte, weil das geliebte Gesicht, das ihn vom Bildschirm ansah, so aufgeregt war. Er sagte: »Ja, ich verstehe. Aber meiner Meinung nach ist das kein Wunder. Allerhöchstens ein Zufall.« Doch Marianka unterbrach ihn: »Warte, noch hast du nicht alles gehört.

In der Nacht, nachdem er Simone ins Krankenhaus gebracht und sie den Ärzten anvertraut hatte, kehrte Bonnard ins Präsidium zurück, um seinen Bericht zu schreiben über die erfolglose Suche und den in letzter Sekunde verhinderten Selbstmord. Aber als er die Aufzeichnungen zu dem Telefonanruf suchte, dessentwegen er sich auf die Suche gemacht hatte, fand er nichts. In seinem Protokoll tauchten, obgleich sich Bonnard mit Bestimmtheit erinnerte, welche gemacht zu haben, keinerlei Notizen auf, und in der Liste der in der Leitstelle eingegangenen Anrufe fand sich auch keine Spur davon. Und als er nach einem Mann namens Marcel Ephemer suchte, der dort in der Gegend wohnte, fand er heraus, dass es niemanden mit diesem Namen gab. Also begreifst du jetzt? Und weißt du, was er noch herausfand, Avi? Am nächsten Tag, als er Simone im Krankenhaus besuchte, zeigte sie ihm ein Foto ihres Mannes, das sie seit seinem Tod immer bei sich trug. Rate mal, wie Bonnard den Mann beschrieben hat, den er auf dem Foto sah? Ein Meter fünfundachtzig, groß gewachsen und schwergewichtig. Mit einem Regenmantel bekleidet.«

***

Es war schon fast zehn, aber von den Balkonen über und unter ihm waren noch Stimmen zu hören, die sich unterhielten, und Avraham fragte sich, ob wohl jemand seine nächtlichen Gespräche mit Marianka belauschte und gleich die sonderbare Geschichte mitbekäme, die er, das wusste er, im Begriff war zu erzählen, weil Marianka darauf bestehen würde. Er sagte zu ihr: »Das besagt gar nichts, Liebste. Plausibler ist doch, dass vielleicht ein anderer Beamter den Eintrag von der Liste gelöscht hat, um diesen flüchtigen Kranken zu schützen, oder so etwas in der Art?« Und Marianka erwiderte: »Solche Geschichten sind an dich einfach verschwendet. Denk, was du willst. Aber du musst dein Versprechen erfüllen, das bleibt dir nicht erspart. Ich sehe doch, meine Geschichte hat dich erfreut, also bist du mir ein mindestens genauso großes Wunder schuldig.«

Avraham zog sich in die Wohnung zurück, weil er trotz allem draußen lieber nicht gehört werden wollte. Er platzierte den Laptop auf dem Tisch, setzte sich auf das Sofa davor und begann zu erzählen. »Ich weiß nicht, ob es so groß ist wie dein Wunder«, begann er, »und sicher wirst du verstehen, dass ich nicht glaube, dass es so passiert ist, wie ich es dir gleich erzähle, aber egal, ich fang mal an. Es ist auch nicht mir passiert, sondern Oberwachtmeister Eliyahu Maalul, der mir davon erzählt hat. Du erinnerst dich doch noch an Maalul, oder?

Es war am Abend von Rosch Ha'Schana. Hier bei uns hatten sie schon wieder einen Lockdown verhängt, abgesperrte Straßen, Beschränkungen für Familienfeiern zum Neujahrsfest und so weiter. Maalul, der keinen Arbeitstag auslässt, obwohl er schon sechzig ist und ein Anrecht auf

Dienstzeitentlastung hätte, hatte am Abend des Festes Bereitschaftsdienst und war beinahe allein auf dem Revier, als das Telefon klingelte. Das war, hat er mir erzählt, um genau 22:32 Uhr. Der Anrufer, der sich weigerte, seinen Namen zu nennen, sagte, aus der Synagoge in seiner Straße seien Stimmen und der Gesang von Hunderten, ja vielleicht Tausenden von Betenden zu hören, die sich dort zu einem Großgebet versammelt hätten und damit gegen die behördlichen Auflagen verstießen.

Maalul erschien dies merkwürdig. Nachts um halb elf hätte das Abendgebet eigentlich längst beendet und alle wieder zu Hause sein müssen. Aber er funkte dennoch einen der Streifenwagen an, die in jener Nacht auf den Straßen der Stadt unterwegs waren und die Einhaltung der Teil-Ausgangssperre überwachten, um der Meldung nachzugehen – und wie sich herausstellte, hatte er sich nicht geirrt. Die alte Synagoge, von Juden aus Aleppo errichtet, war dunkel und verschlossen und nicht ein Laut zu hören.

Aber dann? Eine Stunde später, so zumindest erzählt es Maalul, ging die nächste Meldung ein. Es war inzwischen 23:41 Uhr, die Anruferin eine Frau und die Nummer, von der sie anrief, eine andere. Auch die Frau war überzeugt, der Gesang der Betenden käme aus der Synagoge und nicht von einem Fernsehbildschirm in einem der Häuser der Straße. Sie gab an, genau gegenüber der Synagoge zu wohnen und nicht nur Hunderte von Betenden zu hören, sondern auch die Lampen zu sehen, die den Saal hell erleuchteten.

Auch diesmal geschah genau das, was du dir sicher denkst. Maalul schickte erneut einen Streifenwagen los, um der Meldung nachzugehen und im Zweifelsfall die Versammlung aufzulösen, doch die Beamten fanden bloß eine dunkle und menschenleere Synagoge vor. Aber du hast Eliyahu ja kennengelernt und weißt, wie er ist. Dickköpfig wie ein Kind. Möglich auch, dass ihm langweilig war, denn er hatte eine ruhige Nacht, fast ohne Meldungen. Er suchte im Internet nach Informationen zu der Synagoge, schickte dann eine Anfrage an das städtische Gesundheitsamt und fand heraus, dass die Synagoge, in den fünfziger Jahren erbaut und inzwischen nur noch von weniger als zehn festen Betenden genutzt, bereits seit zwei Wochen geschlossen war, da der Synagogenvorsteher, ein Mann von über achtzig namens Aharon Seitouni, den alle aber nur als Aharon Vorsteher kannten, sich mit dem Virus angesteckt hatte und ins Krankenhaus eingeliefert worden war. Er war derjenige, der jeden Tag in aller Frühe die Synagoge zum Morgengebet aufschloss und gegen Abend noch einmal, der, wann immer nötig, einen defekten Sitz reparierte und kaputte Glühbirnen austauschte und alle zwei Wochen zusammen mit einer seiner Töchter die Räumlichkeiten durchwischte. Ohne ihn war es nicht möglich, die Synagoge zu öffnen und dort Gebete abzuhalten, und außerdem gab es ohne ihn auch kaum noch jemanden, für den sich das gelohnt hätte.

Eliyahus Schicht endete um Mitternacht. Auf dem Nachhauseweg fuhr er selbstverständlich mit seinem restaurierten Oldsmobile bei der Synagoge vorbei, sah dort aber auch nichts und notierte sich nur die Telefonnummer dieses Aharon Vorsteher, die handschriftlich auf einem vergilbten Zettel an der Tür stand.

Am nächsten Tag, dem ersten des neuen Jahres, verbrachte Eliyahu den Morgen, dem geltenden Verbot und allen Warnungen zum Trotz, zu Hause mit seinen Enkeltöchtern. Die Synagoge vergaß er. Und erst, als er am Nachmittag seinen Dienst antrat, eine weitere Feiertagsschicht, stellte er fest, dass die Meldung der Frau von 23:41 Uhr nicht die letzte gewesen war. Noch in der Nacht, genau genommen um 2:27 Uhr, hatte es eine weitere gegeben, diesmal hatte man sich nicht nur über Gesang von Betenden beschwert, es sei auch mehrere Minuten lang ein Schofar-Horn geblasen worden. Doch auch diesmal hatten die Polizeibeamten, als sie, zugegebenermaßen erst nach einer Stunde, dort eintrafen, nichts gefunden.

Eliyahu wartete das Ende des Feiertags ab. Und rief dann erst unter der Nummer von Aharon Vorsteher an, wo ihm, zu seiner Überraschung, eine junge Frau antwortete. Sie erzählte ihm, ihr Vater sei in der Nacht verstorben, und Eliyahu fragte nicht, wann genau, behauptet aber, er habe es gleich gewusst und hinterher, als er zunächst beim Gesundheitsamt und dann beim Wolfson Hospital anfragte, herausgefunden, dass der Todeszeitpunkt tatsächlich exakt um 2:27 Uhr gewesen sei.«

Seine Geschichte erfreute Marianka, das ließ sich sogar auf dem kleinen Bildschirm sehen. Und die Wahrheit ist, auch Avraham fühlte sich besser, nachdem er sie erzählt hatte, ohne dass er verstanden hätte, warum. »Das ist keinen Deut weniger gut als Bonnards Wunder«, sagte sie, und Avraham erwiderte: »Vielleicht, aber ich bin kein so guter Erzähler wie du. Und außerdem bin ich mir ziemlich sicher, dass Eliyahu die ganze Geschichte nur erfunden hat.« Doch sie sagte: »Selbst wenn er sich das alles nur ausgedacht hat, ist es trotzdem ein Wunder, oder?«

Danach schloss er die Plastiklamellen der Fensterläden auf dem Balkon, weil nachts bereits ein kühler Wind hereinwehte, und man konnte nicht mehr hören, was sie sich an jenem Abend noch zu sagen hatten, aber am nächsten Tag redeten sie wieder und am darauffolgenden auch – immer um neun seiner Zeit und acht bei ihr –, weshalb ich Ihnen noch so einige Geschichten berichten kann, die ich von den beiden gehört habe.

JEANETTE WINTERSON

Weihnachten in New York

Alle Jahre wieder gehen die Kollegen und ich in der Woche vor Heiligabend einen Happen essen – und ein paar Gläser trinken. Wir kennen da ein Lokal in der 12. Straße, das Wallflower – die Decke aus Blech, die Sitzbänke aus irgendwas in Orange. Es gibt französisches Essen und amerikanische Cocktails.

An diesem Abend kam das Gespräch auf früher – vor allem auf das Weihnachten unserer Kindheit, als es, wenn wir der Erinnerung, unserem Bollwerk gegen die Geschichte, glauben durften, noch nicht so kommerziell zugegangen war. Kein Mensch stürzte sich in den Einkaufstrubel, trotzdem lagen immer Geschenke unter dem Baum. Die Kinder gingen Schlitten fahren, und wenn sie heimkamen, spielten sie vor dem Kaminfeuer Mensch-ärgere-dich-nicht. Jeder hatte einen alten Hund und eine Oma, die Klavier spielte. Jeder trug einen selbst gestrickten Pullover.

Man baute einen Schneemann mit Karottennase und Schal um den Hals und sang »Winter Wonderland«.

Und an Heiligabend durfte man ums Verrecken nicht einschlafen, weil man unbedingt den alten Knaben in Rot mit seinem Schlitten sehen wollte – und obwohl man ihn dann doch nicht sah, kam er und trank den Whisky, der in der Küche für ihn bereitstand.

»Der Weihnachtsmann muss Alkoholiker gewesen sein.«

»Stimmt, und den Rest des Jahres hockte er im Entzug.«

»Noch einen Bourbon? Martini? Einen Twinkle?«

»Schlagt zu, Leute! Die Runde geht auf mich.«

Ich ging zur Toilette. Setzte mich wieder an den Tisch. Sah doppelt.

»Sam? Geht's dir nicht gut?«

Das kam von Lucille, die sich in ihrem kleinen Grauen mit dem weißen Kragen neben mich auf die Bank quetschte. Sie arbeitete im Zeichnungsbüro, ich in der Konstruktionsabteilung. Ich sagte ihr, mir fehle nichts.

»Du warst vorhin so schweigsam, als wir über Weihnachten geredet haben – magst du Weihnachten nicht?«

Nein, ich mag Weihnachten nicht. Ich weiß nicht mehr, wozu es gut sein soll – außer dass man sich in Schulden stürzt und mit seinen Verwandten in die Haare kriegt. Ich lebe allein, deshalb habe ich meine Ruhe. Ich lebe allein. Und das ist gut so.

»Ich fahre Weihnachten nach Hause«, sagte Lucille. »Und du?«

»Ich bleib zu Hause.«

»Allein?«

»Ja. Ich gönn mir eine Auszeit, weißt du.«

Lucilles Nicken war eher ein Kopfschütteln. »Dann erzähl mir doch wenigstens, wie ihr früher Weihnachten gefeiert habt. Nur eine einzige Geschichte.«

»Du hast die freie Auswahl, sie sind alle gleich. Wir haben Weihnachten nicht gefeiert.«

»Seid ihr Juden?«

»Nee, bloß Spaßbremsen.«

Weiter kam ich nicht, denn die anderen stimmten »Fairytale of New York« an, noch schauriger als die Version von den Pogues.

Wozu dieses Chichi? Lag es an dem pseudofranzösischen Bistro, dass wir pseudofranzösisch gefühlig wurden und uns küssten, als wäre es uns ernst damit?

Und obwohl es nichts zu bedeuten hatte, prosteten die Kollegen einander zu und fütterten sich gegenseitig mit Krabben.

Lucille beugte sich zu ihnen hinüber und machte mit; das war dann wohl das Ende des Weihnachtsverhörs. Ich atmete tief durch und verzog mich noch mal aufs Klo. Mich hielt hier nichts mehr. Ich beschloss, zu Fuß nach Hause zu gehen.

Nachdem ich meinen Mantel vom Haken genommen hatte, warf ich einen letzten Blick auf unsere Truppe. Dann viel Spaß noch.

Auf dem Bürgersteig lachende Menschen. Arm in Arm, die das Gesicht in die Schneeflocken hielten.

Wozu das Getue? Schnee ist doch bloß Regen, der zu viel Kälte abgekriegt hat.

»Ich liebe den Schnee«, sagte Lucille, die plötzlich neben mir stand, in russischer Pelzmütze und Doktor-Schiwago-Mantel. Lucille ist in Ordnung, aber seltsam. Sie bringt Blumen mit ins Büro. Sie fragte: »Wollen wir ein Stück gehen?«

Und wir stapften los durch das lichte Weiß und den zarten Schleier aus Schnee. Auf den Straßen war es laut, doch man merkte es nicht. Der Schnee dämpfte die Geräusche und senkte den Pulsschlag der Stadt. Und die Nacht roch frisch.

»Diese zerbrochene Welt«, sagte ich.

»Wie bitte?«

»Hart Crane.«

»Ach so.«

Und wir wanderten, vorbei an Bars und Restaurants und den kleinen Geschäften, die noch geöffnet hatten, vorbei an dem Händler, der unter einer Plane hervor Taschen verkaufte, und dem Lumpenbündel, das in einem Eingang hockte, vor sich ein Schild: FROHE WEIHNACHTEN LEUTE. Aus dem Lüftungsschlitz neben ihm quollen Dampf und die Crackdünste einer chemischen Reinigung. Lucille gab ihm fünf Dollar.

»Nun sag schon, wie hast du Weihnachten als Kind erlebt?«

»Da gibt's nichts zu erzählen – *nada.* Keine Weihnachtsdeko, kein Baum, keine Geschenke, kein gemeinsames Essen im Familienkreis. Mein Vater hat Lastwagen gefahren, immer lange Touren nach Kanada, und besonders gern an den Feiertagen – da verdient er das Dreifache, hat er gesagt. Aber wofür er dreifach bezahlt wurde oder wofür er die Zulage ausgegeben hat, weiß ich auch nicht.«

»Soll das heißen, du hast noch nie ein Weihnachtsgeschenk bekommen?«

»Ach was! Ich bin ein erwachsener Mann. Ich habe Freundinnen gehabt, ich habe Bekannte. Natürlich haben die mir etwas geschenkt! Aber Weihnachten als solches bedeutet mir gar nichts.«

Ein angeleintes Hündchen sprang hoch und schnappte nach dem Schnee, als könnte es ihn fangen.

»Weihnachten hat für dich wohl eine Bedeutung«, sagte Lucille. »Es bedeutet Traurigkeit.«

O Gott, dachte ich. Eine Esoterikerin oder eine, die fünfmal die Woche zum Seelenklempner rennt. Bloß das nicht.

Vor dem Lebensmittelladen an meiner Abzweigung standen die eingetopften Weihnachtsbäume geschützt hinter einem Plastikvorbau. Es roch nach kalter Tanne und Putzmitteln.

»Hier muss ich um die Ecke«, sagte ich.

»Dein Bart ist ganz weiß«, sagte sie. »Wie weihnachtlich.«

Ich wischte mir den Schnee vom Kinn, steckte die Hände in die Manteltaschen und ging weiter. Auf halber Strecke drehte ich mich um. Keine Ahnung, warum. Lucille war nicht mehr da. Was auch sonst? Junge Frauen stehen nicht im Schnee an einer Straßenecke rum.

Ich stieg die Treppe zu meiner Wohnung hoch – einem Einzimmerapartment in einem Haus mit einem toten Portier, weil ein Portier immer etwas hermacht und ein toter wohl billiger kommt als ein lebender. Tagaus, tagein sitzt er vor laufendem Fernseher in seinem Kabäuschen. Ich wohne seit zwei Jahren hier. Seinen Hinterkopf kenne ich gut, aber ich habe den Mann noch nie in Bewegung gesehen.

Ich schloss die Tür auf – drei Schlösser in einem nackten Beschlag aus Sicherheitsstahl – und machte Licht. Mit meiner Wohnung ist es wie mit meiner Kleidung: Ich gebe nicht viel drauf, aber irgendwas muss der Mensch schließlich tragen. Ich habe sie möbliert gemietet und noch nie ein eigenes Stück hineingestellt.

Doch nun? Stand direkt vor mir, dick und fett und mitten im Zimmer: ein Weihnachtsbaum.

Ich rannte wieder nach unten und hämmerte an das

Fenster der Loge, in der sich von Rechts wegen ein quicklebendiger Portier befinden sollte, der den Bewohnern mit Rat und Tat zur Seite stand.

Keine Reaktion. Ich hätte schwören können, dass er den Fernseher lauter drehte.

Dann musste ich eben die Polizei rufen.

»Ich möchte einen Vorfall anzeigen.«

»Was für einen Vorfall?«

»In meiner Wohnung steht ein Weihnachtsbaum.«

»Haben Sie was getrunken, mein Junge?«

»Nein. Doch. Aber nicht viel. Ein Einbrecher hat mir einen Weihnachtsbaum in die Wohnung gestellt.«

»Irgendwelche Schäden? Ist was weggekommen?«

»Nein.«

»Okay, mein Junge. Dann rufen Sie jetzt Ihre Freunde an und bedanken sich schön. Frohe Feiertage und gute Nacht.«

Er hatte aufgelegt. Ich rief beim toten Portier an. Er ging nicht ran.

Am nächsten Tag, meinem letzten Arbeitstag, stand ich früh auf, was mir nicht schwerfiel, weil ich sowieso kaum geschlafen hatte. Der Baum war noch da. Auf dem Weg zur Tür kam ich kaum an ihm vorbei. Als ich mich im Hinausgehen noch einmal nach ihm umdrehte, sah es ganz so aus, als ob er sich eins schmunzelte. In der Firma sagte ich zu Lucille: »Meinst du, Bäume können grinsen?« Sie lächelte, ein offenes, liebes Lächeln, das mir bis dahin noch nie aufgefallen war.

»Das fragst ausgerechnet du, Sam? Das klingt ja fast romantisch.«

»Ich bin ein bisschen durch den Wind«, sagte ich.

Es war ein Tag, an dem die Wintersonne die Stadt mit einem Diamanten- und Perlenfunkeln überzog. Der Himmel stahlblau, leuchtend wie Neonlicht. Die Schaufenster der großen Kaufhäuser wie magische Spiegel in eine andere Welt.

Es zog mich zum Rockefeller Center. Warum auch immer. Es herrschte ein Wahnsinnstrubel, jeder Mensch war mit sechs Tüten bepackt, keiner fand ein freies Taxi.

Jedes Jahr stellt die Stadt einen zwanzig Meter hohen Weihnachtsbaum auf, der mit einer kilometerlangen Lichterkette geschmückt ist und auf dessen Spitze ein riesiger Stern aus Swarovski-Kristall prangt.

Ich ging darauf zu, warum auch immer. Ich stellte mich darunter. Der Baum ist so gewaltig, dass man sich als erwachsener Mann wieder wie ein kleines Kind vorkommt.

Sam! Sam! Du kommst sofort rein.
Aber ich will den Baum sehen, Mom. Sie holen doch gerade den Baum aus dem Wald!
Du hast mich gehört. Du kommst jetzt rein, sonst gibt es kein Abendessen.
In das dunkle Haus. Ins Bett. Ende.

»Sam?« Das war Lucille. »Was machst du denn hier?«

»Ich? Ach, ich hatte bloß in Midtown was zu erledigen.«

Lucille lächelte immer noch – lächelt sie eigentlich immer, und wenn ja, warum? Sie sagte: »Ich finde es herrlich, mir den Baum anzuschauen. Er macht mich froh.«

»Ein Baum macht dich froh? Wie das?«

»Weil das Anschauen nichts kostet, wo es doch sonst in New York nichts umsonst gibt, und weil er so schön ist; die Leute sind locker und entspannt – auch mit ihren Kindern, und die alte Frau da drüben sieht aus, als ob sie etwas Wunderbares träumt.«

»Wahrscheinlich feiert sie Weihnachten allein«, sagte ich.

»Du auch?«, fragte Lucille.

»Nein, ach was. Natürlich nicht. Also dann, Lucille – schöne Feiertage, ich muss …«

»Ich wollte gerade auf einen Kakao ins Bouchon. Hast du Lust?«

Und als wir da zusammen saßen – Lucille noch immer lächelnd, ich noch immer nicht – und sie von Weihnachten erzählte, sagte ich plötzlich: »Gestern Abend stand ein Weihnachtsbaum in meiner Wohnung. Einfach so.«

»Im Ernst?«

»Ich hab bei der Polizei angerufen.«

»Du hast wegen einem Weihnachtsbaum in der Wohnung bei der Polizei angerufen?«

Ein Typ in einer karierten Fleecejacke, der sich mit zwei Bechern Lebkuchenmokka an uns vorbeischob, beugte sich zu Lucille runter und sagte so laut, dass ich es hören musste: »Du hast ein besseres Date verdient, Schätzchen.«

Sie lachte, aber ich fand es gar nicht witzig und rief hinter ihm her: »Sie ist nicht mein Date!«

Der Karierte drehte sich um. »Dann musst du blöd sein. Alles klar. Fröhliche Weihnachten.«

»Ich hatte einen Einbrecher in der Wohnung! Arschloch!«

Aber der Karierte war längst weg, und ich stand da, verlegen und allein. Doch ich war nicht allein. Lucille war noch da.

»Gefällt er dir?«, fragte sie.

»Der Kakao ist lecker, ja … danke.«

»Der Weihnachtsbaum. Gefällt er dir?«

Während ich – allein – nach Hause ging, dachte ich über ihre Frage nach. Gefiel es mir, im Alter von zweiunddreißig Jahren zum ersten Mal einen Weihnachtsbaum zu haben?

Ich bog um die Ecke. Die Afghanen standen vor ihrem Laden. Ich sagte: »Habt ihr gestern Abend einen Weihnachtsbaum bei mir abgeliefert?«

Sie schüttelten den Kopf und boten mir ein paar heiße Kastanien frisch aus dem Kohlebecken an. Ob ich Weihnachten nach Hause fahre? Nein. Sie würden gern nach Hause fahren. Einer von ihnen zückte die Brieftasche und zeigte mir ein zerknittertes Foto vom Haus seiner Eltern, einem flachen Betonklotz vor einem steilen Berg mit schneebedecktem Gipfel. Er sagte nichts – hielt nur das Bild in der Hand, wie ein Licht oder einen Spiegel oder die Antwort auf eine Frage. Bis eine Kundin kam, die Apfelsinen kaufen wollte.

Ich ging ebenfalls hinein, kaufte eine Portion Hühnchen mit Reis, Cashewnüssen und Aprikosen und ging nach Hause. Meine Wohnung liegt im dritten Stock, das Wohnzimmerfenster geht zur Straße raus. In dem Fenster ein Lichtschein, der von drinnen kam, woher auch immer. Wie von einer Tischlampe. Ich besitze keine Tischlampe. Ich bin ein Deckenlampentyp.

Ich rannte ins Haus.

Der tote Portier saß in der Loge vor seinem Fernseher. Ich baute mich davor auf und fuchtelte mit den Händen, um ihn auf mich aufmerksam zu machen, aber ich erntete bloß die übliche Reaktion: Die Lautstärke wurde aufgedreht. Wenn der Knabe nicht aufpasst, jagt er den Apparat noch in die Luft.

Wir haben keinen Aufzug. Ich nahm die Treppe, zwei Stufen auf einmal, so rasant, dass die Soße aus der Essensbox schwappte. Ich riss die Tür auf – alle drei Schlösser waren unversperrt. Keine Anzeichen für ein gewaltsames Eindringen. Den Griff zum Lichtschalter hätte ich mir sparen können.

Der Weihnachtsbaum war hell erleuchtet.

Ein schweres Schnaufen kam die Treppe herauf. Angespannt und auf alles gefasst, drückte ich mich tiefer in die Türöffnung. Doch es war bloß Mrs Noblovsky aus dem vierten Stock, die sich, mit bunten Tüten beladen – oder von ihnen emporgezogen? –, nach oben kämpfte. Sie verschwand fast hinter ihren Einkäufen.

»Soll ich Ihnen helfen?«, fragte ich, weil es sich so gehört.

Als Mrs Noblovsky vor meiner Wohnung stehen blieb, sah sie den friedlich vor sich hin leuchtenden Weihnachtsbaum und seufzte. »Schöne Bäumchen, Sam; meine ist Plastik.«

»Wollen Sie ihn? Ich bringe ihn Ihnen auch nach oben.«

»Braves Jungchen. Liebes Jungchen. Danke, aber geht nicht. Flieg ich morgen nach Philadelphia, meine Tochter besuchen. Du feierst hier, ja? Mit so feine Bäumchen.«

Und damit nahm sie die nächste Treppe in Angriff. Während ich ihr die Tüten hinterherschleppte, erzählte sie mir von Weihnachten in Sowjetrussland und dem Spezialwodka ihrer Großmutter, der hellseherische Kräfte verlieh.

»Schon wo drei Jahre ich war, Großmama gesagt hat zu mir: ›Agata, du in Amerika wirst leben.‹ Und bin ich hier.«

Dagegen gab es nichts mehr zu sagen. Mrs Noblovsky schloss auf, und ich stellte ihr die Tüten in die Diele. Ich war noch nie in ihrer Wohnung gewesen. Sie war größer als meine.

Alles war in Braun gehalten: schokoladenbrauner Teppichboden, karamellbraune Möbel, kaffeebraune Samtvorhänge. Der Schirm der mahagonibraunen Stehlampe hatte algenbraune Fransen, der hochbeinige Fernsehschrank mit dem vorsintflutlichen Apparat darin war mit Nussbaum furniert. Der Kühlschrank rumpelte vor sich hin, und es klang fast, als hielte die Wohnung ein Verdauungsschläfchen. Als würde Mrs Noblovsky im Bauch eines großen Braunbären wohnen.

Sie nahm eine Flasche aus dem Schrank. »Wodka«, sagte sie und drückte sie mir in die Hand. »Für zum Hellsehen. Von meiner Babuschka das Rezept. Brennt ihn mein Bruder in Brooklyn, aus Kartoffeln.«

»Können Kartoffeln hellsehen?«

»Ist geheime Zutat drin. Familiengeheimnis. Nimm mit. Bist braves Jungchen.«

Ich protestierte, zierte mich, zierte mich, protestierte. Dann fiel mir plötzlich etwas ein. »Mrs Noblovsky, was meinen Sie? Unser Portier unten in der Loge, der ist doch nicht tot, oder?«

»Ich glaube nein«, sagte sie. »Warum?«

»Ich wohne jetzt seit zwei Jahren hier, und er hat noch nie ein Wort mit mir geredet.«

»Mit mir hat geredet er vor zwanzig Jahren. Hatte Gasleck in Wohnung. Wozu er soll reden mit dir? Hast du auch Gasleck?«

»Weil er der Portier ist.«

Sie zuckte nur mit den Schultern und schaltete den Fernseher ein. Ich dankte ihr für den Wodka und ging wieder nach unten.

Und in meiner Wohnung stand der Baum. Der leuchtende Baum. Wer auch immer ihn aufgestellt hatte, musste Geschmack haben. Aber das war nun wirklich nicht der springende Punkt. Ich aß das Hühnchen, den Reis und die Cashewnüsse, die Aprikosen ließ ich liegen. Ich hätte die Lämpchen ausschalten können. Stattdessen saß ich davor und starrte sie an. Nach vier Gläsern von Mrs Noblovskys Hellseherwodka war mir der Baum beinahe ans Herz gewachsen. Ich konnte mir vorstellen, mir im nächsten Jahr vielleicht selbst so etwas zuzulegen. Ich schlief auf der Couch ein.

»Das ist für dich, Mom. Ein Weihnachtsgeschenk.«

»Wir feiern Weihnachten nicht, Sam.«

»Warum nicht?«

»Das hat es bei uns noch nie gegeben, und das wird es auch in Zukunft nicht geben.«

»Ich hab's von meinem Taschengeld gekauft.«

Meine Mutter packte das Geschenk aus. Eine But-

terdose aus Aluminium. In Form einer Muschel. »Ich glaube, das ist Silber«, sagte ich.

»Danke, Sam.«

»Freust du dich?«

Kaltes Tageslicht. Die Müllabfuhr hatte mich geweckt. Ich ging zum Fenster. Die Häuser in der Straße waren noch dunkel. Mehr Schnee über Nacht, wie ein Geheimnis, das wir hüteten. Der Müllwagen fuhr weiter, rasch füllten sich die Reifenspuren mit den weißen Federn der Schneegans im Himmel.

Schneegans? Hab ich sie noch alle?

Anziehen, rausgehen, Besorgungen machen. Es war Heiligabend.

Ich ging zu Russ and Daughters, kaufte Lachs, Frischkäse und Pastrami. Es wurden Plätzchen verschenkt. Ich nahm mir ein paar. Um die Ecke liegt das zugehörige Café. Eine Scheibe Toast mit Fischrogen und ein Cocktail wären genau das Richtige für neun Uhr an Heiligabend.

Ich hockte mich an die Theke und griff nach dem Platzdeckchen, das auch als Speisekarte fungierte.

»Hallo«, sagte Lucille.

Sie saß an einem Tisch und trank Kaffee. »Leistest du mir Gesellschaft?«

Warum nicht? Darauf kam es jetzt auch schon nicht mehr an. Nicht genug damit, dass ich, wo ich ging und stand, über diese Frau stolperte, ich wurde auch noch mit einem leuchtenden Weihnachtsbaum und einer Flasche Hellseherwodka beschert.

Verständnisvoll hörte sie sich an, wie ich ihr mein Leid klagte – bloß den Teil, der mit ihr zu tun hatte, ließ ich weg. »Sollen wir ein Eis essen?«

»Morgens um halb zehn?«

»Ist das verwerflicher als ein Martini um neun?«

Da war was dran. Wir aßen Eis; Ingwer für mich, Erdbeere für sie. »Feierst du morgen bei deinen Freunden«, fragte sie, »oder kommen sie zu dir?«

»Das haben wir noch nicht entschieden«, sagte ich leicht panisch. Natürlich hatte ich Freunde, aber nicht an Weihnachten. Doch auch das behielt ich lieber für mich.

Sie nickte. »Wollen wir zusammen einkaufen gehen? Geschenke auf den letzten Drücker?«

Ich schüttelte den Kopf. »Keine Geschenke! Die gehören bei mir nicht zur Tradition.«

»Hast du dem Weihnachtsmann nie einen Wunschzettel geschrieben?«

»Den gibt es doch gar nicht«, sagte ich.

»Hattest du nie einen Wunsch, der so groß war, dass du ihn dem Weihnachtsmann einfach schicken musstest?«

»Du willst mich wohl auf den Arm nehmen.«

Wollte sie nicht.

»Höchstens einen Schlitten. Einen aus echtem Holz mit einem Zugseil aus Leder und Stahlkufen.«

»Den könntest du dir doch noch zulegen.«

Ich winkte ab. »Das war eine andere Zeit.«

»Das ist ja gerade das Tolle an der Zeit«, sagte Lucille. »Sie ist nie vorbei. Was du damals nicht konntest, kannst du jetzt.«

»Zu spät.«

»Zu spät, um ein Wunderkind zu werden, das schon. Aber doch nicht, um dir einen Schlitten zu kaufen.«

Ich erwiderte ihr Lächeln. Dann stand ich auf und griff nach meinem Mantel. »Schöne Feiertage, Lucille. Wir sehen uns im neuen Jahr in der Firma.«

Sie nickte und vertiefte sich in die Speisekarte. Ich zögerte. Was bin ich doch für ein Trottel. Aber weil ich nun mal einer war, sagte ich nicht, was ich so gern gesagt hätte. Ich ging.

Dichterer Schnee und weniger Autos. Höchste Zeit, nach Hause zu kommen. Irgendwo hatte ich gelesen, dass in Manhattan mehr als die Hälfte aller Menschen allein leben.

Vor dem Laden an der Ecke röstete Farouk wieder Kastanien. Mit der Blechschaufel fischte er mir klappernd eine Portion aus den Kohlen. »Um vier Uhr machen wir zu. Wir feiern ein Fest. Kommst du auch?«

»Gern. Was soll ich mitbringen?«

»Gar nichts – du bist mein Gast.«

Da fiel mir ein, dass Lucille nun schon zweimal für mich mitbezahlt hatte. Für den Kakao und fürs Frühstück. Vorhin hatte ich doch glatt vergessen, mein eigenes Frühstück zu bezahlen. Ich muss sie anrufen. Ich kann sie nicht anrufen. Ich hab ihre Handynummer nicht.

Ich ging ins Haus.

Am Kabäuschen des toten Portiers hing eine große rote Schleife. Ich klopfte laut an die Scheibe, aber ich sah nur seinen Hinterkopf und Angela Lansbury, die in »Mord ist ihr Hobby« durch die Gegend wetzte.

Ob die geheimnisvolle Christbaumfee schon auf mich lauerte, um mich zu töten? Verdient hätte ich es.

Beklommen und aufgeregt zugleich sperrte ich die drei Schlösser der Wohnungstür auf. Was würde ich dieses Mal vorfinden?

Die Antwort? Nichts. Enttäuschungen sind die Konstante in meinem Leben. Baum und Lichterkette waren da, doch es war nichts Neues dazugekommen.

Ich arbeitete ein paar Firmenmails ab. Sie kamen alle mit einer Abwesenheitsnotiz zurück. Die amerikanische Arbeitsmoral ließ schwer zu wünschen übrig. Es war gerade mal elf Uhr morgens.

Bis um zwölf hatte ich geduscht, mich rasiert und umgezogen, und mir fiel die Decke auf den Kopf. Ich könnte eine Runde spazieren gehen. Auf jeden Fall etwas für Farouk kaufen. Er stand auf Baseballkappen.

Im Fenster der Buchhandlung McNally's lag ein Hart Crane. Während ich davorstand, hörte ich mich sagen:

»Nie dachte ich
An das Sieden, das stete Sichglätten der Marschen
Bis die Zeit mich brachte ans Meer.«

Crane schrieb diese Zeilen mit sechsundzwanzig. Er starb mit zweiunddreißig. Mein Gesicht war nass vom Regen oder vom Schnee. Ich ging hinein und kaufte das Buch.

Der Hart Crane war nicht für Farouk bestimmt, der bekam die Baseballkappe mit Leopardenmuster.

Ich saß mit ihm auf der rostigen Feuertreppe hinter dem Haus. Drinnen war es mir zu warm geworden – sämtliche Afghanen in New York hatten sich auf der Party versammelt. Es wurde musiziert und viel gelacht. Farouk musste mitbekommen haben, wie ich mich auf die Feuertreppe verdrückte. Er kam mit einem Bier hinter mir her. Da holte ich die Kappe raus, die ich ihm gekauft hatte.

»Passt sie? Setz mal auf.«

Auf dem Absatz der Treppe stand ein kaputter Kühlschrank. Farouk benutzte die Scheibe der offenen Glastür als improvisierten Spiegel und sein Handy als Beleuchtung, als er sich den Schirm der Kappe bis über die nachtschwarzen Augen in die Stirn zog. »Ein Leopardenbasecap hab ich noch nie gesehen.«

»Wahrscheinlich ein Wintermodell.«

»Ich komm mir vor wie eine Bergkatze im Hindukusch. Warst du schon mal in Afghanistan?«

»Ich? Nein.«

»Das schönste Land der Welt. Hier, ich zeig dir ein paar Fotos. Ziegen, Adler, der Markt, auf dem mein Vater arbeitet – in den Säcken da ist Reis. Er kann sie noch tragen, obwohl er schon siebzig ist. Ein starker Mann. Er glaubt, ich bin Taxifahrer. Er wollte selbst immer Taxifahrer werden.«

»Würdest du wieder nach Hause gehen, wenn du könntest?«

Farouk schüttelte den Kopf. »Was heißt nach Hause? Wo ist zu Hause? Die Heimat ist ein Traum. Ein Märchen. Dieses Afghanistan existiert nicht mehr. Nicht für mich. Die Heimat ist da, wo man sie sich schafft, mein Freund. Soll ich sie mal umgekehrt aufsetzen?«

Er drehte die Kappe um. »Deine Freundin – so nett, und wie sie lächelt. Wo steckt sie?«

»Sie ist nicht meine Freundin.«

Farouk machte ein trauriges Gesicht. »Eine tolle Frau, du musst dir mehr Mühe geben.«

Es war später, sehr viel später, und ich war wieder zu Hause, starrte den Baum an und trank den Rest von Mrs Noblovskys Hellseherwodka. Ich konnte die Zukunft sehen: Alles bleibt, wie es ist. Und so was nennt sich Zukunft?

Ich riss die Fenster auf. Atmete ein paarmal tief durch. Auf der Party wurde immer noch Musik gemacht. Ich sollte ins Bett gehen. Eine Nacht in voller Montur auf dem Sofa war mehr als genug.

Aber vorher musste ich noch etwas erledigen.

Auf dem Kleiderschrank stand eine Schachtel mit einer Schachtel darin. Sie enthielt auch noch andere Sachen, aber ich wollte an die Schachtel in der Schachtel, aus Pappe und mit Küchengarn verschnürt.

Meine Mutter hatte sie mir zum Abschied mitgegeben, als ich zu Hause auszog, um zur Uni zu gehen. Ich lächelte, küsste sie und hob mir die Schachtel für die Zugfahrt auf.

Ich band sie auf, genau wie damals. Was hatte sie mir als Andenken mitgegeben?

In der Schachtel lag die Alu-Butterdose in Muschelform.

Sie konnte nie etwas annehmen. Sie konnte nie etwas geben.

Ich hätte sie aus dem Zugfenster schmeißen sollen. Stattdessen behielt ich sie bei mir, wie ein bereits geschlucktes Gift. Warum?

Meine Hände zitterten. Ich ging zum Fenster, holte weit aus und schleuderte das Ding mit ganzer Kraft hinaus, vorbei an den Klimaanlagenkästen und den Satellitenschüsseln, mitten hinein in die nächtlichen Sterne. Mitten hinein ins Nichts. Ich hörte sie nirgendwo aufprallen.

Dann schlief ich.

Der Morgen kam. Er kommt immer.

Noch in Boxershorts und T-Shirt schlurfte ich gähnend ins Wohnzimmer. Da war der Baum. Da waren die Lichter. Und unter dem Baum lag eine lange Kiste aus Pappe mit einer silbernen Schleife.

Ich ging wieder ins Schlafzimmer und wiederholte die ganze Nummer: gähnen, recken, strecken und vorsichtig wieder zurück. Das Geschenk – was sollte es sonst sein, wenn es unter dem Weihnachtsbaum lag? – war noch da.

Allmählich kam ich mir beim Betreten meines eigenen Wohnzimmers vor, als hätte ich ein wildes Tier im Haus. Was nun, wie weiter? Ich kochte mir einen Kaffee, checkte mein Handy; keine Nachrichten. Ich war nicht betrunken. Und ja, das Ding unter dem Baum war noch da.

Na schön. Tief durchatmen. Ruhig bleiben. Anziehen. Jeans. Hemd. Pulli. Das Paket in die Diele bringen, die Treppe runter und raus auf die Straße. Aufmachen. Was drin war, musste raus.

Ich nahm ein Küchenmesser mit, für die dicke Pappe. Die Kiste war schwer und unhandlich. Die Jalousie vor dem Fenster des toten Portiers war heruntergelassen. Oben. Unten. Gehopst wie gesprungen. Tot ist tot.

Okay, jetzt war ich draußen. Es war ein herrlicher Morgen. Bei den Minusgraden gestern Nacht hatte sich der Schnee in einen blütenweißen Teppich verwandelt, der bis zum Ende des Straßenzugs reichte. Die Sonne schien, doch auch der Mond stand noch am Himmel. Es war schneidend kalt. Mit meinem längst nicht so scharfen Messer schlitzte ich die Pappe auf, ich riss sie herunter.

Sachen machen nicht glücklich. Diese Sache schon. Zum Vorschein kam ein auf Hochglanz polierter Holzschlitten mit rotem Lederzugseil und blauen Stahlkufen. Die vorderen waren sogar beweglich, sodass man steuern konnte. Ich vergaß alles um mich herum, setzte mich darauf und probierte die Lenkung aus. Fantastisch.

Erst als mir die blitzenden Radkappen eines Retro-Käfers die Sonne in die Augen warfen, merkte ich, dass ein Wagen neben mir angehalten hatte.

»Sollen wir in den Riverside Park fahren, damit du ihn testen kannst?«

Lucille mit Pudelmütze, das Verdeck offen.

»Hast du ihn mir geschenkt, Lucille?«

Wir ließen keine Schlittenbahn aus. Pilgrim Hill im Central Park, Hippe im Riverside, Owl's Head Park. Und ich rodelte in der Zeit zurück, oder die Zeit existierte nicht mehr, denn schließlich ist nur einmal im Jahr Weihnachten.

Erst als die Sonne unterging, hatten wir genug. Ich sagte: »Kommst du noch mit auf Lachs und Frischkäse? Es ist kein richtiges Weihnachtsessen, aber … Ich habe Schwarzbrot und einen interessanten Wodka … gehabt. Ich hab die Flasche gestern Abend leer gemacht.«

»Ich nehme dich mit zu mir«, sagte Lucille. »Ich wohne in einer WG und habe nicht viel Platz, aber die anderen sind über die Feiertage nach Hause gefahren. Es gibt auch was zu essen. Aber vorher fahren wir noch bei dir vorbei. Ich muss was abliefern.«

»Hast du nicht schon genug abgeliefert? Den Baum, die Lichter … die waren doch von dir, oder?«

Lucille nickte. Was für sanfte Augen. Ich liebe ihr Lächeln.

»Aber wie bist du reingekommen?«

Lucille wartete unten auf mich, während ich schnell in meine Wohnung sprang, trockene Sachen anzog und den Lachs einpackte. Ich zögerte kurz, dann steckte ich auch ein frisches T-Shirt, Boxershorts und meine elektrische Zahnbürste in die Tasche. Und noch etwas. Ich wusste, ich hatte es für Lucille gekauft.

»Danke«, sagte ich im Hinausgehen zu dem Baum.

Unten stand Lucille mit einem älteren Mann zusammen, der das gleiche strahlende Lächeln besaß wie sie. Irgendwie kam er mir bekannt vor. Als sie mich sah, sagte sie zu ihm: »Das ist Sam.«

»Sam? Den kenn ich«, sagte der mir nicht ganz Fremde. »Der will immer was von mir, deshalb beachte ich ihn gar nicht.«

Er drückte Lucille einen Kuss auf den Scheitel und wandte sich zur Pförtnerloge. Am Hinterkopf erkannte ich ihn wieder. »Dann bis morgen, Spätzchen.« Hinter dem ganz und gar nicht toten Portier schloss sich die Tür.

»Das ist mein Großvater«, sagte Lucille.

Wir stiegen in den vw. Wir fuhren zu ihr, in ihre winzig kleine Wohnung. Wir aßen. Wir redeten. Fast hätte ich sie geküsst, doch ich schenkte ihr den Hart Crane, und sie küsste mich. Sie war ja auch die Herrin im Haus. Ich sagte: »Ich schulde dir noch was für den Kakao und das Frühstück.«

Sie sagte: »Dafür haben wir noch das ganze nächste Jahr Zeit.«

HANS CHRISTIAN ANDERSEN

Der Tannenbaum

Draußen im Walde stand ein kleiner Tannenbaum; er hatte einen guten Platz, Sonne konnte er bekommen, Luft war genug da, und ringsumher wuchsen viele größere Kameraden, sowohl Tannen als Fichten. Aber dem kleinen Tannenbaum schien nichts so wichtig wie das Wachsen; er achtete nicht der warmen Sonne und der frischen Luft, er kümmerte sich nicht um die Bauernkinder, die da gingen und plauderten, wenn sie herausgekommen waren, um Erdbeeren und Himbeeren zu sammeln. Oft kamen sie mit einem ganzen Topf voll oder hatten Erdbeeren auf einen Strohhalm gezogen, dann setzten sie sich neben den kleinen Tannenbaum und sagten: »Wie klein er ist!« Das mochte der Baum gar nicht hören.

Im folgenden Jahre war er ein rechtes Stück größer, und im Jahr darauf ein noch größeres Stück, denn bei den Tannenbäumen kann man immer an den vielen Gliedern, die sie haben, sehen, wie viele Jahre sie gewachsen sind.

»Oh, wäre ich doch so groß wie die andern Bäume!« seufzte das kleine Bäumchen. »Dann könnte ich meine Zweige ebenso weit umher ausbreiten und mit der Krone in die Welt hinausblicken! Die Vögel würden dann Nester zwischen meinen Zweigen bauen, und wenn der Wind weht, könnte ich so vornehm nicken, gerade wie die andern dort!«

Er hatte gar keine Freude am Sonnenschein, an den Vögeln und den roten Wolken, die morgens und abends über ihn hinsegelten.

War es nun Winter und der Schnee lag ringsumher funkelnd weiß, so kam häufig ein Hase angesprungen und setzte gerade über den kleinen Baum weg. Oh, das war ärgerlich! Aber zwei Winter vergingen, und im dritten war das Bäumchen so groß, daß der Hase um es herumlaufen mußte. ›Oh, wachsen, wachsen, groß und alt werden, das ist doch das einzig Schöne auf dieser Welt!‹ dachte der Baum.

Im Herbst kamen immer Holzhauer und fällten einige der größten Bäume; das geschah jedes Jahr, und dem jungen Tannenbaum, der nun ganz gut gewachsen war, schauderte dabei; denn die großen, prächtigen Bäume fielen mit Knacken und Krachen zur Erde, die Zweige wurden abgehauen, die Bäume sahen ganz nackt, lang und schmal aus; sie waren fast nicht zu erkennen. Aber dann wurden sie auf Wagen gelegt, und Pferde zogen sie davon, aus dem Walde hinaus.

Wohin sollten sie? Was stand ihnen bevor?

Im Frühjahr, als die Schwalben und Störche kamen, fragte sie der Baum: »Wißt ihr nicht, wohin sie geführt wurden? Seid ihr ihnen begegnet?«

Die Schwalben wußten nichts, aber der Storch dachte nach, nickte mit dem Kopf und sagte: »Ja, ich glaube wohl; mir begegneten viele neue Schiffe, als ich aus Ägypten zurückflog; auf den Schiffen waren prächtige Mastbäume; ich darf annehmen, daß sie es waren, sie hatten Tannengeruch; ich kann vielmals von ihnen grüßen, sie sind schön und stolz!«

»Oh, wäre ich doch auch groß genug, um über das Meer hinfahren zu können! Was ist das eigentlich, dieses Meer, und wie sieht es aus?«

»Ja, das ist weitläufig zu erklären!« sagte der Storch, und damit ging er.

»Freue dich deiner Jugend!« sagten die Sonnenstrahlen; »freue dich deines frischen Wachstums, des jungen Lebens, das in dir ist!«

Und der Wind küßte den Baum, und der Tau weinte Tränen über ihn, aber das verstand der Tannenbaum nicht.

Gegen die Weihnachtszeit wurden stets ganz junge Bäume gefällt, Bäume, die oft nicht einmal so groß oder gleichen Alters wie dieser Tannenbaum waren, der weder Rast noch Ruhe hatte, sondern immer davonwollte; diese jungen Bäume, und es waren gerade die allerschönsten, behielten immer alle ihre Zweige; sie wurden auf Wagen gelegt, und Pferde zogen sie zum Walde hinaus.

»Wohin sollen diese?« fragte der Tannenbaum. »Sie sind nicht größer als ich, einer ist sogar viel kleiner; weswegen behalten sie alle ihre Zweige? Wohin fahren sie?«

»Das wissen wir! Das wissen wir!« zwitscherten die Meisen. »Unten in der Stadt haben wir in die Fenster gesehen! Wir wissen, wohin sie fahren! Oh, sie gelangen zur größten Pracht und Herrlichkeit, die man sich denken kann! Wir haben in die Fenster gesehen und erblickt, daß sie mitten in der warmen Stube aufgepflanzt und mit den schönsten Sachen, vergoldeten Äpfeln, Honigkuchen, Spielzeug und vielen hundert Lichtern geschmückt werden.«

»Und dann?« fragte der Tannenbaum und bebte in allen Zweigen. »Und dann? Was geschieht dann?«

»Mehr haben wir nicht gesehen! Das war unvergleichlich schön!«

»Ob ich wohl bestimmt bin, diesen strahlenden Weg zu gehen?« jubelte der Tannenbaum. »Das ist noch besser, als über das Meer zu ziehen! Was ich für Sehnsucht leide! Wäre es doch Weihnachten! Nun bin ich hoch und entfaltet wie die andern, die im vorigen Jahre davongeführt wurden! Oh, wäre ich erst auf dem Wagen, wäre ich doch in der warmen Stube mit all der Pracht und Herrlichkeit! Und dann? Ja, dann kommt noch etwas Besseres, noch Schöneres, warum würden sie mich sonst so schmücken? Es muß noch etwas Größeres, Herrlicheres kommen! Aber was? Oh, ich leide, ich sehne mich, ich weiß selbst nicht, wie mir ist!«

»Freue dich unser!« sagten die Luft und das Sonnenlicht; »freue dich deiner frischen Jugend im Freien!«

Aber er freute sich durchaus nicht; er wuchs und wuchs, Winter und Sommer stand er grün; dunkelgrün stand er da, die Leute, die ihn sahen, sagten: »Das ist ein schöner Baum!« und zur Weihnachtszeit wurde er von allen zuerst gefällt. Die Axt hieb tief durch das Mark; der Baum fiel mit einem Seufzer zu Boden, er fühlte einen Schmerz, eine Ohnmacht, er konnte gar nicht an irgendein Glück denken, er war betrübt, von der Heimat scheiden zu müssen, von dem Flecke, auf dem er emporgeschossen war; er wußte ja, daß er die lieben alten Kameraden, die kleinen Büsche und Blumen ringsumher nie mehr sehen würde, ja vielleicht nicht einmal die Vögel. Die Abreise hatte durchaus nichts Behagliches.

Der Baum kam erst wieder zu sich, als er im Hofe mit andern Bäumen abgeladen wurde und einen Mann sagen hörte: »Dieser hier ist prächtig! Den nehmen wir und keinen anderen!«

Nun kamen zwei Diener in Livree und trugen den Tannenbaum in einen großen, schönen Saal. Ringsherum an den Wänden hingen Bilder, und bei dem großen Kachelofen standen große chinesische Vasen mit Löwen auf den Deckeln; da waren Schaukelstühle, seidene Sofas, große Tische voll von Bilderbüchern und Spielzeug für hundertmal hundert Taler; wenigstens sagten das die Kinder. Der Tannenbaum wurde in ein großes, mit Sand gefülltes Faß gestellt, aber niemand konnte sehen, daß es ein Faß war, denn es wurde rundherum mit grünem Zeug behängt und stand auf einem großen, bunten Teppich. Oh, wie der Baum bebte! Was würde da wohl vorgehen? Sowohl die Diener als die Fräulein schmückten ihn. An einen Zweig hängten sie kleine, aus farbigem Papier ausgeschnittene Netze, und jedes Netz war mit Zuckerwerk gefüllt. Vergoldete Äpfel und Walnüsse hingen herab, als wären sie festgewachsen, und über hundert rote, blaue und weiße kleine Kerzen wurden in den Zweigen festgesteckt. Puppen, die leibhaft wie die Menschen aussahen – der Baum hatte früher nie solche gesehen –, schwebten im Grünen, und hoch oben in der Spitze wurde ein Stern von Flittergold befestigt. Das war prächtig, ganz außerordentlich prächtig!

»Heute abend«, sagten alle, »heute abend wird er strahlen!« und sie waren außer sich vor Freude.

›Oh‹, dachte der Baum, ›wäre es doch Abend! Würden nur die Lichter bald angezündet! Und was dann wohl geschieht? Ob da wohl Bäume aus dem Walde kommen, mich zu sehen? Ob die Meisen gegen die Fensterscheiben fliegen? Ob ich hier festwachse und Winter und Sommer geschmückt stehen werde?‹

Ja, was konnte der Tannenbaum wissen; aber er hatte ordentlich Rindenschmerzen vor lauter Sehnsucht, und Rindenschmerzen sind für einen Baum ebenso schlimm wie Kopfschmerzen für uns Menschen.

Nun wurden die Lichter angezündet. Welcher Glanz, welche Pracht! Der Baum bebte in allen Zweigen dabei, so daß eins der Lichter das Grüne anbrannte; es sengte ordentlich.

»Gott bewahre!« schrien die Fräulein und löschten es hastig aus.

Nun durfte der Baum nicht einmal beben. Oh, das war ein Graus! Ihm war bange, etwas von seiner Pracht zu verlieren; er war ganz betäubt von all dem Glanze. Da gingen beide Flügeltüren auf, und eine Menge Kinder stürzte herein, als wollten sie den ganzen Baum umwerfen, die älteren Leute kamen bedächtig nach; die Kleinen standen ganz stumm, aber nur einen Augenblick, dann jubelten sie wieder, daß es laut schallte; sie tanzten um den Baum herum, und ein Geschenk nach dem andern wurde abgepflückt und verteilt.

›Was machen sie?‹ dachte der Baum. ›Was soll geschehen?‹ Die Lichter brannten gerade bis auf die Zweige herunter, und als sie heruntergebrannt waren, wurden sie ausgelöscht, und dann erhielten die Kinder die Erlaubnis, den Baum zu plündern. Sie stürzten auf ihn zu, daß es in allen Zweigen knackte; wäre er nicht unter dem Goldstern mit der Spitze an der Decke festgemacht gewesen, so wäre er umgefallen. Die Kinder tanzten mit ihrem schönen Spielzeug herum, niemand sah nach dem Baume, ausgenommen das alte Kindermädchen, das zwischen die Zweige blickte; aber es geschah nur, um zu sehen, ob nicht noch eine Feige oder ein Apfel vergessen sei.

»Eine Geschichte, eine Geschichte!« riefen die Kinder und zogen einen kleinen dicken Mann zu dem Baum hin, und er setzte sich gerade unter ihn, »denn so sind wir im Grünen«, sagte er, »und der Baum kann auch gleich zuhören! Aber ich erzähle nur eine Geschichte. Wollt ihr die von Ivede-Avede oder die von Klumpe-Dumpe hören, der die Treppen hinunterfiel und doch erhöht wurde und die Prinzessin bekam?«

»Ivede-Avede!« schrien einige, »Klumpe-Dumpe!« schrien andere. Das war ein Rufen! Nur der Tannenbaum schwieg ganz still und dachte: ›Komme ich gar nicht mit, werde ich nichts dabei zu tun haben?‹ Er hatte ja geleistet, was er sollte.

Der Mann erzählte von Klumpe-Dumpe, der die Treppen hinunterfiel und doch erhöht wurde und die Prinzessin bekam. Und die Kinder klatschten in die Hände und riefen: »Erzähle, erzähle!« Sie wollten auch die Geschichte von Ivede-Avede hören, aber sie bekamen nur die von Klumpe-Dumpe. Der Tannenbaum stand ganz stumm und gedankenvoll da, nie hatten die Vögel im Walde dergleichen erzählt. ›Klumpe-Dumpe fiel die Treppen hinunter und bekam doch die Prinzessin! Ja, ja, so geht es in der Welt zu!‹ dachte der Tannenbaum und glaubte, daß es wahr sei, weil ein so netter Mann es erzählt hatte. ›Ja, ja! Vielleicht falle auch ich die Treppe hinunter und bekomme eine Prinzessin!‹ Und er freute sich, den nächsten Tag wieder mit Lichtern und Spielzeug, Gold und Früchten und dem Stern von Flittergold aufgeputzt zu werden.

›Morgen werde ich nicht zittern!‹ dachte er. ›Ich will mich recht aller meiner Herrlichkeit freuen. Morgen werde ich wieder die Geschichte von Klumpe-Dumpe und vielleicht auch die von Ivede-Avede hören.‹ Und der Baum stand die ganze Nacht still und gedankenvoll da.

Am Morgen kamen die Diener und das Kindermädchen herein.

›Nun werde ich wieder geschmückt!‹ dachte der Baum; aber sie schleppten ihn zum Zimmer hinaus, die Treppe hinauf, auf den Boden und stellten ihn in einen dunklen Winkel, wohin kein Tageslicht schien. ›Was soll das bedeuten?‹ dachte der Baum. ›Was soll ich hier wohl machen? Was soll ich hier wohl hören?‹ Er lehnte sich gegen die Mauer und dachte und dachte. Und er hatte Zeit genug, denn es vergingen Tage und Nächte; niemand kam herauf, und als endlich jemand kam, so geschah es, um einige große Kästen in den Winkel zu stellen; der Baum stand ganz versteckt, man mußte glauben, daß er ganz vergessen war.

›Nun ist es Winter draußen!‹ dachte der Baum. ›Die Erde ist hart und mit Schnee bedeckt, die Menschen können mich nicht pflanzen; deshalb soll ich wohl bis zum Frühjahr hier in Schutz stehen! Wie wohlbedacht ist das! Wie die Menschen doch so gut sind! Wäre es hier nur nicht so dunkel und schrecklich einsam! Nicht einmal ein kleiner Hase! Das war doch angenehm da draußen im Walde, wenn der Schnee lag und der Hase vorbeisprang, ja selbst als er über mich hinwegsprang; aber damals mochte ich es nicht leiden. Hier oben ist es doch schrecklich einsam!‹

»Piep, piep!« sagte da eine kleine Maus und huschte hervor; und dann kam noch eine kleine. Sie beschnüffelten den Tannenbaum, und dann schlüpften sie zwischen seine Zweige.

»Es ist eine greuliche Kälte!« sagten die kleinen Mäuse. »Aber sonst ist es hier ganz gemütlich; nicht wahr, du alter Tannenbaum?«

»Ich bin gar nicht alt!« sagte der Tannenbaum; »es gibt viele, die weit älter sind als ich!«

»Woher kommst du?« fragten die Mäuse, »und was weißt du?« Sie waren schrecklich neugierig. »Erzähle uns doch von den schönsten Orten auf Erden! Bist du dort gewesen? Bist du in der Speisekammer gewesen, wo Käse auf den Brettern liegen und Schinken unter der Decke hängen, wo man auf Talglichtern tanzt, mager hineingeht und fett herauskommt?«

»Das kenne ich nicht«, sagte der Baum; »aber den Wald kenne ich, wo die Sonne scheint und die Vögel singen!« Und dann erzählte er alles aus seiner Jugend. Die kleinen Mäuse hatten früher nie dergleichen gehört, sie horchten auf und sagten: »Wieviel du gesehen hast! Wie glücklich du gewesen bist!«

»Ich?« sagte der Tannenbaum und dachte nach über das, was er selbst erzählt hatte. »Ja, es waren im Grunde ganz fröhliche Zeiten!« Aber dann erzählte er vom Weihnachtsabend, wo er mit Zuckerwerk und Lichtern geschmückt war.

»Oh«, sagten die kleinen Mäuse, »wie glücklich du gewesen bist, du alter Tannenbaum!«

»Ich bin gar nicht alt!« sagte der Baum; »erst in diesem

Winter bin ich aus dem Walde gekommen! Ich bin in meinen allerbesten Jahren, ich bin nur so aufgeschossen.«

»Wie schön du erzählst!« sagten die kleinen Mäuse, und in der nächsten Nacht kamen sie mit vier anderen kleinen Mäusen, die den Baum erzählen hören sollten, und je mehr er erzählte, desto deutlicher erinnerte er sich selbst an alles und dachte: ›Es waren doch ganz fröhliche Zeiten! Aber sie können wiederkommen, können wiederkommen! Klumpe-Dumpe fiel die Treppe hinunter und bekam doch die Prinzessin; vielleicht kann ich auch eine Prinzessin bekommen.‹ Und dann dachte der Tannenbaum an eine kleine, niedliche Birke, die draußen im Walde wuchs; das war für den Tannenbaum eine wirkliche, schöne Prinzessin.

»Wer ist Klumpe-Dumpe?« fragten die kleinen Mäuse. Da erzählte der Tannenbaum das ganze Märchen, er konnte sich jedes einzelnen Wortes entsinnen; die kleinen Mäuse hörten aufmerksam zu, denn sie hatten es satt, nur zum Vergnügen in den Zweigen herumzuspringen. In der folgenden Nacht kamen weit mehr Mäuse und am Sonntag sogar zwei Ratten, aber die meinten, die Geschichte sei nicht hübsch, und das betrübte die kleinen Mäuse, denn nun hielten sie auch weniger davon.

»Wissen Sie nur die eine Geschichte?« fragten die Ratten.

»Nur die eine«, antwortete der Baum; »die hörte ich an meinem glücklichsten Abend, aber damals wußte ich selbst nicht, wie glücklich ich war.«

»Das ist eine höchst jämmerliche Geschichte! Kennen Sie keine von Speck und Talglicht? Keine Speisekammergeschichte?«

»Nein!« sagte der Baum.

»Ja, dann danken wir dafür!« erwiderten die Ratten und gingen zu den Ihrigen zurück.

Die kleinen Mäuse blieben zuletzt auch weg, und da seufzte der Baum: »Es war doch ganz hübsch, als sie um mich herumsaßen, die lebhaften kleinen Mäuse, und zuhörten, wie ich erzählte! Nun ist auch das vorbei! Aber ich werde gerne daran denken, wenn ich wieder hervorgenommen werde.«

Aber wann geschah das? Ja, es war eines Morgens, da kamen Leute und wirtschafteten auf dem Boden; die Kästen wurden weggesetzt, der Baum wurde hervorgezogen; sie warfen ihn freilich ziemlich hart gegen den Fußboden, aber ein Diener schleppte ihn gleich zur Treppe hin, wo der Tag leuchtete.

›Nun beginnt das Leben wieder!‹ dachte der Baum; er fühlte die frische Luft, die ersten Sonnenstrahlen, und nun war er draußen im Hofe. Alles ging geschwind, der Baum vergaß völlig, sich selbst zu betrachten, da war so vieles ringsumher zu sehen. Der Hof stieß an einen Garten, und alles blühte darin; die Rosen hingen frisch und duftend über das kleine Gitter hinaus, die Lindenbäume blühten, und die Schwalben flogen umher und sagten: »Quirrevirrevit, mein Mann ist kommen!« Aber es war nicht der Tannenbaum, den sie meinten.

»Nun werde ich leben!« jubelte der und breitete seine Zweige weit aus; aber ach, die waren alle vertrocknet und gelb; und er lag da zwischen Unkraut und Nesseln. Der Stern von Goldpapier saß noch oben in der Spitze und glänzte im hellen Sonnenschein.

Im Hofe selbst spielten ein paar der munteren Kinder, die zur Weihnachtszeit den Baum umtanzt hatten und so froh über ihn gewesen waren. Eins der kleinsten lief hin und riß den Goldstern ab.

»Sieh, was da noch an dem häßlichen, alten Tannenbaum sitzt!« sagte es und trat auf die Zweige, so daß sie unter seinen Stiefeln knackten.

Der Baum sah auf all die Blumenpracht und Frische im Garten, er betrachtete sich selbst und wünschte, daß er in seinem dunklen Winkel auf dem Boden geblieben wäre; er gedachte seiner frischen Jugend im Walde, des lustigen Weihnachtsabends und der kleinen Mäuse, die sich so munter die Geschichte von Klumpe-Dumpe angehört hatten.

»Vorbei, vorbei!« sagte der arme Baum. »Hätte ich mich doch gefreut, als ich es noch konnte! Vorbei, vorbei!«

Der Diener kam und hieb den Baum in kleine Stücke, ein ganzes Bund lag da; hell flackerte es auf unter dem großen Braukessel. Der Baum seufzte tief, und jeder Seufzer war einem kleinen Schusse gleich; deshalb liefen die Kinder, die da spielten, herbei und setzten sich vor das Feuer, blickten hinein und riefen: »Piff, paff!« Aber bei jedem Knalle, der ein tiefer Seufzer war, dachte der Baum an einen Sommerabend im Walde oder an eine Winternacht da draußen, wenn die Sterne funkelten; er dachte an den Weihnachtsabend und an Klumpe-Dumpe, das einzige Märchen, das er je gehört hatte und zu erzählen wußte – und dann war der Baum verbrannt.

Die Jungen spielten im Garten, und der kleinste hatte den Goldstern auf der Brust, den der Baum an seinem glücklichsten Abend getragen hatte. Nun war der Abend längst vorbei, und mit dem Baum war es vorbei und mit der Geschichte ist es auch vorbei – aus und vorbei.

So geht es mit allen Geschichten!

WASHINGTON IRVING

Weihnachten

Nichts übt in England einen angenehmern Zauber über meine Einbildung aus, als die Ueberbleibsel der Festtagsgebräuche und der ländlichen Spiele früherer Zeiten. Sie rufen die Bilder zurück, welche sich meine Phantasie an dem Maimorgen des Lebens zu schaffen pflegte, als ich die Welt nur aus Büchern kannte und sie ganz für so hielt, wie die Dichter sie schilderten; und in ihrem Geleite ist all das Liebliche jener ehemaligen rechtlichen Zeit, wo ich mir, vielleicht eben so unrichtig, die Welt weit häuslicher, geselliger und vergnügter denke, als jetzt. Ich bedaure, sagen zu müssen, daß sie alle Tage schwächer und schwächer werden, indem die Zeit sie allmählig wegspült, noch mehr aber durch die neueren Moden verdrängt. Sie gleichen jenen malerischen Bruchstücken der gothischen Baukunst, welche wir an verschiedenen Orten im Lande, theils von der verzehrenden Zeit angegriffen, theils, in den Zusätzen und Veränderungen späterer Tage verloren, untergehen sehen. Die Dichtkunst hängt indessen mit liebevoller Zärtlichkeit an den ländlichen Spielen und den Festtags-Lustbarkeiten, von denen sie so manche ihrer Gegenstände entlehnt hat – wie der Epheu sein reiches Laub um den gothischen Bogen und den verfallenden Thurm windet, indem er ihre wankenden Ueberbleibsel zusammenhält und sie gleichsam in sein Grün einhüllt.

Unter allen alten Festen jedoch erweckt das Weihnachtsfest die eindringlichsten und innigsten Gedankenverbindungen. Es ist ein Anklang von feierlichem, heiligen Gefühle darin, welches sich in unsere gesellschaftliche Fröhlichkeit mischt, und den Geist in einen Zustand geheiligten erhöhten Genusses empor trägt. Die Kirchentexte sind um diese Zeit ungemein zart und begeisternd. Sie beziehen sich auf die schönen Erzählungen von der Entstehung unseres Glaubens und den Hirtenauftritten, welche die Ankündigung desselben begleiteten. Sie nehmen während des Adventsmonats allmählig an Gluth und Pathos zu, bis sie an dem Morgen, welcher den Menschen Friede und Freude brachte, in vollen Jubel ausbrechen. Ich kenne keine großartigere Wirkung der Musik auf das Gefühl, als wenn ich das volle Chor und die tönende Orgel einer Weihnachtsmusik in einer Cathedrale aufführen höre, welche jeden Winkel des gewaltigen Gebäudes mit siegender Harmonie erfüllt.

Es ist auch eine schöne aus jenen Zeiten herstammende Einrichtung, daß dieses Fest, welches die Verkündigung der Religion des Friedens und der Liebe feiert, Veranlassung geworden ist, die Familienkreise zu vereinigen und die Bande verwandter Herzen, welche die Angelegenheiten und Vergnügungen und Bekümmernisse der Welt beständig zu lösen streben, wieder enger aneinander zu knüpfen; die Kinder der Familie, welche in das Leben hinaus verschlagen worden und weit auseinander gewandert sind, zurückzurufen, sie wieder um den väterlichen Herd, wie an einen Sammelplatz süßer Neigungen zu versammeln, um da, unter dem liebevollen Andenken der Kindheit, wieder jung zu werden und sich wieder zu lieben.

Es liegt in der Jahreszeit selbst etwas, das dem Weihnachtsfeste einen Reiz verleiht. Zu anderen Zeiten bereiten die bloßen Schönheiten der Natur uns schon einen großen Theil unserer Vergnügungen. Unsere Gefühle streifen hinaus und verbreiten sich auf der sonnigen Landschaft, und wir »leben draußen und überall.« Der Gesang des Vogels, das Murmeln des Baches, der wehende Duft des Frühlings, die sanfte Wollust des Sommers, der goldene Prunk des Herbstes; die Erde mit ihrem Gewande von erfrischendem Grün, der Himmel mit seinem dunkeln, herrlichen Blau und seiner Wolkenpracht; alles dieß erfüllt uns mit stummem und doch lebendigem Entzücken, und wir schwelgen in der Wollust der bloßen Sinnlichkeit. Aber in der Tiefe des Winters, wo die Natur aller ihrer Reize beraubt liegt und in ihr Leichentuch von gehäuftem Schnee gehüllt ist, wenden wir uns zu geistigen Quellen, um daraus Vergnügen zu schöpfen. Während das Wüste und Oede der Landschaft, die kurzen düstern Tage und die dunkeln Nächte unsere Wanderungen beschränken, halten sie unsern Geist auch ab, umherzustreifen, und machen, daß wir die Vergnügungen eines gesellschaftlichen Kreises desto mehr schätzen lernen. Unsere Gedanken drängen sich mehr zusammen; unser freundliches Mitgefühl wird um so stärker angeregt. Wir fühlen den Reiz unserer gegenseitigen Gesellschaft desto mehr, und werden dadurch, daß wir in unserm Genuß auf einander angewiesen sind, um so mehr zu einander hingezogen. Das Herz spricht zu dem Herzen; und wir schöpfen unser Vergnügen aus dem tiefen Borne des lebendigen Wohlwollens, welcher in den stillen Behältern unsers Herzens verborgen liegt; und der, wenn man aus ihm schöpft, den reinsten Stoff häuslicher Glückseligkeit gewährt.

Die tiefe Dunkelheit draußen macht, daß das Herz sich erweitert, wenn man das Zimmer betritt, das mit der Gluth und Wärme des abendlichen Feuers erfüllt ist. Der röthliche Feuerschein verbreitet einen künstlichen Sommer und Sonnenglanz in dem Zimmer, und erhellt jedes Gesicht zu einem freundlichen Willkommen. Wo gestaltet sich das biedere Antlitz der Gastfreundlichkeit zu einem gemüthlichern, herzlichern Lächeln? – wo ist der schüchterne Blick der Liebe lieblicher beredt als bei dem Winterkamin? und wenn das hohle Sausen des winterlichen Windes durch den Saal tönt, an der entfernten Thüre rasselt, um die Fenster pfeift, und den Schornstein herabbrauset, was kann angenehmer sein, als das Gefühl der ruhigen, unbesorgten Sicherheit, womit wir in dem behaglichen Zimmer umher und auf die Scene häuslicher Fröhlichkeit hinblicken?

Die Engländer haben, vermöge der bei ihnen in allen Ständen vorherrschenden Anhänglichkeit an ländliche Sitte, jene Lustbarkeiten an festlichen Tagen, welche die Stille des Landlebens auf eine angenehme Art unterbrechen, stets geliebt; sie beobachteten, in früherer Zeit, mit besonderer Strenge alle religiösen und gesellschaftlichen Weihnachtsgebräuche. Es ist begeisternd, selbst die trokkenen Einzelnheiten zu lesen, welche einige Alterthumsforscher von der sonderbaren Fröhlichkeit, den abenteuerlichen Aufzügen und der gänzlichen Hingebung zu Lust und ungebundener Geselligkeit gegeben haben, womit diese Feier begangen wurde. Es war, als ob jede Thüre dabei sich öffnete, jedes Herz sich aufschlösse. Es brachte den

Bauern und den Pair einander näher und vermischte alle Stände in einen warmen, edeln Erguß der Freude und Gemüthlichkeit. Die alten Hallen der Burgen und Herrenhäuser ertönten von der Harfe und dem Weihnachtsliede, und ihre gewaltigen Tafeln erseufzten unter der Last der Gastfreiheit. Selbst die gemeinste Bauerhütte bewillkommte die festliche Jahreszeit mit grünem Schmuck von Lorbeern und Stechpalmen – der Schein des erfreulichen Feuers schimmerte durch die Fensterladen, und lud den Fremden ein, die Thürklinken aufzuheben, und sich dem schwatzenden Haufen anzuschließen, der um den Herd saß und den langen Abend durch sagenhafte Schwänke und oft erzählte Weihnachtsgeschichten verkürzte.

Eine der am wenigsten angenehmen Wirkungen der Verfeinerung der neuern Zeit ist die Zerstörung, welche sie unter den herzlichen alten Festtagsgebräuchen angerichtet hat. Sie hat die scharfen Umrisse und lebendigen Formen dieser Verschönerungen des Lebens gänzlich verwischt, und die Geselligkeit zu einem glatteren, glänzenderen, aber gewiß weniger charakteristischen Verkehr herabgebracht. Viele von den Weihnachtsspielen und Festlichkeiten sind gänzlich verschwunden, und, wie des alten Falstaff's Xeres-Sekt, zu Gegenständen des Nachdenkens und des Streits unter den Erläuterern geworden. Sie blühten in Zeiten voller Geist und Fröhlichkeit, als die Leute das Leben auf eine rohe, aber herzliche und kräftige Weise genossen; in wilden, malerischen Zeiten, welche der Dichtkunst ihren reichsten Stoff und dem Drama die anziehendste Mannichfaltigkeit von Charakteren und Sitten geliefert haben. Die Welt ist weltlicher geworden. Es gibt mehr Zerstreuung und weniger Vergnügen. Die Freude hat sich zu einem breitern, aber auch seichtern Strome ausgedehnt; es hat manche jener tiefen ruhigen Bette verlassen, worin es sonst durch den stillen Busen des häuslichen Lebens lieblich dahinfloß. Die Gesellschaft hat einen aufgeklärtern und gebildetern Ton angenommen, dagegen aber mehrere von ihren stark hervortretenden, örtlichen Eigenthümlichkeiten, ihren häuslichen Gesinnungen, ihren ehrlichen Vergnügungen am Herde eingebüßt. Die sagenhaften Gebräuche des goldherzigen Alterthums, seine lehnshafte Gastfreiheit und gutsherrlichen Schwelgereien sind mit den Ritterburgen und den stattlichen Herrenhäusern verschwunden, in denen sie gefeiert wurden. Sie paßten sich zu der düstern Halle, der großen eichengetäfelten Gallerie und dem mit Tapeten behängten Gastzimmer, schicken sich aber nicht mehr für die hellen, prachtvollen Säle und die bunten Putzgemächer der neueren Villa.

So sehr jedoch die Weihnachten um ihre alten und festlichen Ehren verkürzt sind, so bleibt diese Zeit in England doch noch immer voll der herrlichsten Aufregungen. Es ist erfreulich, zu sehen, wie das Gefühl der Häuslichkeit, welches in dem Herzen eines jeden Engländers einen so ausgezeichneten Platz behauptet, ganz in Bewegung geräth. Die Anstalten, welche überall getroffen werden, um die gesellige Tafel in Stand zu setzen, welche Freunde und Verwandte abermals vereinigen soll; die Geschenke von Leckerbissen, welche weggesandt werden und ankommen, diese Zeichen der Achtung, die alle wohlwollenden Gefühle neu beleben; die immergrünen Sträucher, welche in den Häusern und Kirchen befestigt werden, – Sinnbilder des Friedens und der Freude; alles dieses hat die wohlthuendste Einwirkung auf das Hervorrufen angenehmer Gedankenverbindungen, und auf die Erregung wohlwollender Gefühle. Selbst der Gesang der Weihnachtssänger nimmt sich, so roh auch diese Art Meistersängerei sein mag, im Ohre des Spätwachenden in einer Winternacht wie eine vollkommene Harmonie aus. Wenn ich durch sie in der stillen feierlichen Stunde geweckt worden bin, »wo der tiefe Schlaf den Menschen befällt,« habe ich mit stillem Vergnügen ihnen zugehört, und wenn ich zugleich an die heilige, fröhliche Veranlassung dachte, habe ich beinahe den himmlischen Chorgesang zu hören geglaubt, welcher der Menschheit Frieden und Freude verkündete.

Wie herrlich verwandelt doch die Einbildungskraft, wenn diese geistigen Einwirkungen sie beschäftigen, Alles in Melodie und Schönheit. Sogar das Krähen des Hahnes, wenn man diesen zuweilen in der tiefen Ruhe des Landes hört, »wie er seinen befiederten Gattinnen die Stunde der Nacht verkündigt,« schien den gemeinen Leuten die Annäherung dieses heiligen Festes zu verkünden:

Man sagt, daß immer, wenn die Zeit sich naht,
Wo die Geburt des Heilands wird gefeiert,
Der Morgen-Vogel singt die ganze Nacht;
Dann darf kein Geist umhergehn, sagen sie,
Die Nächte sind gesund – kein Stern kann schaden,
Kein Elfe faht, noch mögen Hexen zaubern,
So heilig ist und gnadenvoll die Zeit.

Shakespeare

Welches Herz könnte bei der allgemeinen, sich in dieser Zeit rührenden Aufforderung zur Fröhlichkeit, dem raschen Treiben aller Geister, der Regung aller wohlwollenden Triebe unempfindlich bleiben? Es ist in der That die Zeit aller erwachenden Gefühle – die Zeit, wo nicht allein das Feuer der Gastfreiheit in dem Saal, sondern auch die gemüthliche Flamme des Wohlwollens im Herzen auflodern soll.

Die Auftritte früher Liebe steigen lebendig empor über die unfruchtbare Oede der Jahre, und der Gedanke an die Heimath, mit dem Dufte häuslicher Freude vermischt, belebt den ermattenden Geist, wie der arabische Lufthauch zuweilen die Frische der entfernten Felder zu dem müden Pilger in der Wüste hinüberträgt.

Obgleich für mich, den Fremden und Gast in diesem Lande – kein geselliger Herd glüht, keine gastfreie Hütte mir ihre Thüre öffnet, noch der warme Druck der Freundschaft mich an der Schwelle bewillkommt – so fühle ich doch den Einfluß dieser Zeit aus den glücklichen Blicken Derer, die um mich sind, auch in meine Seele strahlen. Gewiß, die Glückseligkeit spiegelt sich zurück, wie das Licht des Himmels; und jedes vom Lächeln verklärte, von unschuldiger Fröhlichkeit glühende Antlitz ist ein Spiegel, welcher Anderen die Strahlen eines erhabenen, immer frischen Wohlwollens zusendet. Wer sich finster von dem Anblicke der Glückseligkeit seiner Mitmenschen abwenden, und düster und in sich gekehrt in seiner Einsamkeit dasitzen kann, wenn Alles um ihn her fröhlich ist, mag wohl Augenblicke großer Erregung und selbstischer Zufriedenheit haben; er entbehrt aber ganz der geistigen und geselligen Mitgefühle, welche den Reiz der fröhlichen Weihnachten ausmachen.

INGRID NOLL

Die Gans hieß immer Babette – Weihnachten in China

Meine Eltern hatten es gewiß nicht leicht, Jahr für Jahr ein Gewächs aufzutreiben, das eine gewisse Ähnlichkeit mit einer Tanne aufwies; im allgemeinen wurde das Problem durch einen Lebensbaum gelöst. Wenn man im Ausland lebt, sollen die Traditionen der Heimat ja nach Möglichkeit erhalten bleiben. Andererseits feierten wir Kinder mit Begeisterung das chinesische Neujahrsfest, ließen die Knaller krachen und futterten mit unseren Dienstboten spiralförmige Krapfen und Sesamgebäck. Es war uns durchaus wichtig, welches Geschöpf des Tierkreiszeichens als nächstes an die Reihe kam. Meine Geschwister ärgerten mich oft, weil ich im Schweinejahr geboren wurde; erst als wir 1949 nach Deutschland kamen, erfuhr ich, daß hier das Sternbild der Waage für mich zuständig sein sollte.

Unser großes Haus in Nanking hatte nur einen einzigen Raum, den man im Winter beheizen konnte; dort hatten wir Schule bei unserer Mutter, dort wurde an kühlen Tagen gegessen, und hier thronte auch die kleine Weihnachtskonifere auf einem über Eck gestellten Schreibtisch. Unter diesen Tisch pflegte ich mich zu verkriechen, um in Ruhe zu lesen und Betrachtungen über die dürftig geschmückte

Rückseite des Baums anzustellen. Nach und nach ließ ich alle Glanzstücke der Vorderseite – Sonne, Mond und Sterne – zu mir nach hinten wandern. Unsere Mutter besaß nostalgischen Christbaumschmuck, den sie wie ihren Augapfel hütete. Die bunten Kugeln waren zwar ausgegangen, dafür gab es aber gläserne Eiszapfen und viele Laubsägefigürchen: Teddys, Schlittschuhläufer, Nikoläuse, Rotkäppchen. Außerdem musizierende Engel sowie Lametta in Hülle und Fülle.

Die Geschenke waren in der Regel second hand und stammten von europäischen Familien, die ihre alten Spielsachen auf Basaren verkauften. Heimlich träumten wir zwar von Rollschuhen oder Blockflöten, lasen aber Bücher aus dem 19. Jahrhundert und spielten mit antiken Gliederpuppen und chinesischen Porzellanfiguren, die wir *Shirley Temple, Herr Wang, Heidi, Momotaro* und *Frenchtown* tauften.

Die Rezepte für die Weihnachtsbäckerei stammten von meiner Großmutter. Unser *Boy* brachte die Zutaten ins Winterzimmer, auf dem Eßtisch wurde geknetet und gewalkt, gerollt, gestochen, glasiert und genascht. Für meine Schwestern und mich war es ein besonderes Vergnügen, wenn wir aus den Resten winzige Plätzchen für Shirley Temple, Momotaro & Co zubereiten durften. Bei der Arbeit trugen wir mehlige blaue Schürzen, die unser chinesischer Schneider liebevoll mit einer Osterhasenbordüre versehen hatte.

Das ewige Geschrei unserer Mama, alle acht Kinderpfoten seien zu schmutzig und die Unmengen des stibitzten Teiges hätten einen ganzen Korb voller Gebäck ergeben, habe ich später beim eigenen Nachwuchs übernommen. Wenn alle Kekse adrett auf dem Blech lagen, wurde dem Boy erneut geläutet. Er brachte den ganzen Segen in das Küchenhäuschen, wo der Koch für das eigentliche Backen die Verantwortung übernahm. Er hätte für immer sein Gesicht verloren, wenn die *Missi* ihn in seinem Reich kontrolliert hätte.

Fast jedes Jahr gab es am 25. Dezember eine gebratene Gans. Sie war uns immer persönlich bekannt, denn sie lebte zuvor im Garten und wurde gemästet. Die Weihnachtsgänse, die stets Babette hießen, waren aggressive, laut schnatternde Ganter. Wiederholt wurde ich in die Waden gebissen, und bis heute habe ich Angst, wenn so ein großer Vogel mit langgestrecktem Hals auf mich zuspurtet. Bei den anderen Haustieren wäre mir ein Ende im Backofen fatal gewesen, aber bei den Babetten empfand ich reine Schadenfreude.

Den Sommer 1946 verbrachten wir in den Bergen, weil sich mein Vater von einer schweren Tropenkrankheit erholen mußte. Auch ich sah wohl nach vielen Malariaschüben wie ein kleines Gespenst aus. Da uns die Höhenluft in Kuling so guttat, beschlossen meine Eltern, auch den Winter dort zu verbringen. Zum ersten Mal im Leben staunten wir Kinder über die Exotik verschneiter Tannen. Rodeln ohne Schlitten? In der Nachbarschaft gab es verlassene Häuser, die mehr oder weniger dem Verfall preisgegeben waren. Dort entwendeten wir Klodeckel, auf denen man hervorragend die Hügel hinuntersausen konnte.

Weihnachten rückte heran, aber der Koffer mit dem

Christbaumschmuck fehlte. Unser Bruder schnitzte Pilze aus Lindenholz, die ich rot anmalte. Wir Schwestern vergoldeten Nüsse, falteten Sterne und zerschnitten Papas Zigarettenpapier zu möglichst langen Silberstreifen. Unsere Mutter hatte einen Adventskalender gebastelt, für jedes Fenster dichtete unser Vater einen Knittelvers. Allerdings kam mitunter keine Heiterkeit auf, wenn er seine Kinder in gereimter Form ironisch aufs Korn nahm. Wahrscheinlich hielt man es auch für eine besonders clevere pädagogische Masche, wenn der Nikolaus in den aufgestellten Schuhen nicht nur Süßigkeiten, sondern auch Anzüglichkeiten in Form von Nagelbürsten, Lateinbüchern und Waschlappen hinterließ. Meine arme Schwester litt noch lange unter einem roten Kamm mit feinen Zinken.

Meine Sternstunde sollte am 23. Dezember kommen.

Wenn es nun endlich einmal Tannen satt gab, so sollte es diesmal kein Bonsai werden. Unser Bruder war schon sechzehn, und man betraute ihn mit der verantwortungsvollen Aufgabe, einen besonders ebenmäßigen Baum ausfindig zu machen, zu fällen und heimzutransportieren.

Nach vielen Stunden, in denen meine Eltern zu verzweifeln drohten, kehrte Lederstrumpf von seiner Expedition zurück. Er hatte sich lange nicht für den schönsten Baum entscheiden können, denn die Natur kennt keine Perfektion. Also kletterte er schließlich auf das größte Exemplar weit und breit und sägte die kerzengerade Krone ab.

Als der erschöpfte Holzfäller mit einer etwa sechs Meter hohen Tanne im Schlepptau durch hohen Schnee nach Hause gestapft kam, wurde er nach diesem Kraftakt auch noch gerüffelt, denn unser Christbaum mußte immer wieder um ein Stück kürzer gemacht werden. In jeder Ecke stolperte man über harzig duftende Zweige, an allen Schuhen klebte Sägemehl. Aber letztlich tauchte die entscheidende Frage auf: Wie soll man den Kaventsmann bloß in die Vertikale zwingen? Stundenlang debattierten Vater und Bruder über statische Theorien, vergeblich experimentierten sie mit primitiven Gestellen aus gekreuzten Balken, Haken an der Decke oder Eimern voll Sand. Auf das elfjährige Mädchen, das stumm dabeistand und gaffte, achteten sie überhaupt nicht.

Vor wenigen Tagen hatten wir einen größeren Vorrat an sorgfältig gebündeltem Brennholz erhalten: Die senkrecht gestellten Scheite wurden durch Blechbänder zusammengehalten, so daß die standfeste Konstruktion wie eine überdimensionale Trommel aussah.

»Man könnte doch ein paar Holzstücke aus der Mitte herausziehen und unseren Christbaum in die Lücke stekken«, schlug ich vor. Vater und Bruder hielten mit ihrem Gemurkse inne und schauten mich sprachlos an. Schließlich meinte mein Papa: »Es könnte funktionieren«, und es stimmte.

Noch nie zuvor war ich so stolz über ein Lob meines Bruders wie damals. »Du bist gar nicht so blöd, wie du aussiehst«, sagte er.

ZADIE SMITH

Weihnachten bei Familie Smith

Dieses Foto zeigt mich und meinen Vater, an Weihnachten, um 1980. Quer über seiner Brust und meinem Po erkennt man in Blassrosa das spiegelverkehrte Wasserzeichen irgendeines Zustellvermerks – erst etwas von einer Karte, dann der Hinweis: »Stamp here«. Vom Weihnachtsbaum hängt, wie Lametta, noch mehr spiegelverkehrte Schrift, diesmal meine eigene. Steht da *nothing*? Oder vielleicht *letting*? Ich habe das Foto ruiniert. Ich begreife einfach nicht, warum ich nicht besser auf solche Sachen aufpassen kann. Es ist ein Originalabzug, ich habe kein Negativ davon, und trotzdem habe ich es monatelang ungeschützt inmitten eines Poststapels auf der Fensterbank liegen lassen. Schließlich ist es nass geworden, und die Texte von Telefonrechnungen und Notizzetteln haben darauf abgefärbt. Mir war ganz schlecht, als ich es zwischen die Seiten meines *Oxford English Dictionary* schob, damit es sich nicht wellt. Aber gleichzeitig verspürte ich die merkwürdige Erleichterung, die entsteht, wenn man weiß, dass die unausweichliche Zerstörung von etwas Kostbarem zwar in der eigenen Wohnung, aber nicht durch eigenes Zutun stattgefunden hat. Weihnachten, die Kindheit, die Vergangenheit, Familien, Väter, alle möglichen Gewissensbisse – keiner will der Grinch sein, der das alles stiehlt, und trotzdem lässt man die Tür angelehnt in der Hoffnung, er könnte kommen und einen von den Lasten befreien. Weihnachten ist eine Last.

Jetzt ist es jedenfalls passiert. Und das hier bin ich mit meinem Daddy bei einem längst vergangenen Weihnachtsfest. Ich bin fünf, und er ist zu alt für eine fünfjährige Tochter. Damals lebte die Familie Smith in London in einer halb englischen, halb irischen Sozialsiedlung namens Athelstan Gardens, die einzige schwarze Familie zwischen zwei verfeindeten Stämmen. Es war alles sehr verwirrend. Ich begriff nicht, warum bestimmte Fußballspiele dazu führten, dass eine Gruppe Leute in Biddy Mulligans Pub strömte, um dort anderen Leuten Stühle und Flaschen um die Ohren zu hauen, und ich verstand nicht, wie es kam, dass diese Leute wiederum am nächsten Tag ins Prince Charles strömten, um den Vorgang zu wiederholen. Ich begriff auch nicht, wieso an Heiligabend immer diese Männer vor der Tür standen, um für die IRA zu sammeln, aber ich musste ihnen ja auch nichts geben – sobald sie meine

Mutter sahen mit ihrem exotischen Wickelkleid und ihren Cornrows, zogen sie sich respektvoll zurück, weil sie sich denken konnten, dass wir mit ihren ganz speziellen Streitigkeiten nichts zu tun hatten. Meine Eltern waren sogar mit einem Iren befreundet, der uns just in dem Jahr eine handgemachte Obstschale zu Weihnachten geschenkt hatte und im darauffolgenden Winter den Geist der Weihnacht verriet, indem er mit einem selbst gemachten Geschenk der etwas anderen Art versuchte, die Downing Street Nummer 11 in die Luft zu jagen. Von der Bombe erfuhren wir erst Jahre später, aber die hässliche Obstschale aus Keramik, so krumm und schief, dass sie nicht einmal gerade auf dem Tisch stehen konnte, kannten wir alle. Sie war mit Nüssen gefüllt und stand auf dem Teppich, damit sie nicht so wackelte. Das sieht man auf dem Foto nicht, sie steht am Boden, zu Dads Füßen. Mein Bruder Ben, damals noch ein kleines, dickes Kerlchen, hält sie zwischen den Beinen wie der Buddha seine Lotusblüte. Ben war in dem Krieg namens Weihnachten immer zum Essenfassen abkommandiert. Ich kümmerte mich eifrig beziehungsweise übereifrig um die Dekoration (wie man sieht, neigt sich der Christbaum nach links unter der Last all der Manga-äugigen Rentiere, Schoko-Nikoläuse und bauchigen Kugeln, dem Glitzerschmuck, der dreifachen Lichterkette und den Geschenken, die ich so geschmackvoll zwischen die Zweige gebettet habe). Dad kochte. Mum stellte mit Kugelschreiber unser Fernsehprogramm zusammen. Und Ben aß. Wie Josef sich um die Jungfrau Maria sorgte, so sorgten wir uns um Ben und machten sein Wohlergehen zu unserer ersten Priorität. Er aß, was er brauchte, danach nahmen wir, was übrig blieb. Die Platte, die läuft, ist, glaube ich, *Tapestry* von Carole King. Aber welches Lied? Thematisch würde »It's Too Late« am besten passen: Im Lächeln meines Vaters liegt die Anspannung, das »Bringen wir's einfach hinter uns« einer hochgradig gefährdeten Ehe. Die Weihnachtsfeste mit »Natural Woman« oder »You've Got a Friend« – sie liegen weit vor meiner Erinnerung. Aber es muss sie gegeben haben, da Ben ein September-Kind ist und ich ein Oktober-Kind. Die sinnlichen Weihnachtsfreuden, denen neun Monate später Babys entsprangen wie nachträgliche Geschenke. Mein jüngster Bruder, Luke, ist dagegen im Juli geboren und auf dem Foto noch gar nicht auf der Welt. Ich bin immer davon ausgegangen, dass er das Ergebnis einer Geburtstagsüberraschung nach fünf Jahren ohne Sex gewesen sein muss (mein Vater hat Ende September Geburtstag), und als er da war, hatte *Blood on the Tracks* von Bob Dylan *Tapestry* längst den Rang als familieninterner Weihnachts-Soundtrack abgelaufen. Wahrscheinlich fragen Sie sich, wer der Mann mit dem rosa Papierhut ist. Das frage ich mich auch. Ich vermute, es handelt sich um einen Onkel namens Denzil (keine Garantie für die Schreibweise). Meine Mutter nimmt eine unbestimmte Anzahl von Geschwistern für sich in Anspruch, auf jeden Fall weit über zwanzig, die meisten davon »outdoor children«, wie das auf Jamaika heißt, »Freizeitkinder«, die denselben Vater haben, aber unterschiedliche Mütter. Zu denen zählte wohl auch Denzil, denn er war fast zwei Meter groß, während meine Mutter knapp eins fünfundsechzig ist, Tendenz fallend, so wie es sicherlich auch mir einmal ergehen wird und meiner Großmutter bereits ergangen ist.

Wir sahen uns nur dieses eine Weihnachten, Denzil und ich. Er war wie ein immerwährendes Geschenk mit seinem seltsamen Dialekt, seinen großen Füßen und den Huckepack-Ritten, die wegen der niedrigen Decken in der Wohnung draußen auf dem Balkon stattfanden. Draußen war er sowieso am liebsten – man sieht es an dem Ausdruck tiefer Resignation, mit dem er den Ellbogen meines Vaters betrachtet. Armer Denzil: Frisch aus Jamaika im bitterkalten England eingetroffen und dann gleich gefangen in dem Tag, der im Kalender der affektiven Kleinfamilie die kultischste und unverrückbarste Position einnimmt. An Weihnachten verständigen Familien sich in Zeichensprache, nur die Falken hören noch den Falkenier, und etwas Trostloses schlurft gen Bethlehem. Man nennt das *Die Wahrheit oder Was passiert mit einer Familie, wenn keines ihrer Mitglieder das Haus verlassen darf?* Außenstehende tun gut daran, weder nach Erleuchtung zu streben noch nach der Fernbedienung.

Das musste auch Denzil erfahren, als er den Versuch unternahm, an diesem geheiligtsten aller Tage Dinge zu tun, die wir nicht tun konnten, weil wir sie immer schon anders machten, auf unsere Weise – die uns natürlich allen verhasst war, keine Frage, aber wir konnten nun mal nichts daran ändern. Denzil möchte ein Geschenk schon am Heiligabend öffnen: Nein, bloß nicht, Denzil! Denzil möchte einen Spaziergang machen: Tut uns leid, Denzil, das ist unmöglich. Wir würden ja gern, aber das kriegen wir einfach nicht hin. Warum nicht? Darum, Denzil. Einfach nur darum. Weil das so sicher ist wie das geteilte Irland, so sicher wie die Heilige Dreifaltigkeit, die atomare Aufrüstung und die Tatsache, dass Männer keine Röcke tragen. So sicher wie das Amen in der Kirche.

So machen wir das hier nämlich, Denzil. Wir essen erst um vier, wir machen die kleinsten Geschenke als erste auf, wir müssen gleich nach dem Aufstehen zwei MGM-Musicals gucken und anschließend einen Film mit Jimmy Stewart und es uns dann vor dem »Weihnachts-Special« einer beliebten Comedyserie gemütlich machen, was im Übrigen – pass genau auf – auch der Moment ist, in dem wir anfangen, nach Batterien für die zahllosen Geräte zu suchen, die wir gekauft haben und die jetzt Batterien brauchen, welche wir natürlich zu kaufen vergessen haben. Versuch erst gar nicht, uns da reinzureden, Denzil. Wir Smiths sind unerschütterlich. Wer nicht für uns ist, ist gegen uns. Wir wollen unser Weihnachten, tot oder lebendig.

Das klingt alles schrecklich, wenn ich es so erzähle. Dabei hatten wir es eigentlich immer richtig schön. So schön wie alle anderen auch. Und mit Sicherheit schöner als Denzil in dem Jahr, als er gerade seine eigene Wohnung bezogen hatte und anrief, um uns zu erzählen, er habe hinten im Hof mit einer Steinschleuder ein Rebhuhn erlegt und es soeben verspeist wie ein waschechter britischer Gentleman (natürlich handelte es sich um eine Londoner Taube). Doch, wir Smiths sind voller Inbrunst auf der Suche nach dem Geist der Weihnacht und hören gar nicht erst auf Iris Murdoch mit ihrem vernünftigen, parallelistischen Ratschlag: »Das Gute steht für die Wirklichkeit, Gott für den Traum dazu.« Bei uns muss es der Traum sein, Baby!

Aber auch wir erspüren die sehr viel kompliziertere Wahrheit: dass die Familie nämlich für die Wirklichkeit steht und Weihnachten für den Traum dazu. Denn natürlich ist das eigentliche Geschenk unter all dem bunten Papier die Familie – chaotisch, komplex, unglücklich, glücklich und zahllose Abstufungen der letzten beiden Adjektive. Die Familie ist das tägliche Wunder und Weihnachten der Vollzug von Idealen, die in Wahrheit gar keine Rolle spielen. Die Versuchung ist daher groß, einfach zu sagen: »Na, dann pfeif doch auf Weihnachten!«, so wie man beispielsweise auf Gott pfeift oder auf die Ehe. Aber genau das fällt den Menschen schwer, weil sie merken, dass in diesen Maschinen mehr steckt als nur ein Geist: Es ist fast schon eine Seele.

Ich glaube ja selbst daran, so wahr mir das Christkind helfe. Wie sehr man daran glaubt, merkt man, sobald man mit einem Mann, den man vier Jahre zuvor in einer Bar kennengelernt hat, eine eigene kleine Familie gründet und er dann plötzlich die Geschenke an Heiligabend aufmachen will, weil das bei ihm zu Hause eben so gemacht wurde, während man selbst den unwiderstehlichen Drang verspürt, schreiend aus dem Haus zu rennen und dabei ein Plakat zu schwenken, das vom Ende der Welt und seinem unmittelbaren Bevorstehen kündet. Es hat etwas Rührendes und auch Komisches – ein Murdoch'scher Zank zwischen Wirklichkeit und Traum –, einem jungen Paar dabei zuzusehen, wie es um die Idee von Weihnachten herumlaviert, verzweifelt bemüht, dabei nicht in einen festtäglichen internen Vernichtungskrieg zu verfallen.

Manchmal behält natürlich auch der Engel der Geschichte die Oberhand, und ein Teil der Familie sagt sich vom Rest los. Als meine Eltern sich sieben Jahre nach diesem Foto scheiden ließen, wurde der Weihnachtskrieg kurzfristig heftiger (wann, wo, mit welchem Elternteil), beruhigte sich dann aber wieder, denn letztendlich will man ja doch Frieden an Weihnachten. Der ist einem an diesem einen Tag mehr wert als das eigene Leben. Inzwischen steigen wir alle ins Auto, den Kofferraum voller Geschenke, und fahren friedlich zu meinem Vater nach Felixstowe, wo zwei Menschen, die vor fünfzehn Jahren geschieden wurden, jenen Zyklus entdecken, durch den sich »It's Too Late« quasi selbst wieder eingeholt hat und erneut zu »You've Got a Friend« geworden ist. Man nennt das Waffenstillstand.

Dann, im letzten Jahr, flammten praktisch aus dem Nichts wieder Feindseligkeiten auf. Nicht zwischen meinen Eltern – mein Vater steht längst über solchen Dingen –, sondern zwischen Mutter und Sprösslingen. Jener uralte Konflikt, den schon der arme Denzil so gar nicht verstand – dass man am gottverdammten Heiligabend gefälligst nicht das Haus verlässt, weil das der einzige Tag ist, den man gefälligst mit seiner gottverdammten Familie verbringt, der einzige Tag im Jahr, wo man seiner Mutter mal in Ruhe ein bisschen Zeit widmen sollte et cetera pp. –, schlug bei uns ein wie eine Granate, und alle brüllten herum und rannten davon, und ich schlief an diesem Weihnachtsabend bei meinem Freund Adam in der Badewanne.

Inzwischen ist mir klar, was wir falsch gemacht haben. Wir dachten, nur weil wir jetzt erwachsen sind, würde es unserer Mutter nichts ausmachen, wenn wir auf Weihnachten pfeifen – auf das Ritual, den Traum, die Seele und den ganzen Kram – und uns einfach in der Stadt herumtreiben, uns in Clubs oder zum Abendessen mit anderen

Leuten treffen, als wären wir eigenständige Menschen in einer freien Welt. Das darf man niemals denken. Was Frauen (vor allem Mütter) betrifft, hatte Zora Neale Hurston absolut recht: Der Traum ist die Wahrheit. Man lebt schließlich 364 Tage im Jahr in der Wirklichkeit. Die Mutter bittet nur um diesen einen Tag. Das ist nichts, *nothing*, wie es schon auf meinem Foto steht, nichts als Lassen, *letting:* Es geht darum, Weihnachten in sich ein- und den eigenen kantianischen Willen ziehen zu lassen, so versponnen zu werden wie Iris Murdoch und alles aufzugeben für diese eine schöne, verrückte, mystische Idee. Da habe ich also das Foto vom einstigen Weihnachten verschandelt – dann versuchen wir es eben noch einmal: mit gegenwärtigem, mit künftigem Weihnachten. »War is over, if you want it«, sangen John und Yoko. Wenn wir es so wollen, ist der Krieg vorbei. Lassen wir es also geschehen.

MAXIM GORKI

Von einem Knaben und einem Mädchen, die nicht erfroren sind

In den Weihnachtserzählungen ist es von alther üblich, jährlich mehrere arme Knaben und Mädchen erfrieren zu lassen. Der Knabe oder das Mädchen einer angemessenen Weihnachtserzählung steht gewöhnlich vor dem Fenster eines großen Hauses, ergötzt sich am Anblick des brennenden Weihnachtsbaumes in einem luxuriösen Zimmer und erfriert dann, nachdem es viel Unangenehmes und Bitteres empfunden hat.

Ich verstehe die guten Absichten der Autoren solcher Weihnachtserzählungen, ungeachtet der Grausamkeit, welche die handelnden Personen betrifft; ich weiß, daß sie, diese Autoren, die armen Kinder erfrieren lassen, um die reichen Kinder an ihre Existenz zu erinnern; aber ich persönlich kann mich nicht dazu entschließen, auch nur einen einzigen Knaben oder ein armes Mädchen erfrieren zu lassen, auch zu solch einem sehr achtbaren Zweck nicht.

Ich selbst bin nicht erfroren und bin auch nicht beim Erfrieren eines armen Knaben oder armen Mädchens dabei gewesen und fürchte, allerhand lächerliche Dinge zu sagen, wenn ich die Empfindungen beim Erfrieren beschreibe, und außerdem ist es peinlich, ein lebendes Wesen erfrieren zu lassen, nur um ein anderes lebendes Wesen an seine Existenz zu erinnern.

Das ist es, weshalb ich es vorziehe, von einem Knaben und einem Mädchen zu erzählen, die nicht erfroren sind.

Es war am Heiligabend, ungefähr um sechs Uhr. Der Wind wehte und wirbelte hier und da durchsichtige Schneewölkchen auf. Diese kalten Wölkchen von nicht greifbarer Gestalt, schön und leicht wie zusammengeknüllter Mull, flogen überall umher, gerieten den Fußgängern ins Gesicht und stachen ihnen mit Eisnadeln in die Wangen, bestäubten den Pferden die Köpfe, die sie laut wiehernd schüttelten und warme Dampfwolken ausstießen. Die Telegrafendrähte waren mit Reif behängt, sie sahen wie Schnüre aus weißem Plüsch aus. Der Himmel war wolkenlos und funkelte von vielen Sternen. Sie glänzten so hell, als ob jemand sie zu diesem Abend mit Bürste und Kreide sorgfältig geputzt hätte, was natürlich unmöglich war.

Auf der Straße ging es laut und lebhaft her. Traber sausten dahin, Fußgänger kamen, von denen einige eilten, andere ruhig dahinschritten.

Dieser Unterschied lag sichtlich darin begründet, daß die ersteren etwas vorhatten und sich Sorgen machten oder keine warmen Mäntel besaßen, die letzteren aber weder Geschäfte noch Sorgen hatten und nicht nur warme Mäntel, sondern sogar Pelze trugen.

Dem einen dieser Leute, die keine Sorgen hatten und dafür Pelze mit üppigen Kragen, einem von diesen Herrschaften, die langsam und wichtig dahinschritten, rollten zwei kleine Lumpenbündel direkt vor die Füße und begannen, sich vor ihm herumdrehend, zweistimmig zu jammern.

»Lieber, guter Herr«, klagte die hohe Stimme eines kleines Mädchens.

»Euer Wohlgeboren«, unterstützte es die heisere Stimme eines Knaben.

»Geben Sie uns armseligen Kindern etwas!«

»Ein Kopekchen für Brot! Zum Feiertage!« schlossen sie beide vereint.

Das waren meine kleine Helden – arme Kinder: der Knabe Mischka Pryschtsch und das Mädchen Katjka Rjabaja.

Der Herr ging weiter; sie aber liefen behende vor seinen Füßen hin und her, wobei sie ihm beständig im Wege waren, und Katjka flüsterte, vor Aufregung keuchend, immer wieder: »Geben Sie uns doch etwas!« während Mischka sich bemühte, den Herrn soviel wie möglich am Gehen zu hindern.

Und da, als er ihrer endlich überdrüssig geworden war, schlug er seinen Pelz auseinander, nahm sein Portemonnaie heraus, führte es an seine Nase und schnaufte. Darauf entnahm er ihm eine Münze und steckte sie in eine der sehr schmutzigen kleinen Hände, die sich ihm entgegenstreckten.

Die beiden Lumpenbündel gaben augenblicklich dem Herrn im Pelz den Weg frei und fanden sich plötzlich in einem Torweg, wo sie eng aneinandergedrückt eine Zeitlang schweigend die Straße auf und ab blickten.

»Er hat uns nicht gesehen, der Teufel!« flüsterte der arme Knabe Mischka, boshaft triumphierend.

»Er ist um die Ecke herum zu den Droschkenkutschern gegangen«, antwortete seine kleine Freundin. »Wieviel hat er denn gegeben, der Herr?«

»Einen Zehner!« sagte Mischka gleichmütig.

»Und wieviel sind es jetzt im ganzen?«

»Sieben Zehner und sieben Kopeken!«

»Oh, schon soviel! ... Gehen wir bald nach Hause? Es ist so kalt.«

»Dazu ist noch Zeit!« sagte Mischka skeptisch. »Sieh zu, drängle dich nicht gleich vor; wenn dich die Polente sieht, packt sie dich und zaust dich ... Dort schwimmt eine Barke! Los!«

Die Barke war eine Dame in einer Rotonde, woraus zu ersehen ist, dass Mischka ein sehr boshafter, unerzogener und älteren Leuten gegenüber unehrerbietiger Knabe war.

»Liebe gnädige Frau«, begann er zu jammern.

»Geben Sie etwas, um Christi willen!« rief Katjka.

»Drei Kopeken hat sie spendiert! Sieh mal an! Die Teufelsfratze!« schimpfte Mischka und schlüpfte wieder in den Torweg.

Und die Straße entlang stoben nach wie vor leichte Schneewölkchen, und der kalte Wind wurde immer rauher. Die Telegrafenstangen summten dumpf, der Schnee knirschte unter den Schlittenkufen, und in der Ferne hörte man ein frisches, helles weibliches Lachen.

»Wird Tante Anfissa heute auch betrunken sein?« fragte Katjka, sich fester an ihren Kameraden schmiegend.

»Warum denn nicht? Warum sollte sie nicht trinken? Genug davon!« antwortete Mischka wichtig.

Der Wind wehte den Schnee von den Dächern und begann leise ein Weihnachtsliedchen zu pfeifen; irgendwo winselte eine Türangel. Darauf erklang das Klirren einer Glastür, und eine helle Stimme rief: »Droschke!«

»Laß uns nach Hause gehen!« schlug Katjka vor.

»Nun, jetzt fängst du noch an zu jammern!« fuhr der ernste Mischka sie an. »Was gibt es denn schon zu Hause?«

»Dort ist's warm«, erklärte sie kurz.

»Warm!« äffte er ihr nach. »Und wenn sich wieder alle versammeln, und du mußt tanzen – ist es dann schön? Oder wenn sie dich mit Schnaps vollpumpen und dir wieder schlecht wird ... und da willst du nach Hause!«

Er streckte sich mit dem Ausdruck eines Menschen, der seinen Wert kennt und von seiner richtigen Ansicht fest überzeugt ist. Katjka gähnte fröstelnd und hockte in einem Winkel des Torweges nieder.

»Schweig lieber ... und wenn es kalt ist – halt aus ... das schadet nichts. Wir werden schon wieder warm werden. Ich kenne das schon! Ich will ...«

Er hielt inne, er wollte seine Kameradin zwingen, sich dafür zu interessieren, was er wollte. Sie aber zeigte nicht das geringste Interesse und zog sich immer mehr zusammen. Da warnte Mischka sie besorgt: »Paß auf, daß du nicht einschläfst, sonst erfrierst du! Katjuschka?!«

»Nein, mir fehlt nichts«, antwortete sie zähneklappernd.

Wenn Mischka nicht dagewesen wäre, wäre sie vielleicht auch erfroren; aber dieser erfahrene Bursche hatte sich fest vorgenommen, sie an der Ausführung dieser in der Weihnachtszeit üblichen Tat zu hindern.

»Steh lieber auf, das ist besser. Wenn du stehst, bist du größer, und der Frost kann dich nicht so leicht bezwingen. Mit Großen kann er nicht fertig werden. Zum Beispiel die Pferde – die frieren niemals. Aber der Mensch ist kleiner als das Pferd ... er friert ... Steh doch auf! Wir wollen es bis zu einem Rubel bringen – und dann marsch nach Hause!«

Am ganzen Körper zitternd stand Katjka auf.

»Es ist schrecklich kalt«, flüsterte sie.

Es wurde in der Tat immer kälter, und die Schneewölkchen verwandelten sich nach und nach in herumwirbelnde dichte Knäuel. Sie drehten sich auf der Straße, hier als weiße Säulen, dort als lange Streifen lockeren Gewebes, mit Brillanten besät. Es war hübsch anzusehen, wenn solche Streifen sich über den Laternen schlängelten oder an den hellerleuchteten Fenstern der Geschäfte vorüberflogen. Dann sprühten sie als vielfarbige Funken auf, die kalt waren und die Augen mit ihrem Glanz blendeten.

Obgleich das alles schön war, interessierte es meine beiden kleinen Helden absolut nicht.

»Hu – hu!« sagte Mischka, indem er die Nase aus seiner Höhle hinausstreckte. »Da kommen sie geschwommen! Ein ganzer Haufen! ... Katjka, schlaf nicht!«

»Gnädige Herrschaften!« begann das kleine Mädchen mit zitternder und unsicherer Stimme zu jammern, während es auf die Straße kullerte.

»Geben Sie uns ar-men ... Katjuschka, lauf!« kreischte Mischka auf.

»Ach, ihr, ich werde euch«, zischte ein langer Polizist, der plötzlich auf dem Bürgersteig erschienen war.

Aber sie waren bereits verschwunden. Sie waren wie zwei große zottige Knäuel fortgekullert und verschwunden.

»Sie sind fortgelaufen, die kleinen Teufel!« sagte der Polizist vor sich hin, lächelte gutmütig und blickte die Straße entlang.

Und die kleinen Teufel rannten und lachten aus vollem Halse. Katjka fiel immer wieder hin, weil sie sich in ihren

Lumpen verwickelte, und rief dann: »Lieber Gott! Schon wieder …« und sah sich beim Aufstehen ängstlich lächelnd um.

»Kommt er hinterher?«

Mischka lachte, sich die Seiten haltend, aus vollem Halse und bekam einen Nasenstüber nach dem andern, weil er fortwährend mit Vorübergehenden zusammenstieß.

»Nun aber genug! Hol dich der Teufel! Wie sie herumkullert! Ach du dumme Trine! Plumps! Mein Gott schon wieder plumpst sie hin, das ist ja zu komisch!«

Katjkas Hinfallen stimmte ihn heiter.

»Jetzt wird er uns nicht mehr einholen, sei nur ruhig! Er ist nicht schlecht, das ist einer von den Guten … Der andere, der von damals, hat gleich gepfiffen … Ich renne los – und dem Polizisten direkt gegen den Bauch! Und mit der Stirn an seinen Knüppel …«

»Ich weiß noch, du bekamst eine Beule …«, und Katjka lachte wieder hellauf.

»Nun, schon gut!« sagte Mischka ernst. »Du hast genug gelacht! Hör jetzt, was ich dir sage.«

Sie gingen nun im bedächtigen Schritt ernster und besorgter Leute nebeneinander her.

»Ich hab dich belogen, der Herr hat mir zwei Zehner gegeben, und vorher habe ich dich auch belogen, damit du nicht sagen solltest, es sei Zeit nach Hause zu gehen. Heute haben wir einen guten Tag! Weißt du, wieviel wir gesammelt haben? Einen Rubel und fünf Kopeken! Das ist viel!«

»Ja-a-a!« flüsterte Katjka. »Für soviel Geld kann man sogar Schuhe kaufen … auf dem Trödelmarkt.«

»Nun, Schuhe! Schuhe stehle ich für dich … warte nur …

ich habe es schon lange auf ein Paar abgesehen ... ich werde sie schon stibitzen. Aber weißt du was, wir wollen gleich in eine Schenke gehen ... ja?«

»Tantchen wird wieder davon erfahren, und dann setzt es was, wie das vorige Mal«, sagte Katjka nachdenklich; aber in ihrem Ton klang schon Vorfreude auf die Wärme.

»Dann setzt es was? Nein, das wird nicht geschehen! Wir wollen uns eine Schenke suchen, wo uns niemand kennt.«

»Ach so«, flüsterte Katjka hoffnungsvoll.

»Also vor allem wollen wir ein halbes Pfund Wurst kaufen, das macht acht Kopeken; ein Pfund Weißbrot für fünf Kopeken. Das sind dreizehn Kopeken! Dann zwei Stück Kuchen zu drei Kopeken – das sind sechs Kopeken und im Ganzen schon neunzehn Kopeken! Dann zahlen wir für zweimal Tee sechs Kopeken ... das macht einen Fünfundzwanziger! Siehst du! Dann bleiben uns ...«

Mischka schwieg und blieb stehen. Katjka schaute ihm ernst und fragend ins Gesicht.

»Das ist aber schon sehr viel«, wiederholte sie schüchtern.

»Sei still ... warte ... Das macht nichts, es ist nicht viel, es ist sogar noch wenig. Dann essen wir noch was für acht Kopeken ... dann sind es im Ganzen dreiunddreißig! Essen wir drauf los! Ist ja Weihnachten. Dann bleiben ... bei fünfundzwanzig Kopeken acht Zehner und bei dreiunddreißig etwas über sieben Zehner übrig! Siehst du, wie viel! Hat sie noch mehr nötig, die Hexe? ... Hei! ... Geh mal schneller!«

Sie faßten sich an den Händen und hopsten auf dem Bürgersteig weiter. Der Schnee flog ihnen ins Gesicht und in die Augen. Mitunter wurden sie von einer Schneewolke vollständig bedeckt; sie hüllte die beiden kleinen Gestalten in einen durchsichtigen Schleier, den sie in ihrem Streben nach Wärme und Nahrung rasch zerrissen.

»Weißt du«, begann Katjka, vom schnellen Gehen keuchend, »ob du willst oder nicht, aber wenn sie es erfährt, werde ich sagen, daß du das alles ... ausgedacht hast ... Tu, was du willst! Du wirst schließlich fortlaufen ... aber ich habe es schlechter ... mich kriegt sie immer ... und schlägt mich mehr als dich ... sie mag mich nicht. Paß auf, ich werde alles sagen!«

»Nur zu, sag es nur!« nickte ihr Mischka zu. »Wenn sie uns auch durchprügelt – es wird schon wieder heilen. Das macht nichts ... Sag es nur ...« Er war von Mut erfüllt und ging einher, pfeifend den Kopf zurückgeworfen. Sein Gesicht war schmal, und seine Augen hatten einen unkindlich schlauen Ausdruck, seine Nase war spitz und ein wenig gebogen.

»Da ist sie, die Schenke! Es sind sogar zwei! In welche wollen wir gehen?«

»Los, in die niedrige. Und zuerst in den Laden ... komm!«

Und nachdem sie im Laden alles, was sie sich vorgenommen, gekauft hatten, traten sie in die niedrige Schenke.

Sie war voller Dampf und Rauch und einem sauren, betäubenden Geruch. Im dichten rauchigen Nebel saßen an den Tischen Droschkenkutscher, Landstreicher und Soldaten, zwischen den Tischen liefen unglaublich schmutzige Bediente umher, und alles schrie, sang und schimpfte.

Mischka fand mit scharfem Blick in einer Ecke ein leeres Tischchen und ging geschickt lavierend darauf zu, nahm schnell seinen Mantel ab und begab sich zum Büfett. Schüchtern um sich blickend, begann auch Katjka ihren Mantel auszuziehen.

»Onkelchen«, sagte Mischka, »kann ich zwei Glas Tee bekommen?« Und schlug leicht mit der Faust auf das Büfett.

»Tee möchtest du haben! Bitte sehr! Gieß dir selbst ein und hol dir auch selbst kochendes Wasser … sieh aber zu, daß du nichts zerbrichst! Sonst werde ich dich …«

Aber Mischka war schon nach dem heißen Wasser fortgerannt. Nach zwei Minuten saß er mit seiner Kameradin ehrbar am Tisch, im Stuhl zurückgelehnt, mit der wichtigen Miene eines Droschkenkutschers nach tüchtiger Arbeit – und drehte sich bedächtig eine Zigarette aus Machorka. Katjka schaute ihn voller Bewunderung für seine Haltung in einem öffentlichen Lokal an. Sie konnte sich noch gar nicht an den lauten, betäubenden Lärm der Schenke gewöhnen und erwartete im stillen, daß man sie beide »am Kragen nehmen« oder daß noch etwas Schlimmeres geschehen werde. Aber sie wollte ihre geheimen Befürchtungen nicht vor Mischka aussprechen und versuchte, indem sie ihr blondes Haar mit den Händen glättete, sich unbefangen und ruhig umzuschauen. Diese Bemühungen ließen ihre schmutzigen Backen immer wieder erröten, und sie kniff ihre blauen Augen verlegen zusammen. Aber Mischka belehrte sie bedächtig, bemüht, in Ton und Rede den Hausmann Signej nachzuahmen, der ein sehr ernster Mensch, wenn auch ein Trinker war und vor kurzer Zeit wegen Diebstahl drei Monate im Gefängnis gesessen hatte.

»Da bettelst du zum Beispiel … Aber wie du bettelst,

das taugt nichts, offen gesagt, ›Ge-e-eben Sie, ge-e-eben Sie uns etwas!‹ Ist denn das die Hauptsache? Du mußt den Menschen vor den Füßen sein, mach es so, daß er Angst hat, über dich zu fallen …«

»Ich werde das tun …«, stimmte Katjka demütig zu.

»Nun, siehst du …«, nickte ihr Kamerad gewichtig. »So muß es auch sein. Und dann noch eins: wenn zum Beispiel Tante Anfissa … was ist denn diese Anfissa? Erstens eine Trinkerin! Und außerdem …«

Und Mischka verkündete aufrichtig, was Tante Anfissa außerdem noch war.

Im völligen Einverständnis mit Mischkas Bezeichnung nickte Katjka mit dem Kopf.

»Du folgst ihr nicht … das muß man anders machen. Sage zu ihr: ›Liebes Tantchen, ich werde brav sein … ich werde Ihnen gehorchen …‹ Schmier ihr also Honig ums Maul. Und dann tu, was du willst … So mußt du es machen …«

Mischka schwieg und kratzte sich gewichtig den Bauch, wie es Signej immer tat, wenn er zu reden aufhörte. Damit war sein Thema erschöpft.

Er schüttelte den Kopf und sagte: »Nun wollen wir essen …«

»Ja, los!« stimmte Katjka bei, die schon längst gierige Blicke auf Brot und Wurst geworfen hatte.

Dann begannen sie ihr Abendessen zu verspeisen inmitten des feuchten, übelriechenden Dunkels der mit berußten Lampen schlechtbeleuchteten Schenke, im Lärm zynischer Schimpfreden und Lieder. Sie aßen beide mit Gefühl, Verstand und Bedacht, wie echte Feinschmecker. Und wenn

Katjka aus dem Takt kommend heißhungrig ein großes Stück abbiß, wodurch sich ihre Backen blähten und ihre Augen komisch hervortraten, brummte der bedächtige Mischka spöttisch: »Schau mal einer an, Mütterchen, wie du über das Essen herfällst!«

Das machte sie verlegen, und sie bemühte sich, beinahe erstickend, die wohlschmeckende Kost rasch zu zerkauen.

Nun, das ist auch alles. Jetzt kann ich sie ruhig ihren Weihnachtsabend zu Ende feiern lassen. Glauben Sie mir, sie werden nun nicht mehr erfrieren! Sie sind am richtigen Platz … Wozu sollte ich sie erfrieren lassen …?

Meiner Meinung nach ist es äußerst töricht, Kinder erfrieren zu lassen, welche die Möglichkeit haben, auf gewöhnliche und natürliche Weise zugrunde zu gehen.

ANTON ČECHOV

An Weihnachten

I

Was soll ich schreiben? – fragte Egor und tunkte die Feder ein.

Vasilisa hatte ihre Tochter schon vier Jahre lang nicht gesehen. Tochter Efimja war nach der Hochzeit mit ihrem Mann nach Petersburg gefahren, hatte zwei Briefe geschickt und war dann wie ins Wasser gefallen; kein Sterbenswörtchen mehr. Und ob die alte Frau im Morgengrauen die Kuh melkte, ob sie den Ofen heizte, nachts in unruhigem Schlaf lag – immer dachte sie nur an das eine: wie geht es Efimja dort, ist sie am Leben. Man müsste einen Brief schicken, aber der Alte konnte nicht schreiben, und niemand, den sie hätte bitten können.

Doch da kam Weihnachten, und Vasilisa hielt es nicht mehr aus und ging in die Schenke zu Egor, dem Bruder der Wirtin, der, seit er aus dem Dienst entlassen worden war, die ganze Zeit zu Hause saß, in der Schenke, und nichts tat; von ihm sagte man, er könne schöne Briefe schreiben, wenn man ihn gehörig bezahle. Vasilisa sprach in der Schenke mit der Köchin, dann mit der Wirtin, dann mit Egor selbst. Man einigte sich auf fünfzehn Kopeken in Silber.

Und jetzt – dies geschah am zweiten Feiertag in der

Schenke, in der Küche – saß Egor am Tisch und hielt die Feder in der Hand. Vasilisa stand vor ihm, in Gedanken versunken, mit einem Ausdruck von Kummer und Sorge im Gesicht. Mitgekommen war Pëtr, ihr Alter, ein sehr hagerer, hochgewachsener Mann mit brauner Glatze; er stand und blickte regungslos geradeaus, wie ein Blinder. Auf der Herdplatte in einer Kasserolle wurde Schweinefleisch gebraten; es zischte und schnaubte und schien sogar zu sagen: »Flu-flu-flu.« Es war stickig.

– Was soll ich schreiben? – fragte Egor wieder.

– Was schon! – sagte Vasilisa und blickte ihn zornig und misstrauisch an. – Drängel nicht! Schreibst ja nicht umsonst, sondern für Geld! Also, schreib. Unserm lieben Schwiegersohn Andrej Chrisanfyč und unserer einzigen geliebten Tochter Efimja Petrovna in Liebe einen Gruß und den elterlichen Segen auf ewig unverbrüchlich.

– Habe ich. Schieß weiter.

– Und noch wünschen wir Glück zum Feiertag der Geburt Christi, wir sind gesund und munter, was wir euch ebenfalls wünschen vom Herrn … dem himmlischen Herrscher.

Vasilisa dachte nach und wechselte einen Blick mit dem Alten.

– Was wir euch ebenfalls wünschen vom Herrn … dem himmlischen Herrscher … – wiederholte sie und fing an zu weinen.

Weiter konnte sie nichts sagen. Doch vorher, als sie nächtelang nachgedacht hatte, war es ihr so vorgekommen, als könne man alles nicht einmal in zehn Briefen unterbringen. Seit der Zeit, als die Tochter und ihr Mann weggefahren waren, war viel Wasser ins Meer geflossen, hatten die Alten wie Waisen gelebt und in den Nächten tief geseufzt, so als hätten sie die Tochter beerdigt. Und was war während dieser Zeit im Dorf nicht alles geschehen, wie viele Hochzeiten, Todesfälle! Was für lange Winter! Was für lange Nächte!

– Heiß ist es! – sagte Egor, die Weste aufknöpfend. – Sicher siebenzig Grad werden es sein. Also was noch?

Die Alten schwiegen.

– Was macht dein Schwiegersohn dort? – fragte Egor.

– Er war bei den Soldaten, Väterchen, das weißt du, – antwortete mit schwacher Stimme der Alte. – Ist zur selben Zeit wie du vom Dienst entlassen worden. War Soldat, und ist jetzt also in Petersburg in einer Wasserheilanstalt. Der Doktor benetzt die Kranken mit Wasser. So ist er also beim Doktor einer von den Pförtnern.

– Hier steht es geschrieben ... – sagte die Alte und holte aus dem Umschlagtuch einen Brief. – Haben wir von Efimja bekommen, Gott weiß vor wie langer Zeit. Vielleicht sind sie ja nicht mehr auf der Welt.

Egor dachte ein wenig nach und begann schnell zu schreiben.

»In der gegenwertigen Zeit, – schrieb er, – wo Ihr Schicksal sich auf die Militerische Walstadt bestimmt hat, so raten wir Ihnen, in die Dissiplinarstrafordnung und das Strafgesetzbuch der Militerbehörde zu blicken, und Sie werden in Jenem Gesetz die Züwilisazjon der Ränge der Militerbehörde erkennen.«

Er schrieb und las das Geschriebene vor, Vasilisa dagegen besann sich, was man noch alles schreiben müsse, welche Not im vergangenen Jahr geherrscht hatte, dass das Getreide nicht einmal bis Weihnachten gereicht hatte, dass man die Kuh hatte verkaufen müssen. Um Geld müsste man bitten, müsste schreiben, dass der Alte oft kränkelt und bald wohl seine Seele Gott befehlen wird … Aber wie das in Worten ausdrücken? Was zuerst sagen und was danach?

»Richten Sie Ihre Aufmerksamkeit, – fuhr Egor zu schreiben fort, – im 5. Band der Militerverordnung. Soldat ist ein Gemeinsamer Name, ein Berühmter. Soldat nennt sich der Allererste General wie der letzte Gemeine …«

Der Alte bewegte die Lippen und sagte leise:

– Die Enkelkinder sehen, das wär nicht schlecht.

– Was für Enkelkinder? – fragte die Alte und sah ihn zornig an. – Die gibt es vielleicht ja gar nicht!

– Enkelkinder? Vielleicht aber doch. Wer will das wissen!

»Und darum können Sie beurteilen, – beeilte sich Egor, – wie es einen Auslendischen Feind gibt und wie einen Inwendigen. Unser Allererster Inwendiger Feind ist: Bachus.«

Die Feder kratzte und vollführte auf dem Papier Schnörkel, die wie Angelhaken aussahen. Egor hatte es eilig und las jede Zeile mehrmals vor. Er saß auf einem Hocker, die Beine weit unter den Tisch gestreckt, satt, gesund, mit breitem Maul, mit rotem Nacken. Es war die Gemeinheit in Person, die grobe, anmaßende, unbezwingliche, stolz darauf, in der Schenke geboren und aufgewachsen zu sein, und Vasilisa begriff sehr wohl, dass das hier eine Gemeinheit war, konnte es aber nicht in Worten ausdrücken, sondern blickte nur zornig und misstrauisch auf Egor. Von seiner

Stimme, den unverständlichen Worten, von der Stickigkeit und Hitze bekam sie Kopfschmerzen, verwirrten sich die Gedanken, und sie sagte nichts mehr, dachte nichts mehr und wartete nur darauf, dass er aufhören würde zu kratzen. Der Alte dagegen blickte in vollstem Vertrauen. Er vertraute der Alten, die ihn hierhergeführt hatte, wie auch Egor; und als er vorhin die Wasserheilanstalt erwähnt hatte, war seinem Gesicht anzusehen gewesen, dass er der Anstalt vertraute wie auch der Heilkraft des Wassers.

Mit dem Schreiben zu Ende, stand Egor auf und las den ganzen Brief von Anfang an vor. Der Alte begriff nichts, nickte aber vertrauensvoll.

– Nicht schlecht, glatt … – sagte er, – Gott schenke dir Gesundheit. Nicht schlecht …

Sie legten die drei Fünfer auf den Tisch und gingen aus der Schenke; der Alte blickte regungslos geradeaus, wie ein Blinder, ihm ins Gesicht geschrieben stand vollstes Vertrauen, Vasilisa dagegen, als sie aus der Schenke kam, trat nach dem Hund und sagte zornig:

– U-uh, Eiterbeule!

Die Alte schlief die ganze Nacht nicht, beunruhigt von ihren Gedanken, bei Morgengrauen stand sie auf, betete und ging zur Bahnstation, um den Brief abzuschicken.

Bis zur Bahnstation waren es elf Verst.

II

Die Wasserheilanstalt Doktor B. D. Moselweisers war auch an Neujahr geöffnet, wie an gewöhnlichen Wochentagen, und nur der Pförtner Andrej Chrisanfyč hatte die Uniform mit den neuen Litzen an, und seine Stiefel glänzten irgendwie besonders; und alle, die kamen, beglückwünschte er zum neuen Jahr.

Es war Morgen. Andrej Chrisanfyč stand an der Tür und las Zeitung. Punkt zehn Uhr kam der General, ein Bekannter und ständiger Besucher, gefolgt vom Postboten. Andrej Chrisanfyč nahm dem General den Uniformmantel ab und sagte:

– Viel Glück zum neuen Jahr, Euer Exzellenz!

– Danke, mein Lieber. Dir auch.

Und während er die Treppe hinaufging, nickte er zu einer Tür und fragte (er fragte das jeden Tag und vergaß es jedes Mal gleich wieder):

– Und was ist in diesem Raum?

– Das Massagekabinett, Euer Exzellenz!

Als die Schritte des Generals verklungen waren, schaute Andrej Chrisanfyč die eingegangene Post durch und fand einen Brief auf seinen Namen. Er entsiegelte ihn, las einige Zeilen, dann ging er ohne Eile, in die Zeitung blickend, in sein Zimmer, das ebenfalls unten war, am Ende des Korridors. Seine Frau Efimja saß auf dem Bett und stillte das Kind; das andere Kind, das älteste, stand daneben, den Lockenkopf auf ihr Knie gelegt, das dritte schlief auf dem Bett.

Als er in sein Zimmer kam, gab Andrej der Frau den Brief und sagte:

– Sicher aus dem Dorf.

Dann ging er wieder hinaus und blieb, ohne den Blick von der Zeitung zu lösen, im Korridor stehen, dicht bei seiner Tür. Er konnte hören, wie Efimja mit zittriger Stimme die ersten Zeilen las. Sie las sie und konnte bald nicht mehr; ihr reichten schon diese Zeilen, sie brach in Tränen aus, umarmte ihren Ältesten, küsste ihn und begann zu sprechen, und nicht zu begreifen war, ob sie weinte oder lachte.

– Das ist von Großmutter, von Großvater … – sagte sie. – Aus dem Dorf … Himmelskönigin, ihr Heiligen. Dort hat es jetzt den Schnee unters Dach geweht … die Bäume sind ganz-ganz weiß. Die Kinder fahren auf kleinen Schlitten … Und der glatzköpfige Großvater auf dem Ofen … und das gelbe Hündchen … Ach, ihr meine Lieben!

Andrej Chrisanfyč, der das hörte, erinnerte sich, dass seine Frau ihm drei- oder viermal Briefe gegeben hatte, ihn gebeten hatte, sie ins Dorf zu schicken, aber irgendwie hatte eine wichtige Angelegenheit ihn davon abgehalten, er hatte sie nicht abgeschickt, die Briefe lagen irgendwo herum.

– Und über die Felder laufen Häschen, – jammerte Efimja, tränenüberströmt, und küsste ihren Jungen. – Großvater, der stille, gütige, auch Großmutter ist gütig, mitleidig. Im Dorf leben sie in Eintracht, in Gottesfurcht … Und das Kirchlein im Dorf, da singen die Bauern im Chor. Die Himmelskönigin soll uns hier wegholen, Mütterchen-Beschützerin!

Andrej Chrisanfyč ging in sein Zimmerchen zurück, um zu rauchen, bevor jemand kam, und Efimja verstummte, war plötzlich still und wischte sich die Augen, nur ihre Lippen zuckten. Sie fürchtete ihn sehr, ach, wie sehr sie ihn fürchtete! Sie erbebte, erschrak schon vor seinen Schritten, vor seinem Blick, in seinem Beisein wagte sie kein Wort zu sagen.

Andrej Chrisanfyč rauchte, doch genau in dem Augenblick wurde oben geklingelt. Er drückte die Papyrosa aus und lief, mit sehr ernstem Gesicht, zu seiner Paradetür.

Von oben herab kam der General, rosig, frisch vom Wannenbad.

– Und was ist in diesem Raum? – fragte er und zeigte auf eine Tür.

Andrej Chrisanfyč richtete sich auf, die Hände an der Hosennaht, und sagte laut:

– Die Charcot'sche Dusche, Euer Exzellenz!

LAURIE LEE

Ein kalter Winterspaziergang auf dem Lande

Die Frauen in der Küche sind in ihre festtäglichen Dampfwolken gehüllt. Eben noch verträumt in ihren Betten, lassen sie nun die Backofentüren scheppern, und dahinter lodert das Höllenfeuer; Rollbraten brutzeln auf ihren Spießen, unter den Pinseln zischt das Geflügel, Gemüse bollert in den Töpfen, Teig wird geknetet, geheimnisvolle Füllungen für die Pasteten werden gerührt. Ganz in dieser Welt aufgegangen, schubsen sie mich ohne Weiteres an die Wand, als ich schlaftrunken nach meinen Stiefeln suche. Wie am Schminktisch umgeben die Frauen sich auch in der Küche, beim Bereiten der Mahlzeit, mit einem Chaos, in dem alles seinen Platz hat.

»Ich glaube, ich mache einen kleinen Spaziergang. Die Straße rauf«, sage ich. »Bis hinter das Wäldchen. Und dann noch runter zum Teich. Oder so.«

In den Schüsseln blitzen die Löffel, die Frauen blicken nur kurz auf, als hätte unvermutet etwas im Abfluss gegluckert. Sie sehen mich an, aber sie sehen durch mich hindurch. Ich bin nur ein weiterer aus einer ganzen Armee von Männern, die im Weg stehen. Plötzlich klebt Mixtur für die Mince Pies an meinem Finger, ich lecke ihn ab, bereue es, wickle mich warm ein und mache mich auf den Weg …

Der Morgen draußen ist exakt so kalt wie erwartet. Die

Kälte liegt über dem Tal wie eine gefrorene Gans. Die Welt ist weiß, klar wie eine Landkarte der Polarregionen und still wie das Papier, auf das die Karte gedruckt ist. Eiszapfen hängen von den Regenrinnen wie Seidenstrümpfe aus Glas, doch die Tropfen, die ich mit der Hand auffange, wenn ich sie anhauche, fühlen sich heiß an.

Ich ziehe die Luft durch die Zähne und spüre die alte Begeisterung, das ungestüme Echo einer Welt grauer Vorzeit, in der es die dickschädligen Mammuts noch in Massen gab, säbelzähnige Tiger, Speere mit Feuersteinklingen, und die Jäger brüsteten sich in den Höhlen. Heute ist der Winter, wie er immer war, und wenn er einmal anders war, dann hat man es vergessen. Vergessen sind heute die kleinen Kapriolen des Wetters, die Hitzewellen zur Unzeit, die feuchtwarmen Dezember, die es dann und wann einmal gab. So wie jetzt ist der Winter schon immer gewesen, seit dem allerersten Winter, in dem der erste Mensch zum ersten Mal nieste.

Von hier geht es geradewegs Richtung Weihnachten, und die Kälte schiebe ich dabei wie ein metallenes Tuch vor mir her. Ich habe einen neuen Stock aus Schlehdornholz mit einem Silberreif und neue Handschuhe, deren Preisschild noch kribbelt. Bestimmt habe ich beides verloren, bevor das neue Jahr da ist. Aber sei's drum, sie sind für den heutigen Tag gemacht.

Es ist ein Morgen für Helden, ein Glück, draußen zu sein, das Blut mit einem solchen Schock wieder zum Leben zu erwecken; frostigen Fußes stapfe ich über Pfade aus Eisen, über Grashalme schneidend wie Draht, vorbei an Cottages, die ausgehöhlt sind wie Kohlrüben an Halloween, und aus ihren Fenstern quellen die Schwaden aus Licht und Dampf.

»Das wünsche ich Ihnen auch, Miss Kirk!« Eine alte Dame tapert vorüber, krumm wie der Reifen, der die Dartscheibe umschließt. Seit Urzeiten die Seele des Festes, bringt sie Tee zu den Bauern wie schon seit bestimmt fünfzig Jahren. Sie muss nicht überlegen, was denn aus all den Bauern geworden ist; heute sind wir alle gern ihre Bauern.

Ich nehme den Weg talaufwärts, sauge tief die schneidend kalte Luft ein, Luft, die in der Nase brennt und als Dampf wieder herauskommt. Wer heute draußen unterwegs ist, dem folgt überallhin seine ganz persönliche Aura, eine glitzernde Wolke. Auch die Kühe, wie sie über die Wiese ziehen, hauchen Dampfwolken – bleiche Sprechblasen, auch wenn ihre Unterhaltung unhörbar bleibt. Die gepflügten Felder unterhalb haben Krusten wie Brotpudding, mit glitzerndem Eiszucker bestreut. Die Wiesen in der Ferne wie in Scheiben geschnitten, krumplig und kahl. Selbst das Licht, das sie zurückwerfen, scheint gefroren.

Wo war dieses Tal letzten Sommer? Da war es nicht da. Winter und Sommer sind verschiedene Orte. Der Buchenwald hier zum Beispiel, jetzt so leer, kaum mehr als ein paar Risse, ein paar Runzeln am Himmel – wo ist jetzt der mächtige träge Atem des dichten Junilaubs, der Geruch des Grüns und der dumpfigen Wurzeln der Orchideen, wo ist diese Welt, in der es vor Füchsen raschelt, vor Eichelhähern krächzt, vollgestopft bis hoch zu den Wolken mit Tauben? Jetzt gerade ist der Wald nur ein Gerüst für den Sommer. Nackt steht er da, dem Schmerz der Kälte entblößt. Ein, zwei dunkle Vögel sitzen auf den kahlen Ästen. Keiner regt sich. Sie könnten ebenso gut im Käfig sitzen.

Jetzt, wo der Teich in Sicht kommt, fällt mir der süße

Geruch des Eises auf – oder vielleicht ist es auch nur die Erinnerung daran. Damals als Jungen haben wir das Eis riechen können, das steht fest; selbst im Bett schon, vor dem Aufstehen. Nur einmal schnüffeln im Augenblick des Erwachens, und man wusste, ob der Teich zugefroren war, man wusste, welche Art Eis es war, ob rau oder glatt, und sogar (ich schwöre es) wie dick es war.

Am heutigen Morgen ist es eine dunkelgrüne Glasscheibe, vom Wind glattgeschliffen, mit einer Gravur aus Schilfrohr darauf. Ein Schwan spaziert langsam, ungläubig am Ufer entlang, fühlt das Wasser ab nach einem Loch, in das er sich setzen kann, und als er keins findet, reckt er sich auf seinen Schwimmfüßen und schlägt ratlose Flügel in die Luft.

Wie der Wald ist auch der Teich verzaubert, still wie ein geladenes Gewehr, seine Explosionen von Rallen, Blässhühnern und Seerosen einen Augenblick lang aufgehoben zum Stillstand. Ich spähe durch das Eis und sehe winzige Luftbläschen, hell funkelnd wie die Lichter an einem Weihnachtsbaum. Ich sehe Seerosenblätter zu Bündeln zusammengefroren. Ich überlege, was die Fische wohl machen …

»Komm schon, Eff!«, krächzt eine Stimme. »Der ist gefroren! Hab ich's nicht gesagt?« Zwei Kinder sind gekommen. Tommy Bint und seine Schwester, dicke Schals um den Hals und ganz wild aufs Eislaufen. Sie hüpfen vor Begeisterung, und aus ihren Taschen purzeln Bonbons wie Nüsse von einem Haselnussbaum.

»Gehen Sie nicht näher ran, Mister?« Natürlich gehe ich näher. Ich prüfe das Eis so vorsichtig wie der Schwan. Es biegt sich und ächzt wie ein alter Dachboden, aber schon bald schlittern wir alle drei darauf. Alles wie früher – das hohle Poltern der Stiefel, das Keuchen beim Anlauf, schwindelnde Seligkeit im Gleiten, die kurze Passage über das ölglatte Antlitz des Winters, der anarchische Zauber dieses Vergnügens, noch dazu kostenlos.

Nach einer Stunde halten wir inne, die Gesichter rot wie Holzäpfel, die Fersen noch immer geflügelt. »Jetzt müssen wir nach Hause, Mittagessen. Njam-njam«, sagt Tom. »Ofenkartoffeln und eine dicke fette Gans.« – »Und Pfannkuchen«, schwärmt seine Schwester. »Und Plumpudding und Custard und Pifferminz und Baranüsse und … und …« – »Da wird dir schlecht.« – »Da wird mir schlecht.« Vorfreudig macht sie es mir schon einmal vor. Dann hüpfen die beiden wie zwei Gummibälle davon.

Ich steige wieder zum Dorf hinauf, schlittere auf den gefrorenen Pfützen. Die Löcher im Asphalt sind wie Fenster zum Himmel. Aufgeschreckt kommt eine Amsel aus einem Busch geschossen, zieht eine tschilpende Kette aus Schimpflauten hinter sich her. Ein Klang wie der Winter, wie eine Axt an einem Baumstamm, ein bellender Hund, eine Eule bei Tageslicht – jeder Ton rein und einsam in jenem Intervall der Stille, dem Moment zwischen Vergangenheit und Zukunft.

Mittlerweile ist es Mittag, und allmählich rutscht der Tag von den Dächern des schiefen Dorfes. Der Frost ist härter als Elfenbein, man kann ihn beinahe sehen in der Luft, als würde das Licht über Nägel gespannt. Ein klares, kaltes Strahlen liegt über der Landschaft, und eine Krähe durchmisst es auf knarzenden Flügeln. Die fette Erde, darin all ihre Samen, die Felder, die summen vor Energie, vor Brautwerbung, alles liegt jetzt verschlossen, gebunden in weißes Pergament. Nur eine einzige Farbe bleibt, das eine Versprechen des heutigen Tages, roter Tupfer in der aschgrauen Welt – ein Rotkehlchen, wie es davonflitzt, ein paar Hagebutten am Strauch, die Sonne tief über den Bäumen, und durch die warm leuchtenden Fensterscheiben die Stechpalmenbeeren und die geröteten Gesichter der Kinder beim Festschmaus.

Es ist gut, an so einem Tag draußen zu sein, die Wärme zu spüren, die der Ofen unseres Leibes verströmt, die Füße auf den Boden des Orts zu setzen, an dem man geboren ist, und auch gut, dann wieder nach Hause zu gehn. Als ich ankomme, ist der Tisch gedeckt. Die Frauen binden die Schürzen ab. Auch das ist gut, ankommen zur rechten Zeit.

JOAQUIM MARIA MACHADO DE ASSIS

Die Weihnachtsmesse

Nie ist mir die Unterhaltung verständlich geworden, die ich vor vielen Jahren mit einer jungen Frau geführt habe, als ich siebzehn Jahre alt war und sie dreißig. Es war am Weihnachtsabend. Da ich mit einem Nachbarn vereinbart hatte, gemeinsam mit ihm zur Mitternachtsmesse zu gehen, beschloß ich, mich nicht schlafen zu legen; er hatte mich gebeten, ihn kurz vor zwölf Uhr zu wecken.

Das Haus, in dem ich wohnte, gehörte dem Notar Meneses, der in erster Ehe mit einer meiner Kusinen verheiratet gewesen war. Seine zweite Frau, Conceição, und ihre Mutter hatten mich gastfreundlich aufgenommen, als ich vor einigen Monaten aus Mangaratiba nach Rio de Janeiro gekommen war, um mich für die Aufnahmeprüfungen der Universität vorzubereiten. In jenem zweistöckigen Haus der Rua do Senado lebte ich in den Tag hinein, ich hatte meine Bücher, kannte nur wenige Menschen und machte gelegentlich einen Spaziergang. Die Familie war klein; sie bestand aus dem Notar, seiner Frau, der Schwiegermutter und zwei Sklavinnen. Es war ein altmodischer Haushalt. Gegen zehn Uhr abends gingen alle zu Bett, um halb elf Uhr lag das Haus in tiefem Schlaf. Ich war noch nie im Theater gewesen, und mehr als einmal, wenn ich Meneses sagen hörte, er ginge abends ins Theater, bat ich ihn, mich doch mitzunehmen. Bei derartigen Gelegenheiten schnitt die Schwiegermutter eine Grimasse, und die Sklavinnen grinsten verstohlen; er aber antwortete nicht, zog sich an und kam erst gegen Morgen heim. Später erfuhr ich, daß das Theater eine Ausrede war. Meneses hatte nämlich eine Affäre mit einer geschiedenen Frau und schlief einmal in der Woche außer Haus. Anfangs hatte Conceição darunter gelitten, daß ihr Mann ein Verhältnis hatte, sich dann aber mit diesem Zustand abgefunden, sich sogar an ihn gewöhnt und zwar soweit, daß sie ihn zu guter Letzt als völlig normal empfand.

Die gute Conceição! Man nannte sie eine Heilige, eine Bezeichnung, die sie zu Recht verdiente, so leicht ertrug sie es, von ihrem Mann vernachlässigt zu werden. Tatsächlich hatte sie ein gemäßigtes Naturell, sie kannte keine Höhen und auch keine Tiefen, weder Freudenausbrüche noch Tränenströme. Zu der Zeit, als ich sie kannte, hätte sie sogar eine Mohammedanerin abgeben können, so willig hätte sie sich mit einem Harem abgefunden, sofern der Schein gewahrt geblieben wäre. Gott verzeih mir, wenn ich sie falsch beurteile. Alles an ihr war leblos und blaß, selbst ihr Gesicht war mittelmäßig, weder hübsch noch häßlich. Sie war das, was man eine sympathische Frau nennt. Sie sprach über niemanden ein böses Wort und verzieh alles. Haß war ihr fremd; vielleicht wußte sie nicht einmal, was Liebe war.

An jenem Weihnachtsabend ging der Notar ins Theater. Es war im Jahre 1861 oder 1862. Ich hätte für die Weihnachtsferien schon wieder in Mangaratiba sein sollen, blieb jedoch während der Feiertage in der Stadt, um »die Weihnachtsmesse am Hof« mitzuerleben. Die Familie meiner Gastgeber ging zur üblichen Stunde schlafen; ich setzte mich fertig angezogen ins Wohnzimmer, das zur Straße hin lag. Von dort aus konnte ich später durch die Diele hinausgelangen, ohne dabei jemanden im Schlaf zu stören. Es waren drei Hausschlüssel vorhanden; den einen hatte der Notar, den anderen würde ich mitnehmen, der dritte blieb am Nagel hängen.

»Aber Senhor Nogueira, was werden Sie die ganze Zeit tun?« fragte mich Conceiçãos Mutter.

»Ich werde lesen, Dona Inácia.«

Ich hatte einen Roman mitgebracht, *Die drei Musketiere,* ich glaube in einer alten Übersetzung des *Jornal do Comércio.* Ich setzte mich an den Tisch, der in der Mitte des Zimmers stand, und während das Haus schlief, bestieg ich beim Schein der Petroleumlampe wieder einmal den mageren Klepper D'Artagnans und zog auf Abenteuer aus. Bald hatte Dumas mich völlig berauscht. Im Gegensatz zu sonstigen Wartezeiten verflogen die Minuten. Kaum hörte ich die Uhr elf Uhr schlagen. Dann aber riß mich ein schwaches Geräusch von drinnen aus meiner Lektüre, es waren Schritte, die aus dem Besuchssalon ins Eßzimmer gingen. Ich hob den Kopf; gleich darauf sah ich Conceição auf der Schwelle der Wohnzimmertür stehen.

»Sind Sie noch nicht fort?« fragte sie.

»Nein, ich glaube, es ist noch nicht Mitternacht.«

»Wie geduldig Sie sind!«

Conceição trat ein, die Schlafzimmerpantöffelchen nachschleifend. Sie trug einen weißen Morgenrock, der um die Taille lose geknüpft war. Da sie sehr schlank war, wirkte sie romantisch, was gut zu meinem Abenteuerroman paßte. Ich schloß das Buch; sie nahm auf einem Stuhl mir gegenüber Platz, nahe am Kanapee. Als ich sie fragte, ob ich sie durch ein unbeabsichtigtes Geräusch geweckt hätte, antwortete sie sogleich:

»Keineswegs! Ich bin von allein aufgewacht.«

Ich warf ihr einen prüfenden Blick zu und bezweifelte ihre Behauptung. Ihre Augen sahen nicht nach Schlaf aus, vielmehr schien es, als habe sie sie noch keine Minute geschlossen. Diese Möglichkeit wies ich jedoch rasch von mir, ohne dabei zu überlegen, daß sie vielleicht gerade meinetwegen nicht geschlafen und nur gelogen hatte, um mich nicht zu bekümmern oder zu langweilen. Ich sagte bereits, daß sie gut, herzensgut war.

»Es muß bald soweit sein«, sagte ich.

»Wieviel Geduld Sie haben, zu wachen und zu warten, während der Freund aus der Nachbarschaft schläft! Und dabei allein zu warten! Fürchten Sie sich nicht vor den Geistern des Jenseits? Ich hatte Sorge, Sie könnten erschrecken, als Sie mich sahen.«

»Als ich Schritte hörte, war ich zunächst verwundert, aber dann waren Sie auch schon da.«

»Was lesen Sie da? Sagen Sie's nicht, ich weiß, es ist der Roman von den *Musketieren.*«

»Sie haben's erraten. Er ist wundervoll.«

»Lieben Sie Romane?«

»Sehr.«

»Haben Sie schon die *Moreninha* gelesen?«

»Von Dr. Macedo? Ja. Ich besitze das Buch in Mangaratiba.«

»Ich schwärme für Romane, lese aber wenig, aus Zeitmangel. Welche Romane haben Sie gelesen?«

Ich begann einige Namen aufzuzählen. Conceição hörte

zu, den Kopf zurückgelehnt, und blickte mich durch halbgeschlossene Lider unverwandt an. Von Zeit zu Zeit befeuchtete sie die Lippen. Als ich zu Ende gesprochen hatte, sagte sie nichts; so verharrten wir einige Sekunden. Dann richtete sie den Kopf auf, verschränkte die Hände, lehnte das Kinn darauf und stützte die Ellbogen auf die Armlehnen, ohne ihre großen, forschenden Augen von mir abzuwenden.

Vielleicht langweilt sie sich, dachte ich.

Und schon sagte ich laut:

»Dona Conceição, ich glaube, es ist an der Zeit, daß ich …«

»Nein, nein, es ist noch früh. Ich habe erst vorhin auf die Uhr geschaut. Es ist halb zwölf. Sie haben noch Zeit. Wenn Sie die ganze Nacht auf sind, werden Sie dann nicht morgen todmüde sein?«

»Ich bin's schon gewöhnt.«

»Ich nicht. Wenn ich eine Nacht durchwache, bin ich am nächsten Tag zu nichts zu gebrauchen und muß unbedingt ein Schläfchen machen, und wenn's nur eine halbe Stunde ist. Aber ich bin ja auch schon alt.«

»Sagen Sie das nicht, Dona Conceição!«

Ich hatte mit soviel Wärme gesprochen, daß sie unwillkürlich lächelte. Gewöhnlich waren ihre Gebärden träge, ihr Gebaren ruhig; nun aber stand sie rasch auf, ging zum anderen Ende des Wohnzimmers und machte ein paar Schritte zwischen dem Fenster, das zur Straße führte, und dem Arbeitszimmer ihres Mannes hin und her. In ihrer sittsamen Unordentlichkeit wirkte sie sehr eigenartig auf mich. Wenngleich schlank, hatte sie einen wiegenden Gang, als fiele es ihr schwer, ihr Gewicht zu tragen, ein Zug, der mir an jenem Abend besonders auffiel. Sie blieb mehrmals stehen, prüfte ein Stück des Vorhangs oder rückte einen Gegenstand auf der Etagere zurecht. Schließlich machte sie vor dem Tisch, der uns trennte, halt. Ihr Horizont war beschränkt; wieder sprach sie ihre Verwunderung darüber aus, daß ich die Nacht durchwachte. Ich wiederholte das, was sie bereits wußte, das heißt, daß ich noch nie eine Weihnachtsmesse am Hof gehört hätte und sie diesmal um keinen Preis missen wollte.

»Es ist die gleiche Messe wie auf dem Land, alle Messen sind gleich.«

»Das mag sein, aber hier wird sie sicherlich mit mehr Pomp gefeiert, auch werden viel mehr Menschen zugegen sein. Hören Sie, die Karwoche am Hof ist doch auch viel schöner als auf dem Land. Von Sankt Johannis will ich nicht reden, auch nicht von Sankt Anton …«

Sie lehnte sich vor, stützte die Ellbogen auf die Marmorplatte des Tisches und bettete das Gesicht zwischen die Handflächen. Da ihre Ärmel nicht zugeknöpft waren, fielen sie zurück, so daß ich ihre Unterarme sehen konnte, die hellhäutig und nicht so mager waren, wie man hätte vermuten können. Ihr Anblick war für mich zwar nicht neu, aber auch nicht gerade alltäglich; in jenem Augenblick jedoch war der Eindruck überwältigend. Die Adern waren so blau, daß ich sie trotz der schwachen Beleuchtung von meinem Platz aus zählen konnte. Conceiçãos Gegenwart machte mich noch wacher als das Buch. Ich fuhr fort, mich darüber zu verbreiten, was ich von den Kirchenfesten auf dem Lande und in der Stadt hielt, sowie von anderen Dingen, die mir gerade einfielen. Ich sprach und sprach, sprang von einem Thema zum anderen, kehrte willkürlich zum Ausgangspunkt zurück und lachte, um ihr ein Lächeln zu entlocken und ihre schneeweißen, ebenmäßigen Zähne zu sehen. Ihre Augen waren nicht gerade schwarz, aber dunkel; ihre Nase, dünn und lang und leicht gebogen, verlieh dem Gesicht einen fragenden Ausdruck. Als ich die Stimme ein wenig hob, wies sie mich zurecht:

»Leiser! Sonst wacht Mama auf.«

Dabei gab sie aber ihre Stellung nicht auf, die mir ausnehmend gut gefiel, weil unsere Gesichter ganz nahe beieinander waren. Tatsächlich war es nicht nötig, laut zu sprechen, um sich verständlich zu machen. So flüsterten wir beide, ich noch mehr als sie, weil ich mehr redete. Dann und wann wurde sie ernst, tiefernst und runzelte die Stirn. Endlich wurde sie müde und änderte Stellung und Haltung. Sie stand auf, umschritt den Tisch und setzte sich neben mich aufs Kanapee. Ich wandte mich zu ihr und konnte einen verstohlenen Blick auf ihre Pantoffelspitzen werfen; aber kaum hatte sie sich gesetzt, verschwanden sie sofort unter ihrem langen Negligé, ich erinnere mich daran, daß sie schwarz waren. Conceição sagte leise:

»Mama schläft zwar weit weg, hat aber einen federleichten Schlaf. Wenn sie jetzt aufwachte, würde sie so bald nicht wieder einschlafen.«

»Mir würde es ähnlich gehen.«

»Was?« fragte sie, sich vorbeugend, um besser hören zu können. Ich setzte mich auf den Stuhl neben dem Kanapee und wiederholte meine Worte. Sie lachte über die Zufälligkeit, auch sie hatte einen leichten Schlaf; somit hatten wir alle drei einen leichten Schlaf.

»Es kommt vor, daß es mir wie Mama geht. Ich wache auf, kann nicht wieder einschlafen, wälze mich erst im Bett herum, stehe dann auf, zünde eine Kerze an, gehe spazieren, lege mich wieder hin – alles umsonst.«

»Und so ist es Ihnen heute ergangen.«

»Nein, nein«, warf sie ein.

Ich verstand ihr Verneinen nicht, vielleicht verstand sie es selber kaum. Sie ergriff die beiden Enden ihres Gürtels und schlug mit ihnen gegen die Knie, das heißt, gegen das rechte Knie, da sie gerade die Beine übereinandergeschlagen hatte. Dann erzählte sie von einem Traum und berichtete, sie habe nur einen einzigen Alptraum in ihrem Leben gehabt, und zwar als Kind. Sie wollte wissen, ob ich auch Alpträume erlebt hätte. So kam die Unterhaltung wieder in Fluß und schleppte sich geruhsam, gemächlich hin, so daß ich die Uhrzeit und die Mitternachtsmesse völlig vergaß. Sobald ich eine Erzählung oder eine Erklärung beendete, erfand sie sofort eine neue Frage oder einen neuen Stoff, und wieder ergriff ich das Wort. Von Zeit zu Zeit mahnte sie:

»Leiser, leiser ...!«

Es entstanden auch Pausen. Zweimal schien es mir, als wolle sie einschlafen; aber schon öffnete sie ihre Augen, die sekundenlang geschlossen gewesen waren, ohne den geringsten Anschein von Müdigkeit, als hätte sie sie nur zugemacht, um besser sehen zu können. Bei einer dieser Gelegenheiten schien sie zu merken, daß ich völlig von ihr eingenommen war; ich erinnere mich daran, daß sie sie von neuem schloß, ich weiß nur nicht mehr, ob hastig oder langsam. Einige Bilder jener Nacht sind vertauscht oder verschwommen. Ich fühle, daß ich mir widerspreche und ins Faseln gerate. Einer jener Eindrücke, die mir frisch im Gedächtnis haften geblieben sind, ist der, daß sie, die im Grunde nur sympathisch war, mit einemmal schön, wunderschön wurde.

Jetzt stand sie mit verschränkten Armen da, aus Höflichkeit wollte ich aufspringen, vermochte es aber nicht, weil sie eine Hand auf meine Schulter legte und mich zwang, sitzen zu bleiben. Ich mühte mich, etwas zu sagen; sie aber erbebte, als liefe ihr ein kalter Schauer über den Rücken, wandte sich ab und setzte sich wieder auf den Stuhl, auf dem ich lesend gesessen hatte, als sie mich überraschte. Dann warf sie einen Blick in den Spiegel, der über dem Kanapee hing, und sprach von den Bildern, die die Wände schmückten.

»Diese Bilder sind schon alt. Ich habe Chiquinho schon gebeten, neue zu kaufen.«

Chiquinho war ihr Mann. Die Bilder sprachen für seinen Geschmack. Eines stellte Cleopatra dar, an die Darstellung auf dem anderen erinnere ich mich nicht mehr, jedenfalls waren Frauen darauf abgebildet. Beide Drucke waren alltäglich, zu jener Zeit schienen sie mir jedoch nicht unschön zu sein.

»Sie sind schön«, sagte ich.

»Das sind sie, aber sie sind schon fleckig. Außerdem möchte ich lieber Heiligenbilder haben, Bilder von zwei Heiligen. Diese hier passen besser in ein Junggesellenzimmer oder in einen Friseursalon.«

»In einen Friseursalon? Sicherlich sind Sie noch nie bei einem Herrenfriseur gewesen.«

»Ich kann mir aber vorstellen, daß die Kunden beim Warten über Weiber und Liebschaften reden, und daß der

Friseur sie mit gefälligen Abbildungen erheitern will. Für ein anständiges Heim finde ich diese Bilder höchst unpassend. So denke ich wenigstens, aber ich denke oft mancherlei Absonderliches, ich weiß. Wie dem auch sei, ich mag sie nicht. Ich habe eine Mutter Gottes von der Unbefleckten Empfängnis, die meine Schutzheilige ist, ein wunderschönes Stück, aber es ist ein Schnitzwerk, das sich nicht an die Wand hängen läßt, abgesehen davon, daß ich es ungern hier aufstellen würde. Es steht in meinem Gebetsschrein.«

Das Wort Gebetsschrein rief mir die Messe ins Gedächtnis zurück, ich dachte, es könne vielleicht schon zu spät sein, und wollte es sagen. Ich glaube, ich brachte sogar den Mund auf, schloß ihn jedoch sofort wieder, um zu hören, was sie zu erzählen hatte, und sie tat es mit soviel Zauber, Anmut und Sanftheit, daß meine Seele träg wurde und ich Messe und Kirche vollständig vergaß. Sie sprach von ihrer Frömmigkeit als Kind und junges Mädchen. Dann gab sie längst verjährten Ballklatsch zum besten, erzählte von Ausflügen, kramte Erinnerungen von der Insel Paquetá aus, alles durcheinander, und ohne abzusetzen. Als sie genug von der Vergangenheit hatte, ging sie auf die Gegenwart über; nun kam ihr Haushalt an die Reihe, häusliche Sorgen, die man ihr vor ihrer Heirat als unüberwindlich dargestellt hatte, die aber nach ihrer Erfahrung ganz geringfügig seien. Daß sie mit siebenundzwanzig geheiratet hatte, wußte ich, aber sie erwähnte es nicht.

Nun wechselte sie nicht mehr ihren Platz wie anfangs und veränderte auch nicht mehr die Stellung. Nun machte sie auch nicht mehr große Augen, sondern ließ den Blick ruhig über die Wände gleiten …

»Wir müssen das Wohnzimmer neu tapezieren lassen«, sagte sie bald darauf, als spräche sie mit sich selbst.

Ich stimmte zu, um etwas zu sagen, um jene magnetische Benommenheit abzuschütteln oder was sonst mir Sprache und Sinne lähmen mochte. Ich wollte die Unterhaltung beenden und wollte es auch nicht; ich mühte mich, den Blick von ihr loszureißen, aus einem Gefühl der Achtung heraus. Aber die Furcht, sie könne glauben, ich langweile mich, was nicht der Fall war, führte mich dazu, den Blick wieder auf Conceição zu heften. Allmählich schlief die Unterhaltung ein. Auf der Straße war es totenstill.

Eine Weile noch – wie lange weiß ich nicht – verharrten wir in völligem Schweigen. Das einzige Geräusch war ein rattenähnliches Nagen im Arbeitszimmer, das mich aus jener Betäubung riß; ich wollte es erwähnen, wußte aber nicht wie. Conceição schien in Gedanken versunken zu sein. Plötzlich hörte ich, wie von außen ans Fenster geklopft wurde, hörte eine Stimme, die brüllte: »Weihnachtsmesse! Weihnachtsmesse!«

»Da ist Ihr Freund«, sagte sie und stand auf. »Das ist wirklich komisch. Sie wollten ihn wecken, und nun muß er Sie hier wachrütteln. Laufen Sie, es muß schon spät sein. Adieu.«

»Ob es schon an der Zeit ist?« fragte ich.

»Natürlich.«

»Weihnachtsmesse!« ertönte es draußen wieder, und wieder wurde gegen die Fensterscheibe getrommelt.

»Los, los, lassen Sie nicht auf sich warten! Es war meine Schuld. Leben Sie wohl, auf Wiedersehen bis morgen.«

Und mit ihrem wiegenden Gang verschwand Conceição

leise im Hausflur. Ich trat auf die Straße hinaus und fand den Freund, der auf mich wartete. Schnurstracks eilten wir zur Kirche. Während der Messe schob sich Conceiçãos Gestalt mehrmals vor den Priester – was auf Rechnung meiner damaligen siebzehn Jahre gehen mochte. Am darauffolgenden Morgen berichtete ich beim Frühstück von der Mitternachtsmesse und den Leuten, die in der Kirche gewesen waren, ohne damit Conceiçãos Neugierde zu entfachen. Im Verlauf des Tages fand ich sie wieder wie immer, natürlich und liebevoll, ohne daß irgend etwas in ihrem Benehmen an unsere Unterhaltung vom Vorabend erinnert hätte. Über Neujahr fuhr ich nach Mangaratiba. Als ich im März wieder nach Rio de Janeiro kam, war der Notar an einem Gehirnschlag gestorben. Conceição wohnte jetzt in Engenho Novo, aber ich besuchte sie nicht und begegnete ihr auch anderswo nicht. Später hörte ich, daß sie den Schreiber ihres Mannes geheiratet hatte.

LUCIANO DE CRESCENZO

Krippenliebhaber und Baumliebhaber

Da sind wir, Professore, wie geht es Ihnen?« sagt Salvatore beim Betreten von Bellavistas Haus. »Wir haben den Ingenieur De Crescenzo mitgebracht, der ein großer neapolitanischer Wissenschaftler ist: es heißt, er sei der Erfinder der amerikanischen Elektronengehirne.«

»Was erzählen Sie da«, versuche ich Saverios Vorstellung meiner Person zu unterbrechen. »Ich bin doch kein Wissenschaftler, und erfunden habe ich auch nichts.«

»Hören Sie nicht auf ihn, Professore«, fährt Saverio unerschütterlich fort. »Dieser Ingenieur da ist nur zu bescheiden: es heißt, daß damals, als er seinen Doktor gemacht hat, ein strenger Befehl aus Amerika kam, ihn um jeden Preis einzustellen, damit ihn nicht irgendeine feindliche Nation wegschnappte.«

»Lieber Gott!« protestiere ich. »Was erzählen Sie da nur für einen Mist zusammen!«

»Lassen Sie sie nur reden, mein Lieber«, sagt Professor Bellavista lächelnd an mich gewandt und drückt mir die Hand. »Lassen Sie sie nur reden. Die mögen Sie gern und müssen es Ihnen irgendwie zeigen. Außerdem sind Sie selber auch ein wenig daran schuld. Na ja, denn wenn Sie sich damit zufriedengegeben hätten, was weiß ich, Vermessungstechniker zu werden, dann hätten sie Sie mit ›Ingegnere‹ angesprochen und alle wären zufrieden, aber nachdem Sie nun tatsächlich schon Ingenieur sind, wie soll Sie da so ein Ärmster, der Sie gern mag, noch anreden? Zumindest als Wissenschaftler.«

»Professore, ich könnte doch schon den Wein holen, während Sie es sich hier bequem machen?«

»Gute Idee, Saverio, du weißt ja, wo er ist. Geh' und hol' ihn und laß dir von meiner Frau auch Gläser geben. Aber warte einen Augenblick, vielleicht trinkt der Ingenieur ja lieber einen Kaffee?«

»Nein danke. Ehrlich gesagt trinke auch ich lieber den Wein aus Lettere, von dem mir Saverio schon so viel erzählt hat.«

»Das ist auch besser, denn der Kaffee meiner Frau ist, ehrlich gesagt, nicht besonders.«

»Das weiß doch jeder, hausgemachter Kaffee ist nie so gut wie der in der Bar.«

»Das stimmt nicht immer«, erwidert der Professor. »Wenn er mit Liebe zubereitet wird, kann der Kaffee außerordentlich gut werden. Wissen Sie, der Kaffee in der Kaffeemaschine fühlt das, ob zwischen der Person, die ihn zubereitet und der anderen, die ihn trinken soll, Sympathie besteht.«

»Der, den meine Assuntina macht, ist grauenhaft!« sagt Saverio, der gerade mit Weinflaschen und Gläsern hereinkommt.

»Sie müssen wissen, daß der Kaffee nicht einfach nur eine Flüssigkeit ist, sondern er ist eben halb flüssig und halb ätherisch, und sobald er mit dem Gaumen in Berührung kommt, sublimiert er, er fließt nicht abwärts, sondern steigt höher und höher, geht ins Gehirn und bleibt da, fast wie um einem Gesellschaft zu leisten, und so kommt es vor, daß einer stundenlang arbeitet und dabei denkt: Was für einen wunderbaren Kaffee habe ich doch heute morgen getrunken!«

»Wir dagegen«, sage ich, »gehen von unseren Büros aus kaum mehr in die Bar, wir haben auf jedem Stockwerk Automaten, in die man hundert Lire wirft und einen Knopf drückt, und dann kann man, je nachdem, einen Espresso oder einen Capuccino mit oder ohne Zucker herauslassen.«

»Amerikanische Automaten, nicht wahr?« fragt Salvatore.

»Nein«, antworte ich lachend, »bestenfalls Mailänder.«

»Ob aus Mailand oder aus Amerika«, sagt der Professor, »sie sind alle für eine Sorte Leute, für die Sorte nämlich, die meinen, Kaffee sei ein Getränk zum Trinken. Also ich glaube, daß die Erfindung dieser Kaffeemaschinen etwas sehr Schlimmes ist. Sie sind doch eine Beleidigung für die Gefühle des Individuums, man müßte die Sache glatt vor die Menschenrechtskommission bringen.«

»Also das erscheint mir nun doch leicht übertrieben.«

»Wieso denn übertrieben? Verehrtester, Sie haben einfach die Pflicht, dagegen zu protestieren und Ihren Vorgesetzten zu erklären, daß ein Mensch, wenn er den Wunsch hat, einen Kaffee zu trinken, nicht jetzt unbedingt nur diesen Kaffee trinken will, sondern er hat das Bedürfnis, wieder in Kontakt mit der Menschheit zu treten, und so wird er also seine Arbeit unterbrechen, die er gerade tut, einen oder zwei Kollegen zu einem gemeinsamen Kaffee einladen, in der Sonne bis zu seiner Lieblingsbar gehen, einen kleinen Wettstreit gewinnen, wer diese Kaffees nun wirklich bezahlen darf, der Kassiererin ein Kompliment machen, mit dem Wirt zwei Worte über Sport reden, und bei all dem nicht den kleinsten Hinweis auf die von ihm bevorzugte Kaffeeart geben, da ein echter Wirt den Geschmack seines Gastes ja kennen muß. All dies ist ein Ritus, eine Religion, und so etwas läßt sich nicht durch einen Automaten ersetzen, in den man auf der einen Seite hundert Lire steckt und auf der anderen Seite eine anonyme und geruchlose Flüssigkeit herausläßt! Da könnte man ja gleich auch zum Beispiel statt zur Kommunion in die Kirche zu gehen, entsprechende Automaten benutzen, die der Vatikan in den Büros aufstellt! Der Gläubige nähert sich, kniet nieder, steckt hundert Lire ein und beichtet auf ein Tonband, dann steht er auf, kniet auf der anderen Seite nieder, steckt wieder hundert Lire ein, und eine mechanische Hand steckt ihm die Hostie in den Mund, alles nachdem er auf einer eingebauten Jukebox einen gregorianischen Gesang oder das Ave-Maria von Schubert gewählt hat.«

»Der Professor hat recht«, sagt Salvatore. »Der Kaffee muß mit Achtung, mit Andacht genossen werden: ich erinnere mich, daß mein Wirt in Materdei mich einmal ausgeschimpft hat, nur weil ich bei meinem Kaffee im *Sport Sud* las. Er sagte: ›Aber Sie sind ja gar nicht bei der Sache!‹«

»Die Tür«, sagt Saverio, als er die Klingel hört. »Das wird Luigino sein, ich mache auf.«

Luigino kommt herein, allgemeine Begrüßung und Vorstellung. Saverio bringt einen kleinen Sessel für Luigino und ein Glas Wein für sich.

»Mein lieber Luigino, wie geht es dir?« fragt der Professor. »Die ganze Woche hört und sieht man nichts von dir.«

»Ja, diese Woche hatten wir viel zu tun, am Dienstag kam Professor Buonanno, der vom Konservatorium, der Geige spielt. Der Professor Buonanno ist sehr befreundet mit dem Baron, und von Zeit zu Zeit kommt er und spielt uns etwas vor, aber diesmal hat er sich selber übertroffen, ganz bestimmt; er hat da unter anderem etwas von Bach gespielt, ich kann mich jetzt nicht genau erinnern, was es war, Tatsache ist jedenfalls, daß es etwas sehr Schönes war ... wirklich etwas sehr Schönes. Es ist ja auch so, daß das Haus des Barons, seit wir fast alle Möbel verkaufen mußten, immer größer und, wie soll ich sagen, fast wie eine Kirche geworden ist, sodaß man den Klang der Geige sehr gut hörte. Manchmal erfüllte sie das ganze Haus mit ihrer Harmonie, und manchmal war der Klang so zart, daß wir sogar den Atem anhielten aus Angst, wir könnten ihn zerreißen, und dabei hatten wir Gänsehaut bis unter die Haare.«

»Luigino«, fragt Saverio, »könnte dieser Professor nicht manchmal mitkommen und uns etwas vorspielen?«

»Nun, ich könnte ihn fragen.«

»Ja, aber bald, weil unser Gast hier nur über Weihnachten in Neapel bleibt.«

»Apropos Weihnachten, ich und der Baron haben wie jedes Jahr angefangen, die Krippe aufzubauen, und wir haben zwei Tage gebraucht, um alle Schachteln mit den Hirten aufzumachen, sie abzustauben und abgebrochene Arme und Beine mit Fischleim anzukleben.«

»Die Krippe ist für uns Neapolitaner etwas wirklich Wichtiges«, sagt der Professor. »Und Sie«, wendet er sich an mich, »entschuldigen Sie die Frage, aber ist Ihnen die Krippe lieber oder der Weihnachtsbaum?«

»Natürlich die Krippe.«

»Das freut mich sehr für Sie«, sagt der Professor und drückt mir die Hand. »Sehen Sie, die Menschheit läßt sich in Krippenliebhaber und Baumliebhaber einteilen, und das ist eine Folge der Unterteilung der Welt in eine Welt der Liebe und eine Welt der Freiheit, aber um das zu erklären, müßte ich weiter ausholen, lassen wir das für ein andermal. Heute möchte ich lieber etwas über die Krippe und die Krippenliebhaber sagen.«

»O ja, erzählen Sie von der Krippe, Professore«, sagt Salvatore, »hier sind Ihre Kinder und hören Ihnen zu!«

»Also die Einteilung in Krippenliebhaber und Baumliebhaber ist, wie ich schon sagte, so entscheidend, daß sie meiner Meinung nach so wie Geschlecht und Blutgruppe in die Personalausweise eingetragen werden müßte. Naja, sonst entdeckt doch so ein armer Teufel vielleicht erst nach seiner Heirat, daß er sich mit einem Christenmenschen zusammengetan hat, der ganz andere Weihnachtsgewohnheiten hat. Das klingt jetzt vielleicht übertrieben, aber es ist etwas Wahres dran: der Baumliebhaber hat in seinem Leben eine ganz andere Wertskala als der Krippenliebhaber. Für den ersteren sind vor allem die Form, das Geld und die Macht entscheidend; für den letzteren dagegen die Liebe und die Poesie.«

»Wir alle hier in diesem Haus sind Krippenliebhaber, nicht wahr, Professore?« sagt Saverio.

»Nein, nicht alle. Meine Frau und meine Tochter zum Beispiel sind, wie fast alle Frauen, Baumliebhaberinnen.«

»Meiner Assuntina gefällt auch der Weihnachtsbaum mehr«, sagt Saverio halblaut.

»Die beiden Gruppen können sich nicht verstehen. Wenn der eine etwas sagt, weiß der andere nicht, was er meint. Die Ehefrau sieht, daß ihr Mann die Krippe aufbaut und sagt: ›Warum kaufst du nicht, statt hier das ganze Haus mit deinem Fischleim zu verpesten, die Krippe fix und fertig im Kaufhaus UPIM?‹ Der Mann antwortet nicht. Denn bei UPIM kann man vielleicht den Weihnachtsbaum kaufen, der erst dann schön wird, wenn er geschmückt ist und man die Lichter anzünden kann, bei der Krippe aber ist es anders, die Krippe ist schön, während man sie macht oder sogar während man an sie denkt: ›Jetzt kommt Weihnachten, also bauen wir die Krippe auf.‹ Diejenigen, denen der Weihnachtsbaum gefällt, sind einfach Komsumliebhaber, der Krippenfreund dagegen ist, egal ob er Geschick hat oder nicht, kreativ tätig, und sein Evangelium heißt *Natale in casa Cupiello**.«

»Das habe ich gesehen, Professore, und ich erinnere mich, wie Eduardo sagte: ›Die Krippe habe ich ganz allein gemacht und im Kampf gegen die ganze Familie.‹«

»Die Hirten«, fährt Bellavista fort, »müssen diese handgemachten, ein wenig häßlichen, aus Gips sein und vor allem aus dem Herzen Neapels stammen, aus San Gregorio Armeno, und nicht aus Plastik, wie man sie bei UPIM bekommt und die alle so unecht wirken; die Hirten müssen die aus den früheren Jahren sein, und es macht nichts, wenn sie alle ein bißchen zerbrochen sind, entscheidend ist, daß der Familienvater sie alle mit Namen kennt und zu jedem

* Stück von Eduardo De Filippo, in dem es um eine Weihnachtskrippe geht.

Hirten eine schöne Geschichte erzählen kann: ›Dies hier ist Benito, der keine Lust hatte zu arbeiten und immer schlief, dies ist der Vater von Benito, der seine Schafe auf den Bergen weidete, und dies ist der Hirte, der das Wunder erlebte.‹ Und so der Reihe nach, wie sie aus der Schachtel kommen, werden die Hirten vorgestellt. Der Vater stellt sie den kleineren Kindern vor, die sie auf diese Weise jedes Jahr an Weihnachten wiedererkennen und sie liebhaben wie Familienangehörige. Das sind Leute aus dem wirklichen Leben, auch wenn sie historisch gar nicht stimmen, wie der Mönch oder der Jäger mit dem Gewehr.«

»Dann gibt es da ja auch noch den Koch, den Tisch mit den zwei sitzenden Paaren, den Melonenverkäufer, den Gemüsemann, den Kastanienverkäufer, den Weinhändler, den Fleischer.«

»Naja«, sagt Salvatore, »auch damals mußten die Leute eben schon bis in die tiefe Nacht schuften, um durchzukommen.«

»Außerdem ist da auch noch die Wäscherin«, fährt Saverio fort, »der Hirt, der die Hühner trägt, der Fischer, der in ganz richtigem Wasser fischt, das aus der Wanne hinter der Krippe kommt.«

»Mein Papa«, sagt Luigino, »schaffte es immer, die ein bißchen angeknacksten Figuren so aufzustellen, daß kein Mensch merkte, daß ihnen ein Arm oder ein Bein fehlte; er sagte zu mir: ›Luigino, jetzt findet dein Papa ein Plätzchen für diesen armen kleinen Hirten, der einen Schenkel verloren hat‹ und stellte ihn hinter einer Hecke oder einem Mäuerchen auf, und dann erinnere ich mich auch, daß wir einen Hirten hatten, der jedes Jahr irgendein Stückchen verlor, sodaß am Schluß nur noch der Kopf da war, und den stellte mein Papa dann in das Fensterchen eines Hauses. Die Häuschen machte mein Papa immer aus Arzneischachteln und beleuchtete sie von innen, und das ganze Jahr über, wenn ich irgendeine Medizin nehmen mußte, zum Beispiel einen Hustensaft, den ich nicht mochte, nahm er die Schachtel und sagte: ›Luigino, diese Schachtel bewahren wir auf bis Weihnachten, dann machen wir ein schönes Häuschen für die Krippe daraus, aber zuerst mußt du jetzt ganz lieb die Arznei nehmen, die da drin ist, denn wie soll Papa sonst das Häuschen machen?‹«

»Und wenn dann Mitternacht kam«, fährt Salvatore fort, »machten wir eine Prozession durchs ganze Haus und sangen *Tu scendi dalle stelle.* Der Kleinste der Familie vorneweg mit dem Jesuskind und die anderen alle hinterher mit einer brennenden Kerze in der Hand.«

»Krippe! Geruch nach Fischleim, Korken für die Berge, Mehl für den Schnee ...«

JUSSI ADLER-OLSEN

Kredit für den Weihnachtsmann

Als er klein war, nannten sie ihn einen Schlawiner. Was für ein Junge! So große Augen! Und dieses Lächeln! Das war vor langer Zeit gewesen: vor genau fünf geknackten Autos, Dutzenden Ladendiebstählen und ungezählten Betrügereien.

Brian hatte seine Strafe verbüßt. Er lebte nun in Ishøj mit seiner Frau, deren Bauch langsam, aber sicher wuchs. So weit war alles gut, nur – gerade war er hochkant gefeuert worden. »Hau ab und komm nicht wieder, sonst zeigen wir dich wirklich an«, hatten sie gesagt. Fünf Tage vor Weihnachten. Ohne eine Öre Kleingeld in der Tasche. Verdammt, wieso hatte es so kommen müssen? Aberhunderte von Menschen mit blassen Gesichtern und nachlässig abgestellten Taschen am Fußende der Betten hatte er durch die Klinikflure geschoben. Das war schließlich sein Job gewesen. Warum zum Teufel hatte er bloß die Finger in das Portemonnaie gesteckt? Wer bestiehlt schon jemanden, der wachen Auges dabei zusieht? Nur ein Idiot.

Ein absoluter Idiot! Bedrückt stand Brian vor dem Kaufhaus. Rote Herzen, groß wie Wagenräder, blinkende Lichter. Menschen hasteten vorbei, um in letzter Minute noch Geschenke zu besorgen. Nur der Idiot konnte nicht mithalten und dabei sein. Brian Severin Jørgensen, ehemals verurteilt und nun schon wieder gestrauchelt. Seine Liebste würde sofort stutzen, wenn der Platz unter dem Weihnachtsbaum leer wäre. O verdammt, was für ein Versager. In sechs Tagen würde er allein vor einem nadelnden Weihnachtsbaum sitzen und an den Bauch denken, der dort drüben im gottverlassenen Jütland bei ihren Eltern immer weiter wuchs.

Zum Kuckuck, Brian, dachte er. Unter dem Weihnachtsbaum *müssen* Geschenke liegen. Fünf mindestens, sonst war was los.

Als Brian merkte, wie ihn ein Kaufhausdetektiv beobachtete, kam ihm eine Idee. Der Typ steckte in einem Weihnachtsmannkostüm. Brian kannte ihn und starrte zurück. So ein Kostüm müsste man haben, dachte Brian. Was man darunter alles verstecken könnte!

Er ließ den Blick schweifen. Bei den Rolltreppen entdeckte er noch einen Weihnachtsmann. Auf jeder Etage war wahrscheinlich mindestens einer. Doch – die Idee war nicht schlecht. Ein Weihnachtsmann mehr oder weniger in diesem riesigen Kaufhaus, wer zum Teufel würde das schon bemerken.

Den Umkleideraum fürs Personal fand er im dritten Stock. Dort hingen, hübsch aufgereiht auf Bügeln, noch drei Weihnachtsmannkostüme, dazu gab es die passenden gelben Holzpantinen. Er zog das größte Kostüm über. Himmel, darin wurde einem vielleicht warm.

Er sah sich um. In der Ecke stand eine Sporttasche. Adidas und ziemlich schmutzig. Kurz entschlossen zog er das Kostüm wieder aus, warf Jeans, Hemd und Windjacke drüben in die Ecke, stellte die Tasche oben drauf und zog dann wieder das Kostüm an. Das war angenehmer so. Zufrieden mit sich selbst nickte er seinem Spiegelbild zu. Die Weihnachtsmannmütze saß keck schräg auf dem Kopf, der Wattebart verdeckte das Gesicht vorzüglich, die Hose saß wunderbar locker. Er beschloss, das Kostüm anzubehalten, bis er zu Hause im Flur stehen würde. Teufel auch. Weihnachten war gerettet!

Brian verfolgte jetzt Frauen, aber natürlich nur besondere Frauen, die eine ähnliche Figur wie seine Frau hatten. Er schlüpfte, gleich nachdem sie wieder gegangen waren, in die Umkleidekabinen und sammelte ein, was sie auf den Bügeln hatten hängen lassen. Wie fix doch so ein Paar Holzpantinen diese behämmerten Diebstahlsicherungen knacken konnte.

Gesegnet seien die schludrigen Frauen, dachte er und band sich die Sachen um den Leib. Markenartikel, die er noch nie zuvor in Händen gehalten hatte. Seidiges von Simone Pérèle, Chantelle und Passionata sowie hauchzarte Unterwäsche von La Perla. Alles in Größe vierzig und Einzelnes in zweiundvierzig für die späteren Schwangerschaftswochen.

Genial, dachte er und tätschelte seinen eigenen langsam wachsenden Bauch. Sobald die Jacke des Weihnachtsmanns richtig straff sitzen würde, hätte er sein Ziel erreicht. Aber noch war Platz für mehr da. Möglichst unauffällig lauerte er Frauen auf, die Nachtwäsche probierten. Gern so was Knappes mit dünnen Trägern … Was bei pikanten Klamotten nebenbei abfiel, war nämlich nicht zu verachten. Das hatte er gelernt.

Den Weihnachtsmannkollegen entdeckte er erst, als der ihn angaffte. Dieser Blick verhieß: »Du bist durchschaut. Warte nur, einen Augenblick noch, und die Handschellen schnappen ein.«

Schon tauchte ein weiterer Weihnachtsmann auf. Im Hintergrund quakten die Lautsprecher etwas von Spielzeugangeboten im vierten Stock und plötzlich ernster: »Hier spricht der stellvertretende Direktor Antonsen. Soeben wurde die Hauptkasse unseres Kaufhauses überfallen. Deshalb bitten wir …«

In diesem Moment bemerkte Brian, dass keiner der Weihnachtsmänner Holzpantinen trug. Ohne diese klobigen Dinger waren sie bestimmt schnell wie der Blitz.

Verdammt, Brian, mach, dass du wegkommst, ehe die sich formiert haben, dachte er und nahm direkt auf die Rolltreppe Kurs. Ein Junge schrie laut auf, als Brian ihm mit seinen Riesenlatschen auf die Zehen trat. In großen Sätzen rannte Brian vorbei an verdatterten Kundinnen, die sich ungern ihre Nerze ruinieren lassen wollten. Brian wusste ganz genau, was hinter ihm passierte. Die Weihnachtsmänner spurteten die Treppen hinunter. Die Nerzmäntel würden binnen kurzem im Servicebüro stehen und Stunk machen.

Sieh zu, dass du den Mist loswirst, schoss es ihm durch den Kopf. Der Tag hatte mit duftendem Kaffee und heißen Umarmungen auf dem Sofa begonnen. Wenn Brian nicht aufpasste, endete das Ganze zwischen Knackis hinter Gittern. Weihnachten à la Vridsløse-Knast.

Brian nahm die Hintertreppe, beim Rennen scannte er die Umgebung und entdeckte tatsächlich eine Kundentoilette. Anscheinend hatte er seine Verfolger abgehängt. Vielleicht musste er nur noch ein Weilchen warten, bis die Lage sich komplett beruhigt hatte. Und trotzdem! Die Leute standen sicherlich an den Ausgängen und hielten Ausschau nach einem Ladendieb im Weihnachtsmannkostüm. Verdammt! Seine eigene Kleidung lag etwa fünfhundert Schritte von hier entfernt, unmöglich zu erreichen. Hätte er die Sachen doch bloß anbehalten! Hätte er doch lediglich ein paar Herrenklamotten geklaut!

Er trippelte vor der Toilettentür auf und ab. Endlich öffnete so ein Alter selig lächelnd die Tür. Brian schob sich in die Kabine. Jetzt musste er schnellstmöglich das Diebesgut loswerden und abhauen. Sollten sie doch eine Leibesvisitation durchführen. Was konnten sie ihm schon nachweisen? Dass er das Kostüm des Weihnachtsmanns angezogen hatte? War es denn etwa verboten, die Leute in Weihnachtsstimmung zu versetzen.

»Weihnachtsmann, bist du da drin?«, hörte er von draußen eine helle Stimme.

Was zum Teufel hatte ein Weib auf dem Männerklo zu suchen?

»Komm schon raus, ich kann ja deine Holzpantinen unter der Tür sehen«, hörte er die Stimme wieder.

Was für ein Scheißtag, dachte er und schloss auf.

»Gut, dass ich dich hier gefunden habe«, sagte die Frau. »Nun komm!« Sie machte einen sehr energischen Eindruck. Die hatte bestimmt Pfefferspray in der Handtasche.

»Sie warten schon auf dich da hinten in der Spielwarenabteilung«, rief sie ihm zu und eilte weiter in Richtung eines vergoldeten Königsthrons.

Was ging hier eigentlich vor?

Unwillig nahm Brian auf dem Thron im Scheinwerferlicht Platz. Er umriss seine Situation erst, als er sich etwa zwanzig Kindern gegenübersah, die ihn erwartungsvoll anstarrten. Sie wünschten sich sehnlich Wii-Spiele und Playstations und Barbie-Kissen aus Mikrofaser, und *er* sollte das alles herbeischaffen.

Auf keinen Fall setzen die sich auf meinen Schoß, dachte er. Da hätte ich ruckzuck auch noch eine Anklage wegen Pädophilie am Hals. Ich käme nie mehr auf freien Fuß.

»Wir möchten die Aufmerksamkeit der Kunden auf einen etwa einen Meter fünfundachtzig großen Ganoven lenken, der als Weihnachtsmann verkleidet ist und Holzpantinen trägt«, tönte es aus den Lautsprechern des Kaufhauses. »Wir bitten um äußerste Vorsicht, denn er könnte bewaffnet sein. Bitte wenden Sie sich …«

Brian sah an sich hinunter. Mannomann, die Beschreibung passte ja haargenau. Was ging hier ab? Sollte er jetzt auch noch wegen Gewaltanwendung angeklagt werden?

»Du bist aber hässlich«, sagte das erste Kind in der Reihe, dem der Rotz aus der geröteten Nase lief. Die Erwachsenen standen im Halbkreis außen rum und musterten Brian, als wäre er ein Massenmörder.

»Und was wünschst du dir denn?«, knurrte Brian dem Jungen zu. Mindestens dreißig vorwurfsvolle Augenpaare waren auf ihn gerichtet. Brian versuchte, seine Lage zu überdenken.

Alarmierte Eltern, habgierige Kinder und zwei grimmige Weihnachtsmänner mit Spezial-Sportschuhen. Er spürte, wie sich der Schweiß unter der Mütze sammelte und der Wattebart den Mund immer mehr verklebte. Wie zum Teufel kam er hier nur wieder raus?

»Ich will eine Beautybox für mich allein«, sagte eine auch ohne diese Beautybox auffallend stark geschminkte zehnjährige Blondine mit kreideweißem Lächeln. »Das musst du unbedingt meiner Mami sagen.«

Zu spät bemerkte Brian, wie fasziniert das Mädchen von seinem Bart war. Sie kämmte die weiße Lockenpracht mit ihren Fingern von oben nach unten, so als hätte sie eine Frisierpuppe vor sich. Immer tiefer griff sie hinein. Schließlich war sie bis zum Revers des Mantels vorgedrungen. Darunter bekam sie etwas zu fassen. Sie kicherte hysterisch, und die anderen Kinder stimmten schrill ein, als sie einen Chantelle-BH durch den Weihnachtsmannbart manövrierte.

Brian kniff die Augen zusammen. Klaute ihm die kleine Mistbiene vor aller Augen sein mühsam erworbenes Diebesgut? Konnte es überhaupt noch schlimmer kommen?

»Schau mal, Mami!«, rief das Mädchen und klappte den Weihnachtsmannmantel ganz auf. »Der hat unsere Geschenke dabei! Hab' ich doch gleich gesagt.«

»Briannnn!«, donnerte da eine nur allzu vertraute Stimme aus der Mitte der Zuschauerschar. In wilder Panik riss er die Augen auf. O nein, da stand sie, seine Liebste mit dem schwangeren Bauch, und hielt kleine Teddybären in den Händen. Es wurde also alles für die Ankunft des Babys vorbereitet, die garantiert in Jütland stattfinden würde. So viel war klar.

Wie aus dem Nichts stürzten jetzt die beiden als Weihnachtsmänner verkleideten Kaufhausdetektive auf ihn zu. Die Menge stob auseinander. Alle schubsten und drängelten erbarmungslos. Keiner wollte niedergemetzelt werden von einem durchgeknallten Ladendieb, dem nicht mal Weihnachten heilig war.

Es sah nicht gut aus für Brian.

Da entdeckte er in dem riesigen Tumult das Kind. Es stand ganz hinten bei der abwärtsführenden Rolltreppe, viel zu nahe am niedrigen Geländer. Die vielen drängelnden Menschen schoben sich immer dichter auf das Kind zu. Es war nur noch eine Frage von Sekunden, bis es keinen anderen Ausweg mehr sehen würde. Brian holte aus und verpasste dem ersten Detektiv einen Hieb, der den Mann umwarf und den dahinter stehenden Kollegen gleich mit. Dann stürzte Brian sich in die panische Menschenmenge wie ein Löwe in eine Horde Gnus, die am Durchgehen ist. Kometenhaft schnell erreichte Brian das Geländer der Rolltreppe und die beiden kleinen Hände, die gerade über den Rand gleiten wollten. »Hier, fass an!«, rief er und warf dem Kind einen Ärmel von Passionata zu.

Fünf Minuten später standen drei Kriminalpolizisten mit ernsten Mienen in einem der Kaufhausbüros und fixierten ihn. »Brian, Sie sind im Milieu bekannt. Deshalb haben die Detektive Sie die ganze Zeit im Auge behalten. Und so wissen wir auch, dass Sie die Hauptkasse nicht ausgeraubt haben können«, sagte einer der Beamten.

»Vielleicht war es der Weihnachtsmann, der statt meiner in der Spielzeugabteilung hätte sitzen sollen?«, mutmaßte Brian. Er wusste es ja auch nicht.

Ein Polizist schüttelte den Kopf. »Kaum. Der wurde gefunden. Unten in der Weinabteilung, sturzbetrunken.«

Brian bemühte sich, den Augen seiner Frau auszuweichen. Wie peinlich, hier in Unterwäsche zu sitzen, umwickelt von Diebesgut.

»Wo sind Ihre Sachen?«, fragte der Beamte.

Brian erklärte alles wahrheitsgetreu, und dass Hose, Hemd und Jacke unter einer weißen Adidas-Sporttasche in einem Umkleideraum fürs Personal lagen.

»Gehen Sie bitte und holen Sie die Sachen«, sagte der Polizist zu Brians Frau. »Wir haben in der Zwischenzeit ein paar Worte mit Ihrem Mann zu wechseln.«

Brian wagte nicht, sie anzusehen. Ob sie wohl zurückkommen würde?

»Tja, Brian. Eigentlich müssten wir Sie wegen Kaufhausdiebstahls anzeigen«, fuhr der Beamte fort. »Aber im Augenblick beschäftigt uns ein weit schwereres Delikt. Außerdem haben Sie für die geistesgegenwärtige Rettung eines Kindes etwas Kredit verdient.«

Ein Mann trat vor. Es war Antonsen, der stellvertretende Direktor, der den Diebstahl der Hauptkasse über die Kaufhauslautsprecher bekanntgegeben hatte.

Antonsen lächelte. »Jetzt geben Sie alle gestohlenen Artikel zurück, Brian, und dann gehen Sie mit Ihrer Frau nach Hause und lassen sich hier nie mehr blicken. Verstanden?«

Brian nickte. Aber er war sich nicht sicher, ob er dieses Ende der Geschichte gutheißen konnte. Würde er verhaftet, hätte er zumindest über Weihnachten Kost und Logis frei. Wer aber garantierte ihm das noch für zu Hause?

In diesem Moment trat Brians Frau ins Büro. Offenbar hatte sie seine Sachen in die Sporttasche gestopft.

»Hier«, sagte sie. »Die Tasche stand nicht auf den Sachen, sondern hinten in einer Ecke.«

Der gepflegte Antonsen zuckte zusammen. »Das ist meine Tasche!«, rutschte es ihm heraus.

»So ein Quatsch«, sagte Brians Frau. »Schauen Sie doch.« Sie drehte die Tasche um. BRIANS.JØRGENSEN stand da in zierlichen schwarzen Blockbuchstaben.

Brian lächelte schwach. Das war unverkennbar die Handschrift seiner Frau. Sie hatte das bestimmt mit ihrem Eyeliner geschrieben. Aber warum?

Unerwartet lächelte sie zurück. Wirkte fast sanft. »Hier, Brian. Zieh deine Sachen an«, sagte sie und reichte ihm die Tasche. »Wenn du so weit bist, nehme ich die Tasche mit nach Hause.«

Brian fiel auf, dass der stellvertretende Direktor plötzlich nach Luft rang. Verräterische Schweißperlen liefen Antonsen übers Gesicht. Also deshalb lächelte Brians Frau.

Brian warf Antonsen einen unmissverständlichen Blick zu. ›Das war smart, Kumpel. Hat aber nicht geklappt. Du hast das Geld geklaut, ich weiß es. Cool, die Schuld einem nicht existierenden Weihnachtsmann in die Holzpantinen zu schieben, während du die heiße Ware versteckst. Echt schade, dass es nun trotzdem der Weihnachtsmann sein wird, der mit dem Mist abzieht, wie?‹ Und dann fügte er mit seinem schärfsten Killerblick hinzu: ›Untersteh dich, noch irgendwas in der Sache zu unternehmen, ist das klar?‹

Brian steckte die Hand in die Sporttasche und zog vorsichtig seine Kleidung heraus. Ja, genau. Darunter lag eine Plastiktüte, die gut und gerne so etwas wie gebündelte Geldscheine enthalten mochte.

»Schatz, mach dir keine Sorgen«, sagte Brian. »Die lassen mich mit dir nach Hause gehen. Natürlich trage *ich* die Tasche und nicht du.«

Mit leuchtenden Augen sah er die Umstehenden an.

»So macht das nämlich ein echter Weihnachtsmann.«

MICHAEL GUGGENHEIMER

Schöne Weihnachten

Es fängt immer schon zwei Wochen vorher an. Jahr für Jahr. Als Erste meldet sich immer die Bank: »Schöne Festtage wünscht Ihnen Ihre Raiffeisenbank. Thomas Guldimann, Stellvertretender Direktor«. Eine gefaltete Kunstkarte, rechts vier brennende Kerzen, eine Schneelandschaft und ein Tannenbaum. Dann kommt die Versicherungsagentur mit einer schönen Landschaftsfotografie, auf der das verschneite Engadin und seine zugefrorenen Seen zu sehen sind: »Eine gesegnete Weihnachtszeit wünscht Ihnen und Ihrer Familie die Winterthur Versicherung. Ihre Agentur Albisrieden. Hans-Georg Mosimann, Agenturleiter«. Jedes Jahr auch dabei die Hausverwaltung: »Mit Dank für das in uns gesetzte Vertrauen wünscht Ihnen und Ihrer Gattin das Personal der Siguris-Hausverwaltung schöne Festtage«. Bis zu vierzig Wünsche für das Fest kommen Jahr für Jahr zwischen dem 14. und 24. Dezember mit der Post an. Aber es bleibt nicht beim Schriftlichen: »Eine schöne Weihnacht« wünscht mir die Bäckereiverkäuferin. Der Metzgermeister schiebt mir Jahr für Jahr noch vor dem ersten Advent einen Taschenkalender für das kommende Jahr in die Einkaufstüte, auf dessen Umschlag der Name der Metzgerei und die Telefonnummer in Goldprägung zu lesen sind. Alle wünschen mir eine gute Adventszeit, eine schöne Weihnachtszeit, gesegnete Festtage, ein besinnliches Fest. Immer diese Weihnachtswünsche. Dabei bin ich Jude, verbringe seit Jahren Weihnachten in Tel Aviv, wo es keine Weihnachtsbeleuchtung, keine Christbäume gibt, keine Christbaumkugeln, keinen Christstollen, kein Weihnachtsgebäck, keine Geschenke.

»Ich feiere keine Weihnacht«, habe ich Thomas Kern gesagt. Kern ist mein Bankberater. »Oh, danke, Sie müssen mir wirklich nichts wünschen«, habe ich Frau Oswald gesagt, bei der ich seit Jahren dreimal die Woche frühmorgens Brot einkaufe. Es nützte nichts. »Das ist nett von Ihnen, aber ich bin seit Jahren über die Feiertage in Tel Aviv, ich mag diesen Rummel nicht. Und Weihnachten feiere ich ja nicht«, habe ich in meinem Bekanntenkreis schon mehrfach mitgeteilt.

Nichts half gegen diese Wunschflut, die ich mit der Zeit als beleidigend empfand. Bis zu Weihnachten vor zwei Jahren. Es geschah am Postschalter. Als der Beamte, der mich seit vier Jahren kennt, schöne Weihnachten wünschte, rutschte es mir heraus: »Und ich wünsche Ihnen ein schönes Ramadanfest.« Ich sagte es so laut, dass er mich erschrocken anschaute. Frau Oswald in der Bäckerei schaute mich beim gleichen Glückwunsch entsetzt an, wohl weil ich sonst ein sehr zuvorkommender und treuer Kunde bin: »Ihnen auch ein schönes Ramadanfest und ein gutes Saker Bayrami, ein gutes Fastenbrechen!« Ich sagte das so laut, dass mir ein Türke oder war es ein Bosnier, ich weiß es nicht, auch ein schönes Ramadanfest wünschte. Im Blumengeschäft entschuldigte sich die junge Floristin, die mir jede Woche am Dienstag einen Blumenstrauß zusammenstellt. Noch am selben Tag ging ich zum örtlichen Islamzentrum und kaufte gleich vierzig gefaltete arabische Ansichtskarten, auf denen eine Moschee mit Minarett und ein langer arabischer Satz zu sehen waren, den ich nicht lesen konnte. Vielleicht rief er auf zum Heiligen Krieg gegen Israel und gegen den US-Imperialismus. Doch die Wirkung dieser Karten war enorm. Auf ein Zusatzblatt schrieb ich mit fetten Lettern und unübersehbar groß: »Michael Guggenheimer wünscht allen seinen Geschäftspartnern, Bekannten, Freunden und Verwandten ein schönes Ramadanfest und ein fröhliches Id-al-Fitr. Möge Allah Ihnen auch dieses Jahr Glück, Reichtum und Segen bescheren.« Mein Bankberater reagierte mit keinem Wort. Die Hausverwaltung ließ mich dieses Jahr in Ruhe. Die Winterthurversicherung schickte mir den Jahresrückblick zur Pensionskasse, aber diesmal ohne den üblichen Gruß und Begleitbrief.

»Ein schönes Chanukkafest in Israel wünsche ich Ihnen«, sagte die Frau an der Passkontrolle im Flughafen von Tel Aviv, als sie mir am Tag vor Weihnachten meinen Pass mit dem Einreisetempel zurückschob. »O nein, nicht auch das noch«, sagte ich ihr, worauf sie mich verwundert anschaute: »Aber Sie sind doch Jude, oder nicht?«

ALPHONSE DAUDET

Die drei stillen Messen

I

»Zwei getrüffelte Truthennen, Garrigou?«

»Ja, Hochwürden, zwei prächtige Truthennen, mit Trüffeln vollgestopft. Ich kann etwas davon erzählen, habe ich doch mitgeholfen, sie zu füllen. Man hätte denken können, ihre Haut müßte beim Braten platzen, so war sie gespannt ...«

»Jesus, Maria! Und ich esse Trüffeln so gern ... Schnell, gib mir mein Chorhemd, Garrigou ... Und außer den Truthennen, was hast du noch in der Küche bemerkt?«

»Oh, alles erdenkliche Gute ... Seit Mittag haben wir nichts getan als Fasanen, Wiedehopfe, Feldhühner und Auerhähne zu rupfen. Die Federn flogen nur so herum ... Dann hat man aus dem Teich auch noch Aale gebracht, Karpfen, Forellen und ...«

»Forellen, Garrigou, wie groß?«

»So groß, Hochwürden, ganz prächtige Stücke!«

»Mein Gott! Mir ist, als ob ich sie sähe! ... Hast du den Wein in die Meßkännchen gefüllt?«

»Ja, Hochwürden, ich habe den Wein in die Meßkännchen gefüllt ... Aber weiß Gott, der ist gar nichts gegen den Wein, den Sie nach der Mitternachtsmesse trinken werden.

Wenn Sie das alles im Speisesaal des Schlosses sähen, alle diese Flaschen mit edlen Weinen, die in allen Farben schillern ... Und das Silbergeschirr, die Tafelaufsätze, die Blumen, die Armleuchter! – Solch einen Weihnachtsschmaus hat man noch nie gesehen. Der Herr Graf hat alle Herrschaften aus der Nachbarschaft eingeladen. Es werden wenigstens vierzig Personen an der Tafel sein, Amtmann und Gerichtsschreiber nicht mitgerechnet. Ach, Sie haben es gut, daß Sie dabeisein können, Hochwürden ... Unsereiner hat die schönen Truthennen nur riechen dürfen, und doch verfolgt mich der Duft der Trüffeln, wohin ich mich auch wenden mag ... Ach!«

»Nun, nun, mein Kind. Hüten wir uns vor der Sünde der Völlerei, zumal am Heiligen Abend ... Geh schnell und zünde die Kerzen an und gib das erste Glockenzeichen zur Messe; denn sieh, es ist bald Mitternacht, und wir dürfen uns nicht verspäten ...«

Dieses Gespräch fand statt an einem schönen Weihnachtsabend im Jahre des Heils eintausendsechshundert und so und so viel zwischen dem ehrwürdigen Herrn Balaguère, vormaligem Prior der Barnabiten, jetzt wohlbestalltem Schloßkaplan der Grafen von Trinquelage, und seinem kleinen Mesner Garrigou oder vielmehr derjenigen Person, welche er für seinen kleinen Mesner Garrigou hielt. Denn wohlgemerkt, für diesen Abend hatte der Teufel die runde Gestalt und die unbestimmten Züge des jungen Sakristans angenommen, um Hochwürden bequemer in Versuchung führen und zur abscheulichen Sünde der Völlerei verleiten zu können. Während also der angebliche Garrigou (hm, hm) die Glocken der gräflichen Kapelle ertönen ließ, legte

Hochwürden in der kleinen Sakristei des Schlosses sein Meßgewand an und wiederholte während des Ankleidens für sich, mit seinen Gedanken ganz in jene gastronomischen Beschreibungen vertieft: »Gebratene Truthennen ... Goldkarpfen ... Forellen ... und von solcher Größe!«

Draußen blies der Nachtwind und trug die Glockentöne in die Ferne, während da und dort an den Flanken des Ventoux, auf dessen Spitze sich die alten Türme von Trinquelage erhoben, Lichter durch das nächtliche Dunkel aufblitzten. Es waren die Familien von den Meierhöfen, die sich anschickten, die Mitternachtsmesse auf dem Schloß zu hören. Unter Gesang erklommen sie den Abhang, in Gruppen von fünf oder sechs, voran der Vater, die Laterne in der Hand, dann die Frauen, eingehüllt in ihre großen braunen Mäntel, in deren Falten die Kinder Schutz und Halt suchten. Trotz der späten Stunde und der Kälte marschierten die braven Leute lustig vorwärts in der zuversichtlichen Hoffnung, daß sie nach beendigter Christmette wie jedes Jahr unten in den Küchenräumen den Tisch gedeckt finden würden. Von Zeit zu Zeit ließ eine herrschaftliche, von Fackelträgern begleitete Karosse auf dem steilen Weg ihre Spiegelscheiben in den Strahlen des Mondes erglänzen, oder ein Maultier setzte vorwärtstrottend die Glöckchen an seinem Hals in Bewegung, und beim Schein der von Nebel eingehüllten Stocklaternen erkannten die Meier ihren Amtmann und grüßten ihn, wie er vorbeiritt: »Guten Abend, guten Abend, Herr Arnoton.«

»Guten Abend, guten Abend, meine Kinder.«

Die Nacht war hell, die Sterne erzitterten in der Kälte, der Nordwind wehte scharf, und seine Eisnadeln, die von den Kleidern herabglitten, ohne sie zu befeuchten, hielten sich an die Überlieferung der »weißen« Weihnacht. Ganz oben erschien als Ziel das Schloß mit seiner gewaltigen Masse von Türmen und Giebeln, stach der Glockenturm seiner Kapelle in den schwarzblauen Himmel, und viele kleine Lichter, die sich hin und wieder bewegten, blitzten in allen Fenstern auf und glichen auf dem dunklen Hintergrund des Gebäudes den Funken, die in der Asche verbrannten Papiers aufleuchten. Nachdem man die Zugbrücke und das Falltor hinter sich hatte, mußte man, um nach der Kapelle zu gelangen, den ersten Hof durchqueren, der mit Karossen, Bedienten und Tragsesseln angefüllt und von den Flammen der Fackeln und der Küchenfenster taghell erleuchtet war. Man hörte das Geräusch der Bratenwender, das Klappern der Kasserolen, das Klirren der Kristall- und Silbergefäße, die bei der Vorbereitung zu einem Mahl gebraucht werden; und der Duft gebratenen Fleisches und würziger Saucen, der über dem Ganzen schwebte, rief den Meiern wie dem Kaplan, wie dem Amtmann, wie allen andern zu: »Welch vortreffliches Weihnachtsmahl erwartet uns nach der Messe!«

2

Kling-ling-ling! … Kling-ling-ling!

Die Mitternachtsmesse beginnt. In der Schloßkapelle, einer Kathedrale im kleinen, mit Kreuzgewölben, eichenem Getäfel, die Wände bis oben hinauf mit Wandteppichen bespannt, alle Kerzen angezündet. Und wieviel Leute! Was für Toiletten! Da sitzen in den schöngeschnitzten Stühlen, welche den Chor umgeben, zunächst der Graf von Trinquelage in lachsfarbenem Taftgewand und neben ihm alle geladenen edlen Herren. Gegenüber, auf mit Sammet besetzten Betstühlen, hat, neben der alten Gräfin-Witwe in feuerrotem Brokatkleid, die junge Gräfin von Trinquelage sich niedergelassen, im Haar eine hohe, nach der letzten Mode des Hofes von Frankreich aufgebaute Spitzengarnitur. Weiter unten sieht man in Schwarz gekleidet, mit mächtigen Perücken und rasierten Gesichtern den Amtmann Arnoton und den Gerichtsschreiber Ambroy – zwei ernste Gestalten zwischen den glänzenden Seidengewändern und den gold- und silberdurchwirkten Damastkleidern. Sodann die fetten Haushofmeister, die Pagen, die Jäger, die Aufseher, Frau Barbe, alle Schlüssel an einer Kette von feinem Silber an ihrer Seite herabhängend. Im Hintergrund, auf Bänken, die niedere Dienerschaft, die Mägde, die Meier mit ihren Familien, und endlich ganz hinten, dicht bei der Tür, die sie möglichst geräuschlos öffnen und schließen, die Herren Küchenjungen, die zwischen zwei Saucen ein wenig Messeluft atmen und ein wenig Duft des Weihnachtsschmauses in die Kirche mitbringen, in welcher die Menge der angezündeten Kerzen eine festliche Wärme ausstrahlt.

Ist es der Anblick der weißen Küchenjungenbaretts, der Hochwürden so in Verwirrung bringt? Oder ist es vielleicht Garrigous Glöckchen, dieses rasende kleine Glöckchen, welches sich am Fuß des Altars mit wahrhaft höllischer Überstürzung bewegt und bei jeder Schwingung zu sagen scheint: »Eilen wir uns, eilen wir uns … Je früher wir fertig werden, desto früher kommen wir zur Tafel.« Tatsache ist, daß, sooft dieses Teufelsglöckchen erklingt, der Kaplan seine Messe vergißt und nur noch an den Weihnachtsschmaus denkt. Im Geist sieht er das Küchenpersonal in voller Tätigkeit, die Öfen, in denen ein wahres Schmiedefeuer glüht, den Dunst, der unter den Deckeln der Kasserolen hervordringt, und in diesem Dunst zwei prächtige Truthennen, zum Platzen vollgestopft und marmoriert mit Trüffeln …

Er sieht auch wohl ganze Reihen kleiner Pagen vorüberziehen, beladen mit Schüsseln, die einen verführerischen Duft um sich verbreiten, und tritt mit ihnen in den großen Saal, der schon für das Fest bereitsteht. O Wonne! Da steht im vollen Lichterglanz die mächtige Tafel, ganz beladen: Pfauen, in ihr eigenes Gefieder gekleidet; Fasanen, die ihre braunroten Flügel ausbreiten; rubinfarbene Flaschen; Fruchtpyramiden, die aus grünen Zweigen hervorleuchten; die wunderbaren Fische, von denen Garrigou sprach (ja, ja, sehr gut, Garrigou!), ausgestreckt auf ein Lager von Fenchel, die Schuppenhaut so perlmutterglänzend, als kämen sie eben aus dem Wasser, mit einem Sträußchen wohlriechender Kräuter in ihrem monströsen Maul. So lebhaft ist die Vision dieser Wunder, daß es Dom Balaguère vorkommt, als seien diese prächtigen Gerichte vor ihm auf den Stickereien der Altardecke angerichtet, und daß er sich zwei- oder dreimal dabei überrascht, daß er die Worte »Dominus vobiscum« in »Benedicite« verkehrt. Abgesehen von diesen verzeihlichen Mißgriffen waltete der würdige Mann seines Amtes mit großer Gewissenhaftigkeit, ohne eine Zeile zu überspringen, ohne eine Kniebeugung auszulassen, und alles ging vortrefflich bis an das Ende der ersten

Messe; denn wie bekannt, muß am Weihnachtstag derselbe Geistliche drei Messen hintereinander zelebrieren.

»Das wäre eine!« sagte der Kaplan zu sich mit einem Seufzer der Erleichterung; dann, ohne eine Minute zu verlieren, gibt er seinem Mesner oder dem, den er dafür hält, das Zeichen und …

Kling-ling-ling! … Kling-ling-ling!

Die zweite Messe nimmt ihren Anfang, und mit ihr die Sünde Dom Balaguères. »Schnell, schnell, beeilen wir uns«, ruft ihm mit seiner dünnen, schrillen Stimme das Glöckchen Garrigous zu, und diesmal stürzt sich der unselige Priester, sich ganz dem Dämon der Freßsucht hingebend, auf das Meßbuch und verschlingt die Seiten mit der Gier seines überreizten Geistes. Wie ein Wahnsinniger kniet er nieder und erhebt sich wieder, macht er die Zeichen des Kreuzes, die Kniebeugungen und kürzt alle diese Bewegungen ab, um möglichst bald zu Ende zu kommen. Kaum daß er bei der Verlesung des Evangeliums die Arme ausstreckt, daß er beim Confiteor an seine Brust schlägt. Zwischen ihm und seinem Mesner entspinnt sich ein förmlicher Wettstreit, wer am schnellsten fertig werde. Fragen und Antworten überstürzen sich. Die Worte, nur zur Hälfte ausgesprochen, ohne den Mund zu öffnen, was zu viel Zeit kosten würde, gehen in unverständliches Gemurmel über.

»Oremus ps … ps … ps …«

»Mea culpa … pa … pa …«

Eiligen Winzern gleich, die im Kübel die Trauben austreten, waten beide im Latein der Messe herum, nach allen Seiten abgerissene Worte hervorsprudelnd.

»Dom … scum!« sagt Balaguère.

»... stutuo!« antwortet Garrigou, und immer ist das verdammte Glöckchen da, dessen schrille Stimme in ihren Ohren klingt wie die Schellen, die man an dem Geschirr der Postpferde befestigt, um sie zu rascherem Lauf anzufeuern. Daß bei solchem Gang eine stille Messe rasch erledigt ist, läßt sich leicht vorstellen.

»Das wären zwei!« sagt der Kaplan ganz außer Atem, dann stürzt er, ohne daß er sich Zeit nähme, wieder zu Atem zu kommen, rot im Gesicht, vor Eifer schwitzend, die Stufen des Altars hinunter und ...

Kling-ling-ling! ... Kling-ling-ling!

Die dritte Messe beginnt. Nun sind es nur noch wenige Schritte bis zum Speisesaal; aber ach, je mehr der Weihnachtsschmaus naht, desto mehr fühlt sich der unglückliche Balaguère von wahnsinniger Ungeduld und Eßgier ergriffen. Seine Visionen verschärfen sich, die Goldkarpfen, die gebratenen Truthennen sind da, stehen vor ihm. Er berührt sie ... O Gott! ... Die Gerichte dampfen, die Weine duften; und die immer schrillere Stimme des rasch geschwungenen Glöckchens ruft ihm zu: »Schnell, schnell, noch schneller!«

Aber wie sollte es schneller gehen? Seine Lippen bewegen sich kaum. Er spricht die Worte nicht mehr aus. Will er wirklich den lieben Gott betrügen, ihm seine Messe stehlen? ... Ja, wirklich, das tut er, der Unglückselige! ... Er kann der Versuchung nicht widerstehen, zuerst überspringt er einen Vers, dann zwei. Dann ist die Epistel zu lang, er liest sie nicht zu Ende, er geht über das Evangelium hinweg, geht am Credo vorbei, überspringt das Vaterunser und stürzt sich so mit gewaltigen Sätzen und Sprüngen in die ewige Verdammnis, stets begleitet von dem niederträchtigen Garrigou (Vade retro, Satanas!), der ihm mit wunderbarem Verständnis sekundiert, ihm das Meßgewand aufhebt, immer zwei Blätter auf einmal umwendet, die Meßkännchen umstürzt und dabei das Glöckchen immer stärker, immer schneller schwingt.

Man muß die bestürzten Gesichter der Andächtigen sehen! Genötigt, nach der Mimik des Priesters der Messe zu folgen, von welcher sie nicht ein Wort verstehen, erheben sich die einen, wenn die anderen niederknien, setzen sich die ersten, wenn die letzten aufstehen, und sämtliche Phasen dieses sonderbaren Gottesdienstes fließen ineinander und finden ihren Ausdruck in den verschiedenartigsten Stellungen der Zuhörer auf den verschiedenen Bänken. Der Weihnachtsstern am Himmel auf seiner Bahn zum kleinen Stall erblaßt vor Schreck beim Anblick solcher Verwirrung.

»Der Kaplan macht zu schnell ... Man kann ihm nicht folgen«, murmelt die alte Gräfin-Witwe, indem sie ihre Haube aufgeregt hin und her stößt. Meister Arnoton, seine große Stahlbrille auf der Nase, sucht mit Verwunderung in seinem Gebetbuch und fragt sich, wie zum Teufel man da mitkommen soll. Aber im Grunde sind alle diese braven Leute, die ja ebenfalls an den Weihnachtsschmaus denken, gar nicht böse darüber, daß die Messe im Galopp vorangeht, und als Balaguère mit strahlendem Gesicht sich an die Anwesenden wendet und ihnen mit aller Kraft zuruft: »Ite, missa est«, da antwortet ihm die ganze Zuhörerschaft einstimmig mit einem so freudigen, so hinreißenden »Deo gratias«, daß man in Versuchung geriet, zu glauben, man befinde sich schon an der Tafel beim ersten Toast des Weihnachtsschmauses.

3

Fünf Minuten später saß die ganze Schar der edlen Herren im großen Saal, der Kaplan mitten unter ihnen. Das Schloß, von unten bis oben erleuchtet, hallte wider von Gesängen, Schreien und Gelächter, und der ehrwürdige Dom Balaguère durchstach mit seiner Gabel den Flügel eines Feldhuhns und versuchte seine Gewissensbisse unter Fluten edlen Weines und guten Bratensaucen zu ersticken. Er trank und aß so viel, der arme fromme Mann, daß er in der Nacht einem entsetzlichen Anfall erlag, ohne auch nur die Zeit zur Reue zu finden. Am Morgen darauf kam er im Himmel an, noch ganz aufgeregt von den Festlichkeiten der Nacht. Und wie er dort empfangen wurde, könnt ihr euch selber denken.

»Aus meinen Augen, du schlechter Christ«, sprach zu ihm der oberste Richter, unser aller Herr, »deine Sünde ist so groß, daß sie ein ganzes tugendhaftes Leben zunichte macht ... Ah! Du hast mir eine Mette gestohlen ... Nun wirst du mir dafür dreihundert zahlen und wirst nicht eher Eintritt ins Paradies erlangen, als bis du diese dreihundert Weihnachtsmessen in deiner eigenen Kapelle und in Gegenwart all derer zelebriert hast, die durch deine Schuld und mit dir gesündigt haben ...«

Das ist die wahre Legende von Hochwürden Balaguère, wie man sie im Lande der Oliven erzählt. Heute existiert das Schloß Trinquelage nicht mehr, aber die Kapelle steht noch auf der Höhe des Ventoux, umgeben von einem Kranz grüner Eichen. Der Wind schlägt ihre zerfallenen Türen auf und zu, auf dem Boden wuchert das Unkraut, in den Winkeln des Altars und in den Ecken der hohen Fenster, deren gemalte Glasscheiben längst verschwunden sind, nisten die Vögel. Gleichwohl scheint es, daß jedes Jahr zu Weihnachten ein übernatürliches Licht durch die Ruinen irrt, und die Bauern haben oft auf dem Weg zur Mette und zum Weihnachtsschmaus die gespenstische Kapelle von unsichtbaren Lichtern erleuchtet gesehen, die in freier Luft und selbst in Schnee und Wind brennen. Du magst darüber lachen, wenn du willst; aber ein Winzer des Ortes, namens Garrigue, ohne Zweifel ein Nachkomme jenes Garrigou, hat mir versichert, daß er eines schönen Weihnachtsabends, als er gerade einen kleinen Rausch hatte, sich im Gebirge auf der Seite von Trinquelage verirrte, und was er dort sah, ist folgendes – bis um elf Uhr nichts. Alles war in Schweigen gehüllt, wie erloschen, leblos. Plötzlich gegen Mitternacht ertönte eine Glocke hoch oben vom Glockenturm, eine alte, eine so alte Glocke, daß ihr Ton aus zehn Stunden Entfernung herüberzutönen schien. Bald darauf sah Garrigue auf dem Weg, welcher zum Berg hinaufführt, Flämmchen aufleuchten und unbestimmte Schatten sich bewegen. Unter der Türe der Kapelle ertönten Schritte, man flüsterte: »Guten Abend, Meister Arnoton!«

»Guten Abend, guten Abend, meine Kinder!«

Als alle in die Kapelle eingetreten waren, trat mein Winzer, der sehr tapfer war, vorsichtig und leise näher und erblickte durch die Spalten der zerbrochenen Tür ein sonderbares Schauspiel. All die Leute, die er hatte vorübergehen sehen, waren in dem zerfallenen Schiff der Kapelle um den Chor herum geordnet, als ob die alten Bänke noch vorhanden wären. Schöne Damen mit Spitzenhauben, geschniegelte Herren, Bauern in bunten Jacken, wie sie unsere Großväter trugen, mit alten, welken, staubigen, müden Gesichtern. Von Zeit zu Zeit umkreisten Nachtvögel, die eigentlichen Bewohner der Kapelle, durch alle diese Lichter aus dem Schlaf aufgestört, die Kerzen, deren Flamme gerade und undeutlich in die Höhe stieg, als brenne sie hinter einem Schleier. Und was Garrigue am meisten Spaß machte, war eine gewisse Person mit großer Stahlbrille, welche jeden Augenblick ihre hohe, schwarze Perücke schüttelte, auf welcher einer der Vögel saß, wie angewachsen, und schweigend die Flügel auf und nieder bewegte …

Im Hintergrund lag ein kleiner Greis von kindlicher Gestalt in der Mitte des Chors auf den Knien und schwang verzweifelt ein Glöckchen ohne Klöppel und ohne Klang, während ein Priester in abgetragenem Meßgewand vor dem Altar hin und her ging, ständig Gebete murmelnd, von denen man nicht ein Wort hörte … Sicher war das Hochwürden Balaguère, der eben seine dritte stille Messe las.

PAUL AUSTER

Auggie Wrens Weihnachtsgeschichte

Ich habe diese Geschichte von Auggie Wren gehört. Da Auggie darin keine allzu gute Figur macht, jedenfalls keine so gute, wie er es gerne hätte, hat er mich gebeten, seinen richtigen Namen zu verschweigen. Im übrigen aber entspricht die ganze Sache mit der verlorenen Brieftasche und der blinden Frau und dem Weihnachtsessen genau dem, was er mir erzählt hat.

Auggie und ich kennen uns jetzt seit fast elf Jahren. Er arbeitet als Verkäufer in einem Zigarrengeschäft an der Court Street in Brooklyn, und da dies der einzige Laden ist, der die kleinen holländischen Zigarren führt, die ich so gerne rauche, komme ich ziemlich oft dort vorbei. Lange Zeit habe ich kaum einen Gedanken an Auggie Wren verschwendet. Für mich war er nur der seltsame kleine Mann im blauen Sweatshirt mit Kapuze, der mir Zigarren und Zeitschriften verkaufte, der schelmische, witzelnde Typ, der immer etwas Komisches über das Wetter, die Mets oder die Politiker in Washington zu sagen hatte, und das war auch schon alles.

Aber dann blätterte er vor einigen Jahren eines Tages in seinem Laden eine Zeitschrift durch und stieß dabei zufällig auf eine Rezension eines meiner Bücher. Daß ich es war, sagte ihm ein Foto neben der Rezension, und danach änderten sich die Dinge zwischen uns. Ich war für Auggie nicht mehr nur ein Kunde unter anderen, ich war zu einem Mann von Rang geworden. Die meisten Leute hatten keinerlei Interesse an Büchern und Schriftstellern, aber wie sich herausstellte, hielt Auggie sich selbst für einen Künstler. Nachdem er das Rätsel um meine Person geknackt hatte, begrüßte er mich wie einen Verbündeten, einen Vertrauten, einen Kampfgenossen. Mir war das, ehrlich gesagt, ziemlich peinlich. Und dann kam fast unvermeidlich der Augenblick, da er mich fragte, ob ich bereit sei, mir seine Fotografien anzusehen. In Anbetracht seiner Begeisterung und seines guten Willens brachte ich es einfach nicht übers Herz, nein zu sagen.

Weiß Gott, was ich erwartet habe. Auf alle Fälle nicht das, was Auggie mir dann am nächsten Tag gezeigt hat. In einem kleinen fensterlosen Hinterzimmer des Ladens öffnete er eine Pappschachtel und zog zwölf völlig gleich aussehende schwarze Fotoalben daraus hervor. Dies sei sein Lebenswerk, sagte er, und er brauche nicht mehr als fünf Minuten am Tag dafür. In den letzten zwölf Jahren habe er jeden Morgen um Punkt 7 Uhr an der Ecke Atlantic Avenue und Clinton Street gestanden und jeweils aus genau demselben Blickwinkel ein Farbfoto aufgenommen. Das Projekt umfaßte inzwischen über viertausend Fotografien. Jedes Album repräsentierte ein anderes Jahr, und sämtliche Bilder waren der Reihe nach eingeklebt, vom 1. Januar bis zum 31. Dezember, und unter jedes einzelne war sorgfältig das Datum eingetragen.

Als ich in den Alben herumblätterte und Auggies Werk zu studieren begann, wußte ich gar nicht, was ich denken sollte. Anfangs hatte ich den Eindruck, dies sei das Seltsamste, das Verblüffendste, was ich je gesehen hatte. Die Bilder glichen sich aufs Haar. Das ganze Projekt war ein betäubender Angriff von Wiederholungen, wieder und wieder dieselbe Straße und dieselben Gebäude, ein anhaltendes Delirium redundanter Bilder. Da mir nichts dazu einfiel, schlug ich erst einmal weiter die Seiten um und nickte voll geheuchelter Anerkennung. Auggie schien ungerührt, er sah mir mit breitem Lächeln zu, aber nachdem ich ein paar Minuten so herumgeblättert hatte, unterbrach er mich plötzlich und sagte: »Sie sind zu schnell. Wenn Sie nicht langsamer machen, werden Sie nie dahinterkommen.«

Er hatte natürlich recht. Wer sich keine Zeit zum Hinsehen nimmt, wird niemals etwas sehen. Ich nahm ein anderes Album und zwang mich, bedächtiger vorzugehen. Ich achtete genauer auf Einzelheiten, bemerkte den Wechsel des Wetters, registrierte die mit dem Fortschreiten der Jahreszeiten sich ändernden Einfallswinkel des Lichts. Schließlich vermochte ich subtile Unterschiede im Verkehrsfluß zu erkennen, den Rhythmus der einzelnen Tage vorauszuahnen (das Gewühl an Werktagen, die relative Ruhe der Wochenenden, den Kontrast zwischen Samstagen und Sonntagen). Und dann begann ich ganz allmählich die Gesichter der Leute im Hintergrund zu erkennen, die Passanten auf dem Weg zur Arbeit, jeden Morgen dieselben Leute an derselben Stelle, wie sie einen Augenblick ihres Lebens im Blickfeld von Auggies Kamera verbrachten.

Sobald ich sie wiedererkannte, begann ich zu erforschen, wie ihre Haltungen von einem Morgen zum anderen wechselten; ich versuchte aus diesen oberflächlichen Anzeichen auf ihre Stimmungen zu schließen, als ob ich mir Geschichten für sie ausdenken könnte, als ob ich in die unsichtbaren, in ihren Körpern eingeschlossenen Dramen eindringen könnte. Ich nahm mir ein anderes Album vor. Jetzt war ich nicht mehr gelangweilt, nicht mehr verwirrt wie am Anfang. Auggie fotografierte die Zeit, wurde mir klar, sowohl die natürliche Zeit als auch die menschliche Zeit, und dies bewerkstelligte er, indem er sich in einem winzigen Winkel der Welt postierte und ihn in Besitz nahm, einfach indem er an der Stelle, die er sich erwählt hatte, Wache hielt. Auggie sah mir zu, wie ich mich in sein Werk vertiefte, und lächelte vergnügt in sich hinein. Und dann zitierte er, schier als hätte er meine Gedanken gelesen, eine Zeile aus Shakespeare: »Morgen, morgen und dann wieder morgen«, murmelte er leise, »kriecht so mit kleinem Schritt die Zeit von Tag zu Tag.« Und da begriff ich, daß er ganz genau wußte, was er da tat.

Das war vor mehr als zweitausend Bildern. Seit jenem Tag haben Auggie und ich oft über sein Werk diskutiert, aber erst letzte Woche habe ich erfahren, wie er überhaupt an seine Kamera gekommen ist und mit dem Fotografieren angefangen hat. Darum ging es in der Geschichte, die er mir erzählte, und ich versuche mir noch immer einen Reim darauf zu machen.

Etwas früher in derselben Woche rief mich jemand von der *New York Times* an und fragte, ob ich bereit sei, für die Weihnachtsausgabe dieser Zeitung eine Short Story zu schreiben. Spontan sagte ich nein, aber der Mann war sehr charmant und hartnäckig, und am Ende des Gesprächs sagte ich ihm zu, daß ich es versuchen würde. Kaum hatte ich jedoch den Hörer aufgelegt, geriet ich in helle Panik. Was wußte ich schon von Weihnachten? fragte ich mich. Was wußte ich von auf Bestellung geschriebenen Kurzgeschichten?

Die nächsten Tage verbrachte ich in Verzweiflung, rang mit den Geistern von Dickens, O'Henry und anderen Meistern der weihnachtlichen Stimmung. Schon der Ausdruck »Weihnachtsgeschichte« war für mich mit unangenehmen Assoziationen verknüpft, ich konnte dabei nur an gräßliche Ergüsse von heuchlerischem Schmalz und süßlichem Kitsch denken. Selbst die besten Weihnachtsgeschichten waren nicht mehr als Wunscherfüllungsträume, Märchen für Erwachsene, und ich wollte mich hängen lassen, wenn ich mir jemals erlaubte, etwas Derartiges zu Papier zu bringen. Und doch, wie konnte sich irgendwer vornehmen, eine unsentimentale Weihnachtsgeschichte zu schreiben? Das war doch ein Widerspruch in sich, ein Ding der Unmöglichkeit, ein unlösbares Rätsel. Ebensogut konnte man sich ein Rennpferd ohne Beine vorstellen oder einen Spatz ohne Flügel.

Ich kam nicht weiter. Am Donnerstag machte ich einen langen Spaziergang, ich hoffte, an der frischen Luft einen klaren Kopf zu bekommen. Kurz nach Mittag trat ich in das Zigarrengeschäft, um meinen Vorrat wiederaufzufüllen, und Auggie stand wie immer hinter dem Ladentisch. Er erkundigte sich nach meinem Befinden. Ohne es eigentlich zu wollen, schüttete ich ihm plötzlich mein Herz aus. »Eine Weihnachtsgeschichte?« fragte er, nachdem ich fertig war. »Ist das alles? Wenn Sie mir ein Essen spendieren, mein

Freund, erzähle ich Ihnen die beste Weihnachtsgeschichte, die Sie je gehört haben. Und ich garantiere, daß jedes Wort davon die reine Wahrheit ist.«

Wir gingen den Block runter zu Jack's, einem engen und lärmenden Imbiß, wo es gute Pastrami-Sandwiches gab und alte Mannschaftsfotos von den Dodgers an den Wänden. Wir fanden hinten einen freien Tisch, bestellten unser Essen, und Auggie begann seine Geschichte.

»Es war im Sommer 72«, sagte er. »Eines Morgens kam ein junger Bursche in den Laden und fing an zu stehlen. Er wird neunzehn oder zwanzig gewesen sein, und ich habe wohl in meinem ganzen Leben noch keinen so erbärmlichen Ladendieb gesehen. Er stand vor dem Taschenbuchregal an der hinteren Wand und stopfte sich Bücher in die Taschen seines Regenmantels. Da gerade mehrere Leute an der Kasse standen, konnte ich ihn zunächst gar nicht sehen. Aber sobald ich merkte, was er da trieb, fing ich an zu schreien. Er nahm Reißaus wie ein Karnickel, und als ich endlich hinterm Ladentisch hervorkonnte, stürmte er bereits die Atlantic Avenue hinunter. Ich habe ihn etwa einen halben Block weit verfolgt und es dann aufgegeben. Ich hatte keine Lust mehr, ihm nachzurennen, und da er unterwegs etwas hatte fallen lassen, bückte ich mich danach.

Es war seine Brieftasche. Geld war keins drin, dafür aber sein Führerschein und drei oder vier Schnappschüsse. Ich nehme an, ich hätte die Polizei holen und ihn verhaften lassen können. Sein Name und seine Adresse standen auf dem Führerschein, aber irgendwie tat er mir leid. Er war doch bloß ein mickriger kleiner Anfänger, und als ich mir die Bilder in seiner Brieftasche ansah, konnte ich einfach keine Wut auf ihn empfinden. Robert Goodwin. So hieß er. Auf einem der Bilder, erinnere ich mich noch, hatte er seine Mutter oder Großmutter im Arm. Auf einem anderen war er als Neun- oder Zehnjähriger zu sehen, er saß da in einem Baseballdress und grinste breit vor sich hin. Ich habe es einfach nicht übers Herz gebracht. Jetzt war er vermutlich drogensüchtig, dachte ich mir. Ein armer, chancenloser Junge aus Brooklyn, und wen kümmerten schon ein paar läppische Taschenbücher?

Die Brieftasche habe ich jedenfalls behalten. Ab und zu hatte ich ein leises Bedürfnis, sie ihm zurückzuschikken, aber das habe ich immer wieder aufgeschoben und nie etwas unternommen. Dann wird es Weihnachten, und ich sitze rum und habe nichts zu tun. Normalerweise lädt mich der Chef an diesem Tag zu sich nach Hause ein, aber in dem Jahr war er mit seiner Familie zu Besuch bei Verwandten in Florida. Da sitze ich also an diesem Morgen in meiner Wohnung und bemitleide mich ein bißchen, und plötzlich sehe ich Robert Goodwins Brieftasche auf einem Regal in der Küche liegen. Ich denke, was zum Teufel, warum nicht ausnahmsweise mal was Nettes tun, ziehe meinen Mantel an und mache mich auf den Weg, die Brieftasche persönlich zurückzugeben.

Die Adresse war in Boerum Hill, in irgendeiner der Siedlungen da. Es fror an diesem Tag, und ich weiß noch, daß ich mich auf der Suche nach dem richtigen Gebäude ein paarmal verlaufen habe. In dieser Gegend sieht alles gleich aus, man läuft immer durch dieselbe Straße und denkt, man wäre ganz woanders. Jedenfalls komme ich endlich zu der

Wohnung, die ich suche, und drücke auf die Klingel. Tut sich nichts. Ich nehme an, es ist niemand zu Hause, versuche es aber zur Sicherheit noch einmal. Ich warte ein bißchen länger, und grade als ich es aufgeben will, höre ich wen zur Tür schlurfen. Eine alte Frauenstimme fragt, wer da ist, und ich sage, ich möchte zu Robert Goodwin. ›Bist du das, Robert?‹ fragt die alte Frau, und dann schließt sie ungefähr fünfzehn Schlösser auf und öffnet die Tür.

Sie muß mindestens achtzig Jahre alt sein, vielleicht sogar neunzig, und als erstes fällt mir an ihr auf, daß sie blind ist. ›Robert‹, sagt sie. ›Ich wußte, du würdest deine Oma Ethel zu Weihnachten nicht vergessen.‹ Und dann breitet sie die Arme aus, als ob sie mich an sich drücken will.

Sie verstehen, ich hatte nicht viel Zeit zum Denken. Ich mußte ganz schnell etwas sagen, und ehe ich wußte, wie mir geschah, hörte ich die Worte aus meinem Mund kommen. ›Ja, Oma Ethel‹, sage ich. ›Ich bin zurückgekommen, um dich an Weihnachten zu besuchen.‹ Fragen Sie mich nicht, warum ich das getan habe. Ich habe keine Ahnung. Vielleicht wollte ich sie nicht enttäuschen, was weiß ich. Es ist mir einfach so rausgerutscht, und plötzlich hat diese alte Frau mich vor ihrer Tür in die Arme genommen, und ich habe sie an mich gedrückt.

Daß ich ihr Enkel sei, habe ich nicht direkt gesagt. Jedenfalls nicht mit diesen Worten, aber sie hat es so aufgefaßt. Ich wollte sie bestimmt nicht reinlegen. Das war wie ein Spiel, für das wir uns beide entschieden hatten – ohne erst über die Regeln zu diskutieren. Ich meine, diese Frau hat gewußt, daß ich nicht ihr Enkel Robert war. Sie war alt und klapprig, aber sie war nicht so weit weggetreten, daß sie den Unterschied zwischen einem Fremden und ihrem eigen Fleisch und Blut nicht gemerkt hätte. Aber es hat sie glücklich gemacht, so zu tun als ob, und da ich sowieso nichts Besseres zu tun hatte, habe ich gern mitgespielt.

Wir sind dann also rein und haben den Tag zusammen verbracht. Die Wohnung war ein richtiges Dreckloch, sollte ich vielleicht sagen, aber was kann man sonst auch von einer blinden Frau erwarten, die ihren Haushalt ganz alleine macht? Immer wenn sie mich gefragt hat, wie es mir geht, hab ich gelogen und ihr erzählt, ich hätte einen guten Job in einem Zigarrenladen gefunden, ich würde demnächst heiraten und hundert andere nette Geschichten, und sie hat so getan, als ob sie mir jedes Wort glauben würde. ›Wie schön, Robert‹, hat sie gesagt und lächelnd genickt. ›Ich habe ja immer gewußt, daß du es zu etwas bringen würdest.‹

Nach einer Weile bekam ich ordentlich Hunger. Da nicht viel Essen im Haus zu sein schien, bin ich zu einem Laden in der Nähe gegangen und habe einen Haufen Zeug gekauft. Ein gekochtes Huhn, Gemüsesuppe, ein Eimerchen Kartoffelsalat, Schokoladenkuchen, alles mögliche. Ethel hatte im Schlafzimmer ein paar Flaschen Wein versteckt, und so konnten wir ein ganz ordentliches Weihnachtsessen auf die Beine stellen. Der Wein hat uns ein bißchen angeheitert, das weiß ich noch, und nach dem Essen haben wir uns ins Wohnzimmer gesetzt, weil die Sessel da bequemer waren. Ich mußte mal pinkeln, also entschuldigte ich mich und ging durch den Flur zum Badezimmer. Und da nahmen die Dinge plötzlich eine andere Wendung. Meine kleine Nummer als Ethels Enkel war ja schon reichlich absurd, aber was ich dann als nächstes tat, war absolut verrückt, und ich habe mir das nie verziehen.

Ich komme also ins Bad, und an der Wand gleich neben der Dusche sehe ich sechs oder sieben Kameras aufgestapelt. Nagelneue 35-Millimeter-Kameras, noch in der Verpackung, allerbeste Ware. Ich denke, das ist das Werk des echten Robert, ein Lagerplatz für seine letzte Beute. Ich habe noch nie in meinem Leben ein Foto gemacht, und gestohlen habe ich auch noch nie etwas, aber kaum sehe ich diese Kameras im Badezimmer, beschließe ich, daß eine davon mir gehören soll. Einfach so. Und ohne eine Sekunde nachzudenken, klemme ich mir eine der Schachteln unter den Arm und gehe ins Wohnzimmer zurück.

Ich kann höchstens drei oder vier Minuten weg gewesen sein, aber in dieser Zeit war Oma Ethel in ihrem Sessel eingeschlafen. Zuviel Chianti, nehme ich an. Ich habe dann in der Küche den Abwasch gemacht, und sie hat bei dem ganzen Lärm weitergeschlafen und geschnarcht wie ein Baby. Sie zu stören schien mir vollkommen überflüssig, also beschloß ich zu gehen. Ich konnte ihr noch nicht einmal einen Brief zum Abschied schreiben, schließlich war sie ja blind, und so bin ich einfach gegangen. Die Brieftasche ihres Enkels ließ ich auf dem Tisch liegen, dann nahm ich die Kamera und ging aus der Wohnung. Und damit ist die Geschichte aus.«

»Haben Sie die Frau noch mal besucht?« fragte ich.

»Einmal«, sagte er. »Etwa drei oder vier Monate danach. Ich hatte ein so schlechtes Gewissen wegen der Kamera, daß ich sie noch gar nicht benutzt hatte. Am Ende beschloß ich, sie ihr zurückzugeben, aber Ethel war nicht mehr da.

Ich weiß nicht, was aus ihr geworden ist, aber es war jemand anders in die Wohnung eingezogen, und der konnte mir nicht sagen, wo sie steckte.«

»Wahrscheinlich ist sie gestorben.«

»Tja, wahrscheinlich.«

»Das heißt, sie hat ihr letztes Weihnachtsfest mit Ihnen verbracht.«

»Anzunehmen. So habe ich das noch nie gesehen.«

»Es war eine gute Tat, Auggie. Das war nett von Ihnen, ihr die Freude zu machen.«

»Ich habe sie angelogen, und dann habe ich sie bestohlen. Ich verstehe nicht, wie Sie das eine gute Tat nennen können.«

»Sie haben sie glücklich gemacht. Und die Kamera war sowieso gestohlen. Sie haben sie jedenfalls nicht demjenigen weggenommen, dem sie wirklich gehört hat.«

»Alles für die Kunst, Paul, wie?«

»So würde ich das nicht ausdrücken. Aber zumindest haben Sie die Kamera für einen guten Zweck verwendet.«

»Und Sie haben jetzt Ihre Weihnachtsgeschichte, stimmt's?«

»Ja«, sagte ich. »Ich glaube schon.«

Ich unterbrach mich kurz und sah, daß Auggies Lippen sich zu einem boshaften Lächeln verzogen. Ich konnte nicht sicher sein, aber sein Blick war in diesem Moment so rätselhaft, leuchtete so hell von irgendeinem innerlichen Vergnügen, daß mir der Gedanke kam, er könnte die ganze Geschichte erfunden haben. Ich wollte ihn schon fragen, ob er mich auf den Arm genommen habe, erkannte dann aber, daß er mir das nie verraten würde. Er hatte mich dazu gebracht, ihm zu glauben, und das war das einzige, was zählte. Solange auch nur ein Mensch daran glaubt, gibt es keine Geschichte, die nicht wahr sein kann.

»Sie sind ein As, Auggie«, sagte ich. »Danke, daß Sie mir geholfen haben.«

»Gern geschehen«, antwortete er und sah mich noch immer mit diesem irren Leuchten in den Augen an. »Was für Freunde sind das denn, wenn man seine Geheimnisse nicht mit ihnen teilen kann?«

»Dann stehe ich jetzt in Ihrer Schuld.«

»Aber nein. Schreiben Sie es einfach so auf, wie ich es Ihnen erzählt habe, und damit sind wir quitt.«

»Bis auf das Essen.«

»Stimmt. Bis auf das Essen.«

Ich erwiderte Auggies Lächeln, rief dann nach dem Kellner und bat um die Rechnung.

FRANZ ROLEF

Weihnachten in Sevilla

Sevilla, 25. Dezember 1883

Das Regenwetter hat seit zwei Tagen aufgehört und die schöne andalusische Sonne strahlt in all ihrer Pracht. Wir haben nunmehr ein wahres Frühlingswetter nach deutschen Begriffen. Auch hier macht man sich Geschenke zu Weihnachten; Christbäume gibt es hier nicht, wohl aber in allen Häusern hübsch eingerichtete Krippen, auf denen die Geschenke des Christkindes zu sehen sind. Einer wünscht dem Andern felices Pascuas, glückliche Feiertage. Glückwünsche zum neuen Jahre kennt man in Spanien nicht, wahrscheinlich weil man die Glückwünsche zu den Hauptfesten für kirchlicher hält. Pascua und Pascuas heißen die drei Feste: Ostern, Pfingsten und Weihnachten. Letzteres heißt speciell: Pascua de la Natividad. Dieses Fest wird nun außerhalb und innerhalb der Kirche ächt spanisch – ziemlich geräuschvoll gefeiert. Heute Nacht war die Bevölkerung auf den Straßen. Diese hatten sich fast sämmtlich in Tanzplätze verwandelt. Ueberall versammelten sich Gruppen von Tänzern und Tänzerinnen. Diese führten, mit den Castagnetten in der Hand, unter scherzhaften Weihnachtsgesängen und mit Begleitung von Schellentrommel und sonstigen Instrumenten, spanische Tänze, z. B. seguidillas auf. Die Kinder und diejenigen Personen, welche zu Hause blieben, hielten dieselben Tänze und Gesänge mit Castagnetten und Bandaretas in den Häusern. Um 12 Uhr Mitternacht ging Federmann in den Dom, oder in eine andere der hundert Kirchen Sevilla's. Dort war fast überall dieselbe Geschichte, wie auf den Straßen. Nur einige Kirchenvorstände haben diesen Unfug abgeschafft. Aber in der Kathedrale waren wieder die schönen Tänze der zehn sogenannten Seises, die mit Gesang, Kastagnetten und andern Instrumenten vor dem Hochaltar ihr religiöses Ballett aufführten. Die musikalische Messe war auch nichts weniger als kirchlich. Ein Cäcilianer würde sich die Ohren zugehalten haben und davongelaufen sein. Hirten-Schalmeien, Instrumente, um das Zwitschern der Vögel nachzuahmen, Kastagnetten, und Gott weiß, was für Instrumente, spielten alle um die Wette. Mit einem Worte, eine recht spanische Weihnachtsmesse.

Sevilla, 2. Jänner 1884

Das Weihnachtsfest dauerte hier volle acht Tage. Alle Tage hörte man in den Häusern, auf den Straßen und in den Kirchen Nichts als Weihnachtslieder mit Castagnetten, Banderetten, Cimbeln und Trommeln begleitet. Anfangs machte mir diese ächt maurische Musik, ihrer Neuheit wegen viel Vergnügen. Doch zuletzt ist sie mir, besonders in den Kirchen, fast zum Ekel geworden. Das ist eine Musik die so geräuschvoll ist, daß man taub werden könnte. Die Lieder, die dabei gesungen werden, sind so übermäßig lustig, daß unsere fröhlichsten Volkslieder ernste Kirchenlieder dagegen wären. Am vorigen Sonntag wurde ich in das hiesige Bürgerspital gerufen, um einem deutschen Matrosen aus Wien geistlichen Beistand zu leisten. Derselbe war hocherfreut, in seiner Muttersprache beichten zu können. Es kommen manchmal deutsche, französische und englische Matrosen, Handwerksburschen und Reisende hier in's Spital und haben bis jetzt keinen Priester gehabt, der ihre Sprache verstehen konnte. Nach der Beichte des deutschen Matrosen lud mich die Frau Oberin des Spitals ein, der Abendandacht in der Spitalkirche beizuwohnen. In Mitte der Kirche waren etwa 12 Klosterfrauen um ein Harmonium versammelt, welches von einem blinden Organisten gespielt wurde, und sangen mit klangvollen wunderschönen Stimmen andalusische Weihnachtslieder. Dabei hatten die meisten die unvermeidlichen Castagnetten in der Hand, andere Banderetten und Cimbeln und machten mit diesen Instrumenten einen solchen Lärm, daß mir Hören und Sehen verging. So etwas kann nur in Spanien vorkommen. Ein junger Amerikaner, den ich mitgenommen hatte, konnte kaum seinen Emst bewahren. Dabei sahen aber die Spanier so ernsthaft und andächtig aus, als wenn das dies irae gesungen worden wäre. In den Familien herrscht in dieser Zeit dieselbe freudige Aufregung. Ueberall, wo ich eingeladen wurde, und das kommt jetzt fast täglich vor, mußte ich vor und nach dem Essen dem Ballet der kleinen und großen Kinder zuschauen. Vater und Mutter nahmen gewöhnlich auch am Tanzen Theil. Es sind das die ächt spanischen Nationaltänze, wobei die Körper der Männer und Frauen sich wiegen und neigen und über- und nebeneinander krümmen, ohne sich jemals zu berühren. Dabei wird auf rythmische Weise mit den Füßen gestampft und werden bizarre Bewegungen mit den Armen gemacht. Unschön ist dieses Tanzen gerade nicht und hat in keiner Weise etwas mit dem französischen Cancan gemein; aber manch mal artet die Geschichte in eine so tolle Raserei aus, daß man unwillkürlich an das Horn des Hüon im Oberon denken muß. Am meisten widerstrebt es aber unserm deutschen Gefühle, die Formen des Ballets von Kindern angewandt zu sehen. Tanzunterricht bekommen hier die Kinder, ehe sie lesen und schreiben lernen. Sevilla ist eine nachtlebende Stadt, wie Madrid, wo die puerta del sol buchstäblich zu jeder Stunde von Menschen wimmelt, und die ganze Nacht hindurch hört man hier Gesang und Guitarrespiel. Die Polizei nimmt es mit der nächtlichen Ruhestörung hier nicht so genau. Ein Deutscher sagte mir sogar, daß, wollte einer anfangen nächtlichen Lärm zu schlagen, so würde die Polizei aus reiner Gutmüthigkeit mithelfen. Aber Betrunkene gibt es hier wenige, höchstens einige deutsche oder englische Matrosen. Der Spanier ist in Beziehung auf Trinken äußerst mäßig und nüchtern. Der Wein wird niemals pur getrunken, sondern immer mit Wasser gemischt. Und das ist wegen des heißen Klimas durchaus nothwendig. Das Trinken dieser schweren spanischen Weine ist der Gesundheit, besonders in der Hitze, sehr gefährlich.

Sevilla ist wohl die spanischste aller spanischen Städte. Madrid ist nicht Spanien, so wenig Bern die Schweiz ist. Wer Spanien kennen lernen will, der gehe nicht nach Barcelona, sondern komme nach Sevilla. Sevilla ist das Spanien, wie es uns im »Barbier von Sevilla« und in »Figaro's Hochzeit« entgegentritt. Man zeigt hier die Straße und das Haus, wo »Figaro« seine Rolle gespielt haben soll. Auch sah ich gestern ein Haus in der Calle Fabiola, an welchem eine Marmortafel die Inschrift enthält, daß hier der berühmte Convertit und Kardinal Wiseman geboren sei.

Kaum hat der Kronprinz Spanien verlassen, so beehrte ein neuer hoher Gast Spaniens Küsten. Es läßt sich nämlich seit 14 Tagen, so berichtet das diario de Santander, täglich ein ungewöhnlich großer Wallfisch an den Küsten Cantabriens sehen. Alle Versuche, desselben habhaft zu werden, sind bis jetzt gescheitert. Man hat ihm sogar eine mit Dynamit versehene Harpune auf den Leib geworfen, aber das war nur ein Fliegenstich für das ungeheure Thier. Es legt sich jede Nacht in der Nähe von Spaniens Küsten nieder und macht jeden Morgen seinen gewöhnlichen Spaziergang durchs Meer. Die Fischer sind untröstlich über den Verlust so vieler Fische, die ihnen entgehen, weil sie von dem Wallfisch verschlungen werden. Seit 14 Tagen sind alle Zeitungen voll von Erzählungen über dieses Thier.

BENITO PÉREZ GALDÓS

Der Ochse und der Esel

I

Langsam verlöschte Celininas Leben. Die unglückliche Mutter wollte diesen Schicksalsschlag nicht glauben. Doch das Gesicht des Kindes überzog sich mit gelblicher Blässe. Der Körper erkaltete und war bald steif und starr wie der einer Puppe.

Man führte Vater und Mutter aus dem Zimmer.

Die nächsten Anverwandten leisteten dem toten Kinde den letzten Dienst.

Sie zogen Celinina ein Kleidchen über, weiß und duftig wie eine Wolke. Sie legten ihr weiße Schuhe an und kämmten ihr das dunkelbraune Haar auf anmutige Weise. Ein Mann trug einen mit blauer Seide ausgeschlagenen Sarg herbei. Da hinein legte man Celinina und stützte ihren Kopf mit einem weichen Kissen. Die Händchen wurden gefaltet und mit einem Band zusammengehalten. Zwischen die Finger schoben sie ihr einen Zweig weißer Rosen.

Die Frauen bedeckten einen Tisch mit prächtigen Tüchern. Darauf stellte man den Sarg. Einige Dutzend Kerzen wurden in den Kandelabern des Raumes angezündet. Sie verbreiteten eine traurige Helligkeit um Celinina.

II

Aus den hinteren Räumen des Hauses ertönten Seufzer einer männlichen und einer weiblichen Stimme: das jammervolle Klagen der Eltern! Tausend Erinnerungen, tausend schmerzende Bilder schlugen tiefe Wunden, bohrten sich wie spitze Dolche in ihre Herzen. Die Mutter vernahm das süße Stammeln Celininas, die alles verkehrt aussprach. Aus den Worten unserer Muttersprache machte das Kind reizende Karikaturen. Dem gerührten Herzen der Mutter klang alles aus ihrem niedlichen Munde wie die sanfteste Musik. Ihre Trübsal noch steigernd, sah die Frau überall noch die Kleinigkeiten herumliegen, mit denen Celinina in den letzten Tagen gespielt hatte, Dinge, die zu Weihnachten gehörten. Da lagen auf dem Fußboden tönerne Truthähne mit Beinen aus Draht, ein heiliger Joseph ohne Hände, einer der Heiligen Drei Könige auf einem Kamel, dem der Kopf fehlte. All diese Spielsachen waren ganz durchtränkt von der Seele des kleinen Mädchens. Die arme Mutter, wenn sie der Sachen gewahr wurde, zitterte am ganzen Körper, und im empfindlichsten Teil ihres Herzens schmerzte die Wunde. Das Allertraurigste von der Welt war für die Mutter jetzt jener Truthahn mit den Drahtbeinen.

Betrüblicher als für die Mutter war dies alles für den Vater. Bei ihm verschlimmerte sich der Schmerz durch quälende Gewissensbisse. Ich will kurz erzählen warum.

Seitdem Celinina krank geworden war, dachte sie nur noch an das poetischste aller Feste, an dem sich die Herzen der Kinder erfreuen: an das Weihnachtsfest. Wenn sich Celinina etwas wohler fühlte, sprach sie von nichts anderem als von Weihnachten. Im Delirium, wenn das Fieber wieder hoch anstieg, nannte sie die Spielsachen, die sie sich zum Christfest wünschte.

III

Der Vater, der keine anderen Kinder außer Celinina besaß, war sehr beunruhigt. Seine Geschäfte riefen ihn von zu Hause fort. Aber sehr häufig kehrte er zurück, um zu sehen, wie es der kleinen Kranken ginge. Traurige Vorahnungen beherrschten den guten Mann. Die Krankheit seines Kindes ging ihm nicht aus dem Sinn. Er dachte immerzu darüber nach, was er beitragen könne, um die Stimmung des Kindes zu heben, und brachte ihr jeden Abend ein kleines vorweihnachtliches Geschenk mit. Einmal legte er Celinina eine Herde Truthähne aufs Bett. Am nächsten Tage brachte er den heiligen Joseph mit der Krippe und dem Stall von Bethlehem nach Hause, später auch die Heiligen Drei Könige.

Durch die Gespräche ihrer Vettern wußte Celinina genau darüber Bescheid, was zu einer guten Feier der Heiligen Nacht gehöre. Sie wußte, daß ihr Werk noch unvollendet sei, denn es fehlten zwei wichtige Figuren: der Esel und der Ochse. Sie hatte keine Ahnung, was dieser Ochse, dieser Esel zu bedeuten hatten. Aber sie paßte gut auf, daß alles vollständig sein müsse, und verlangte ein ums andere Mal von dem bereitwilligen Vater die beiden Tiere, die ihr noch fehlten.

Der versprach, sie mitzubringen. Doch er vergaß es. Das Kind zeigte große Betrübnis, als es merkte, daß der Vater das Gewünschte nicht gekauft hatte. Der Vater wollte sofort seinen Fehler gutmachen. Jedoch hatte sich Celininas Zustand während des nächsten Tages so verschlechtert, daß der Arzt gerufen wurde. Seine Worte klangen nicht beruhigend. Niemand dachte mehr an Ochs und Eselchen. Am vierundzwanzigsten beschloß der arme Mann, sich nicht aus dem Hause zu rühren. Einen kurzen Augenblick lang schien sich Celininas Befinden zu bessern. Aber wie ein verwundeter Vogel, der in die höchsten Höhen entfliehen möchte, doch herabstürzt, so fiel auch das Kind in die Abgründe eines heftigen Fiebers. In seinem Fieberwahn sprach es unausgesetzt von dem Ochsen und von dem Esel.

Halb wahnsinnig stürzte der Vater aus dem Haus. Er lief durch alle Straßen. Doch er fand das ersehnte Spielzeug nicht. Er sagte sich schließlich: Wer wird jetzt noch an Ochsen und Esel denken? Er rannte hierhin und dorthin. Er stieg Treppen hinauf und drückte auf Klingelknöpfe. Er öffnete Türen, bis er zuletzt sechs, ja acht Ärzte zusammengesucht hatte und sie mit nach Hause nahm.

Celinina sollte unbedingt gerettet werden!

IV

Aber Gott wollte nicht, daß die Ärzte in die Entscheidung eingriffen, die Er getroffen hatte. Celinina verfiel wie ein Schmetterling, der, von einem Schlag verletzt, mit gebrochenen Flügeln zu Boden taumelt.

Auf den Straßen tönten Weihnachtslieder. Celinina öffnete die Augen, die schon für immer geschlossen schienen. Und mit einem ernsten Gemurmel, das nicht mehr dieser Welt angehörte, bat sie den Vater um Ochs und Esel. Schmerzerfüllt versuchten die Eltern, sie zu täuschen. Damit sie in ihren letzten Augenblicken eine Freude habe, gaben sie ihr die Puter und sagten:

»Schau, Herzenstöchterchen, da hast du das Eselchen und das Öchslein!«

Aber Celinina besaß noch so viel Verstandesklarheit, daß sie sofort merkte, die Puter waren eben nichts anderes als Truthähne. Mit anmutiger Bewegung stieß sie sie zurück. Dann heftete sie ihren Blick unverwandt auf Vater und Mutter, hielt beide Händchen an den Kopf, um zu zeigen, wo es sie so sehr schmerze.

Endlich schwieg alles, wie das Werk einer Uhr schweigt, wenn sie stehenbleibt. Und das reizende Kind verwandelte sich in einen schlaffen Körper, kalt wie Marmor.

Verstehen Sie nun die Gewissensbisse des Vaters? Um Celinina ins Leben zurückzurufen, wäre er gern durch die ganze Welt gelaufen, hätte alle Ochsen und Esel – sicherlich alle, die es gibt – zusammengesucht. Der Gedanke, jenen unschuldigen letzten Wunsch seines Kindes nicht erfüllt zu haben, war wie ein spitzer, kalter Dolch, der sich ihm ins Herz bohrte. Vergeblich versuchte er, ihn mit den Gedanken herauszuziehen. Wozu dient die Vernunft, wenn sie, wie in diesem Falle, ein ebensolches Kind ist wie die Kleine, die in dem Sarge schlummerte und einem Spielzeug größere Bedeutung zumaß als allen anderen Dingen im Himmel wie auf Erden?

V

Im Hause verlöschten schließlich die Laute der Verzweiflung, als ob der Schmerz sich in die Seele verkröche, die ja seine eigentliche Wohnstatt ist, als ob der Schmerz die Türen des Bewußtseins zuschlüge, um einsamer zu sein, um sich in sich selbst zu erholen. Es war Weihnachtstag. In dem Hause der Trauer, das gerade der Tod besucht hatte, herrschte Schweigen. Draußen, in den Straßen der Stadt, ertönte Musik: Kinderstimmen und Männerchöre sangen vom Kommen des Messias.

Vom Zimmer aus, in dem das tote Kind aufgebahrt lag, vernahm man aus dem oberen Stock das fröhliche Lärmen vieler Kinder. Sie feierten dort mit ihren Eltern Weihnachten und pflückten Spielsachen und Süßigkeiten von den Zweigen eines herrlich geschmückten Baumes. Es gab Augenblicke, wo die Decke des Saales zu beben schien unter dem Tosen oben, als ob sich die arme Tote in ihrem blauen Sarge erschrecke.

Von den drei Frauen, die bei Celinina wachten, zogen sich zwei zurück. Die dritte schlief ein.

Die Kerzen begannen sich zu bewegen, als ob unsichtbare Flügel durch den Raum schwebten. Die Spitzen an Celininas Kleidchen bewegten sich ebenfalls, als streife sie ein spielerischer Windhauch.

Celinina hob die Lider. Ihre schwarzen Augen füllten den Saal mit lebhaften Blicken. Darauf löste sie die gefalteten Hände. Ohne irgendwelche Anstrengung setzte sie sich auf.

Ein Flügelschlagen wurde hörbar, als ob alle Tauben der Welt in diesem Totenraume aus- und einflögen.

Celinina stand auf dem Fußboden. Sie reckte die Arme hoch. Sofort wuchsen ihr ein Paar kurze weiße Flügelchen. Sie schlug mit ihnen, flatterte hoch und verschwand.

Dann war wieder alles wie zuvor. Nur der blaue Sarg war leer.

VI

Welch herrliches Fest fand an diesem Abend im Hause des Herrn X. statt!

Die Krippe war hell erleuchtet. Die Kleinen sangen und vergnügten sich in größter Lustigkeit. In den Festräumen hatten sich die entzückendsten Kinder aus zwanzig Straßen in der Runde versammelt. Der Baum bestand aus Eichen- und Zedernzweigen. Unzählbar waren die Geschenke, die von seinen Blättern herabhingen. Der Baum war mit mehr Lichtern geschmückt, als es Sterne am Himmel gibt. Die Freude der Kinder offenbarte sich in herrlichen Weihnachtsgesängen. Plötzlich wird ein Geräusch vernehmbar, das nicht von den Kindern stammt. Alle blicken auf zur Zimmerdecke. Da aber niemand dort etwas sieht, schaut einer den andern lachend an. Doch man hört das Rauschen von Flügeln, die an die Wände streifen, gegen die Decke stoßen. Selbst wenn sie taub gewesen wären, hätten sie das hören müssen. Es war, als ob sich alle Tauben aus allen Taubenschlägen des Universums in dem Saale befänden.

Aber man sieht nichts, absolut nichts.

Aber bald bemerken sie etwas ganz unerklärlich Wunderbares. Alle Figuren der Krippe beginnen sich zu bewegen. Ohne irgendein Geräusch wechseln sie ihre Plätze.

Die wunderbare Erscheinung versetzt die Anwesenden in Schrecken. Einige der Kinder lachen unbändig, andere weinen. Eine abergläubische alte Frau sagt: »Wißt ihr denn nicht, wer diese Unordnung anrichtet? Das tun die toten Kinder, die im Himmel sind und denen Gottvater in dieser einen Nacht erlaubt niederzusteigen und mit der Krippe zu spielen …« Bald hört die Bewegung wieder auf. Wiederum das Rauschen von Flügeln, diesmal sich entfernend.

Viele der Anwesenden eilen herbei, um die Krippenfiguren zu untersuchen. Ein Herr sagt: »Der Tisch wird sich gesenkt haben. Dabei sind die Figuren durcheinandergefallen.«

Man fängt an, die Figuren zusammenzusuchen und wieder aufzustellen. Aber auch bei peinlich genauer Zählung und nachdem jede Figur untersucht worden ist, muß man feststellen, daß etwas fehlt. Man sucht und sucht. Ohne Erfolg! Zwei Figuren fehlen: der Ochse und der Esel!

VII

Der Morgen ist nahe. Die Ruhestörer, auf dem Wege zum Himmel, flogen zwischen den Wolken. Es waren Millionen und Abermillionen. Alle liebreizend und mit weißen Flügelchen.

»Schnell, schnell, Engelchen, bald wird es tagen!« rief einer.

Celinina war auch mit in der Schar.

»Komm her«, sagte einer, »gib mir die Hand, dann fliegst du besser! … Aber was hast du denn da?«

Celinina antwortete: »Die sind für mich, für mich!« und zeigte zwei Tontierchen.

»Wirf sie weg! … Wenn uns Gottvater erlaubt niederzusteigen und auf der Erde herumzufliegen, so knüpft er die Bedingung daran, nichts mitzunehmen …«

Celinina konnte die Gründe hierfür nicht einsehen. Noch fester drückte sie die beiden Tiere an die Brust. Sie wiederholte: »Sie sind für mich, für mich!«

»Laß sie … schau, wenn du es nicht tust, werden wir Unannehmlichkeiten haben. Flieg hinunter und laß unten, was von der Erde ist und auf Erden bleiben muß! Ich warte in dieser Wolke auf dich …«

Schließlich gab Celinina nach. Sie stieg hinab und ließ auf der Erde, was aus Erde war.

VIII

Man merkte bald, daß der reizende Leichnam Celininas – das, was ihre sichtbare Persönlichkeit ausgemacht hatte – anstatt des Blumenzweiges in den gefalteten Händen zwei Tontierchen hielt. Weder die Frauen, die bei ihr gewacht hatten, noch der Vater, noch die Mutter konnten sich das erklären.

Aber das schöne, so schmerzlich beweinte Kind wurde ins Grab gesenkt, einen Ochsen und einen Esel fest zwischen den kalten Händchen.

SELMA LAGERLÖF

Die Heilige Nacht

Als ich fünf Jahre alt war, hatte ich einen großen Kummer. Ich weiß kaum, ob ich seither einen schwereren erlitten habe. Es war damals, als meine Großmutter starb. Tag für Tag hatte sie bis dahin in ihrem Zimmer auf dem Ecksofa gesessen und Märchen erzählt.

Ich kann es mir gar nicht anders vorstellen, als daß Großmutter dasaß und vom Morgen bis zum Abend erzählte und erzählte, während wir Kinder ganz still neben ihr saßen und lauschten. Es war ein herrliches Leben. Und es gab keine Kinder, die es so schön hatten wie wir. Sonst weiß ich nicht mehr viel von meiner Großmutter. Ich entsinne mich nur, daß sie schönes, schlohweißes Haar hatte, daß sie mit tiefgebeugtem Rücken einherging, und daß sie immer dasaß und an einem Strumpf strickte.

Auch entsinne ich mich, daß sie immer, wenn sie ein Märchen erzählt hatte, ihre Hand auf meinen Kopf legte und dabei sagte: »Und all dies ist so wahr, wie ich Dich sehe und wie Du mich siehst.«

Dabei fällt mir auch noch ein, daß sie Lieder singen konnte. Das tat sie jedoch nicht alle Tage. Eine dieser Volksweisen handelte von einem Ritter und einem Meerweib, und der Kehrreim lautete: »Es stürmt der Wind so eisig kalt auf Meereswellen hin.«

Und dann erinnere ich mich auch noch eines kleinen Gebetes, das sie mich lehrte, und ein Psalmenvers kommt mir in den Sinn. An all die schönen Märchen, die sie mir erzählte, habe ich nur eine schwache, verworrene Erinnerung. Nur einer einzigen Geschichte entsinne ich mich so gut, daß ich sie nacherzählen könnte. Es ist eine kleine Geschichte von Jesu Geburt.

Seht, das ist nun fast alles, was ich noch von meiner Großmutter weiß, ausgenommen das eine, dessen ich mich am besten entsinne, und das war die schmerzliche Sehnsucht, die ich empfand, als sie von uns gegangen war. Ich erinnere mich noch jenes Morgens, an dem das Ecksofa plötzlich leer dastand, und wie unbegreiflich es uns erschien, daß die Stunden jenes Tages ein Ende nehmen könnten. Dessen entsinne ich mich. Das werde ich *niemals* vergessen.

Und ich erinnere mich, daß wir Kinder hereingeführt wurden, um die Hand der Toten zu küssen. Wir fürchteten uns davor, aber da sagte uns jemand, es sei das letzte Mal, daß wir Großmutter für alle Freude danken könnten, die sie uns gespendet hatte.

Und ich erinnere mich, wie Märchen und Lieder, in einem langen, schwarzen Sarge verpackt, vom Gutshof wegfuhren und niemals zurückkehrten.

Ich erinnere mich, daß uns damals etwas aus dem Leben unwiederbringlich entschwunden war. Es war, als hätte sich die Pforte einer ganzen herrlichen Zauberwelt geschlossen, in der wir zuvor frei ein- und ausgehen konnten. Und nun war niemand mehr, der sich darauf verstand, diese Pforte zu öffnen.

Ich erinnere mich, daß wir Kinder ganz allmählich lernten, mit Puppen und Spielzeug zu spielen und wie andere Kinder zu leben – und das mochte wohl so aussehen, als entbehrten wir Großmutter gar nicht mehr, oder als erinnerten wir uns ihrer nicht.

Aber noch heutigen Tages, nach vierzig Jahren, wie ich nun dasitze und diese Legenden über Christus sammle, die ich im fernen Morgenlande vernommen habe, ersteht in meinem Inneren die kleine Geschichte von Jesu Geburt, die meine Großmutter zu erzählen pflegte. Und ich verspüre Lust, sie noch einmal zu erzählen und in meine Legendensammlung aufzunehmen.

Es war ein Weihnachtstag, an dem alle, außer Großmutter und mir, zur Kirche gefahren waren. Ich glaube, daß wir im ganzen Hause allein waren. Wir hatten nicht mitfahren können, weil die eine zu jung und die andere zu alt war. Und wir waren beide ganz traurig darüber, daß wir nicht zur Frühmette fahren und die Weihnachtskerzen nicht sehen konnten. Als wir aber so in unserer Einsamkeit dasaßen, begann Großmutter zu erzählen:

»Es war einmal ein Mann, der in die dunkle Nacht hinausging, um sich etwas Feuersglut zu holen. Er ging von Hütte zu Hütte und klopfte an jede Tür, ›Helft mir, Ihr lieben Leute!‹ sagte er. ›Mein Weib ist eben eines Kindleins genesen, und ich muß Feuer anzünden, um sie und das Kindlein zu erwärmen.‹

Aber es war tiefe Nacht, so daß alle Menschen fest schliefen. Niemand antwortete ihm.

Der Mann ging immer weiter. Schließlich gewahrte er in weiter Ferne einen hellen Feuerschein. Er wanderte in dieser Richtung fort und sah, daß das Feuer im Freien brannte. Eine Menge weißer Schafe lagerte schlafend ringsumher, und ein alter Hirt saß daneben und bewachte die Herde.

Als der Mann, der das Feuer holen wollte, die Schafe erreicht hatte, sah er, daß drei große Hunde schlafend zu des Hirten Füßen lagen. Bei seinem Kommen erwachten sie alle drei und sperrten ihre weiten Rachen auf, als ob sie bellen wollten, man vernahm jedoch keinen Laut. Der Mann sah, daß sich die Haare auf ihrem Rücken sträubten, er sah, daß ihre spitzen Zähne im Feuerschein weißleuchtend aufblitzten, und er sah auch, daß sie auf ihn zustürzten. Er fühlte, daß einer ihn ins Bein biß, der zweite nach seiner Hand schnappte und der dritte ihm an die Kehle sprang. Aber die Kinnladen und die Zähne, mit denen die Hunde ihn beißen wollten, gehorchten nicht, und der Mann erlitt nicht den geringsten Schaden.

Nun wollte er vorwärts gehen, um zu holen, was er brauchte. Aber die Schafe lagen Rücken an Rücken so dicht gedrängt, daß er nicht vorwärts kam. Und der Mann schritt über die Rücken der Tiere zum Feuer hin. Aber keines erwachte oder bewegte sich.«

Bis dahin hatte Großmutter ungestört erzählen können, länger jedoch vermochte ich nicht an mich zu halten, ohne sie zu unterbrechen. »Weshalb taten sie es nicht, Großmutter?« fragte ich. »Das wirst Du bald erfahren,« sagte Großmutter und erzählte weiter.

»Als der Mann schon beim Feuer angelangt war, blickte der Hirt auf. Er war ein alter, heftiger Mann, unfreundlich und hart gegen alle Menschen. Als er nun einen Fremden nahen sah, griff er nach einem langen, spitzen Stabe, den er in der Hand zu halten pflegte, wenn er seine Herde weiden ließ, und schleuderte ihn nach dem Manne. Der Stab flog sausend gerade auf ihn zu, aber ehe er ihn treffen konnte, wich er zur Seite und flog an ihm vorbei ins Feld hinaus.«

Als Großmutter so weit gekommen war, unterbrach ich sie nochmals. »Großmutter, warum wollte der Stecken den Mann nicht treffen?« Aber Großmutter kümmerte sich um meine Frage gar nicht, sondern fuhr in ihrer Erzählung fort.

»Nun kam der Mann auf den Hirten zu und sprach zu ihm: ›Lieber, hilf mir und laß mich etwas von Deiner Feuersglut nehmen! Mein Weib ist eben eines Kindleins genesen, und ich muß Feuer anzünden, um sie und das Kindlein zu erwärmen.‹

Der Hirt hätte es ihm am liebsten abgeschlagen, aber er dachte daran, daß seine Hunde diesem Manne keinen Schaden hatten zufügen können, daß die Schafe nicht vor ihm davongelaufen waren, und daß sein Stab ihn nicht hatte hinstrecken wollen. Da wurde ihm etwas bänglich zumute, und er wagte nicht, ihm die Bitte abzuschlagen. ›Nimm so viel Du brauchst!‹ sagte er zu dem Manne.

Das Feuer war jedoch fast gänzlich niedergebrannt. Weder Holzscheite noch Zweige waren vorhanden, nur ein großer Gluthaufen lag da, und der Fremde hatte weder Schaufel noch Eimer, um darin die rotglühenden Kohlen heimzutragen.

Als der Hirt dies sah, sprach er abermals: ›Nimm so viel Du brauchst!‹ Und er freute sich, daß der Mann nicht imstande sein würde, die Glut mitzunehmen.

Aber der Mann beugte sich nieder, las mit bloßen Händen die glühenden Kohlen aus der Asche und wickelte sie in seinen Mantel. Und die Kohlen versengten ihm weder Hände noch Mantel, und der Mann trug sie davon, als wären es Aepfel und Nüsse.«

Aber hier unterbrach ich die Märchenerzählerin zum drittenmal. »Großmutter, warum wollten die Kohlen den Mann nicht verbrennen?«

»Das wirst Du noch erfahren,« sagte Großmutter und erzählte weiter.

»Als jener Hirt, der ein so böser und heftiger Mensch war, all dies sah, fragte er sich selber verwundert: ›Was kann das für eine Nacht sein, da die Hunde nicht beißen, die Schafe sich nicht fürchten, der Speer nicht tötet und das Feuer nicht versengt?‹ Er rief den Fremden zurück und sprach zu ihm: ›Was ist das für eine Nacht? Und wie kommt es, daß alle Dinge Dir Barmherzigkeit zeigen?‹

Da sprach der Mann: ›Das kann ich Dir nicht sagen, wenn Du es nicht selber erkennst.‹ Und wollte seines Weges gehen, um bald ein Feuer anzuzünden und sein Weib und Kind erwärmen zu können.

Der Hirt aber dachte, er wolle den Mann nicht ganz aus dem Gesicht verlieren, ehe er erführe, was all dies zu bedeuten habe. Er stand auf und ging ihm nach, bis er dorthin kam, wo der Fremde hauste.

Da sah der Hirt, daß der Mann nicht einmal eine Hütte besaß, um darin zu wohnen, sondern sein Weib und Kind lagen in einer Felsenhöhle, die nur nackte, kalte Steinwände hatte. Und der Hirt dachte, daß das arme unschuldige Kind vielleicht in dieser Höhle erfrieren und sterben würde, und obwohl er ein hartherziger Mann war, rührte ihn dieses Elend, und er sann nach, wie er dem Kinde helfen könnte.

Er löste seinen Ranzen von der Schulter und nahm daraus ein weiches, weißes Schaffell, gab es dem fremden Manne und sagte, er solle das Kindlein darauf betten.

Aber sobald er gezeigt hatte, daß auch er barmherzig sein konnte, wurden ihm die Augen geöffnet, und er sah, was er zuvor nicht wahrgenommen hatte, und hörte, was zuvor seinen Ohren verschlossen war:

Er sah, daß er inmitten einer dichten Schar kleiner, silberbeschwingter Engel stand, die einen Kreis um ihn bildeten. Und jedes Englein hielt ein Saitenspiel, und alle sangen mit jubelnder Stimme, daß in dieser Nacht der Heiland geboren sei, der die ganze Welt von ihren Sünden erlösen würde.

Da verstand er, weshalb sogar alle leblosen Dinge in dieser Nacht so froh waren, daß sie niemandem etwas zuleide tun mochten.

Und nicht nur rings um den Hirten waren Engel, überall gewahrte er sie. Sie saßen in der Felsenhöhle, und sie saßen draußen auf den Bergen, auch unter dem Himmel flogen sie hin und her. Sie kamen in großen Scharen auf den Wegen dahergewandelt, und wenn sie vorbeischritten, blieben sie stehen und warfen einen Blick auf das Kindlein in der Höhle.

Jubel und Freude, Sang und Spiel waren allüberall, und der Hirt sah es in der dunkeln Nacht, in der er sonst nichts hatte wahrnehmen können. Voll Freude, daß seine Augen geöffnet waren, sank er auf die Knie und lobete Gott.«

Und als Großmutter so weit gekommen war, seufzte sie und sprach: »Aber was der Hirt sah, das könnten wir auch sehen, denn die Engel fliegen in jeder Weihnachtsnacht unter dem Himmel einher, wenn wir sie nur zu erkennen vermögen.«

Und dann legte Großmutter ihre Hand auf meinen Scheitel und sprach: »Dessen sollst Du eingedenk sein, denn es ist so wahr, wie ich Dich sehe und Du mich siehst. Nicht auf Kerzen und Lampen kommt es an, noch auf Sonne und Mond, sondern was nottut, ist einzig und allein, daß wir die rechten Augen haben, Gottes Herrlichkeit zu sehen.«

FRANK O’CONNOR

Der Weihnachtsmorgen

Wir wohnten damals am oberen Ende der Blarney-Gasse, in einem der weißgetünchten Häuschen, die ans freie Feld grenzen. Wir waren vier: mein Vater, meine Mutter, Sonny und ich. Ich glaube, zu der Zeit, von der ich spreche, war Sonny sieben und ich ein paar Jahre älter. Ich konnte den Burschen nicht recht leiden. Er war Mutters Liebling, und immer rannte er gleich zu ihr und klatschte, was für Unheil ich wieder angerichtet hatte. Ich glaube wahrhaftig, er saß nur um mich zu ärgern so eifrig hinter seinen Schulbüchern. Er wußte anscheinend, daß das ihr ganzer Stolz war. Man konnte wohl sagen, er buchstabierte sich in ihr Herz.

»Mammi«, rief er zum Beispiel, »soll ich Larry zum T-e-e rufen?« oder: »Mammi, das W-a-s-s-e-r kocht« –, und natürlich verbesserte sie ihn, wenn er’s falsch machte, und das nächste Mal wußte er’s, und das war erst recht nicht zum Aushalten. »Mammi«, rief er dann, »kann ich nicht fein buchstabieren?« Herrje, wir würden alle fein buchstabieren, wenn wir’s so anstellten!

Ich war aber nicht etwa dumm oder so – bewahre! Ich war bloß unruhig und konnte mich nicht lange auf eine Sache konzentrieren. Ich machte die Aufgaben aus dem Buch vom vorigen Jahr oder aus dem Buch vom nächsten Jahr –

aber ich konnte es nicht ausstehen, das zu lernen, was wir gerade aufhatten. Abends ging ich nach draußen und spielte mit der Doherty-Bande – doch nicht, weil ich wild war, sondern ich wollte etwas erleben und konnte nicht um die Welt begreifen, was Mutter immer mit dem Lernen hatte.

»Kannst du nicht erst die Aufgaben machen und nachher spielen?« sagte sie meistens und wurde vor Ärger ganz rot. »Du solltest dich schämen, daß dein kleiner Bruder besser lesen kann als du!«

»Ach«, rief ich, »ich mache sie, wenn ich wiederkomme!«

»Der Himmel mag wissen, was aus dir noch mal werden soll«, sagte sie. »Wenn du dich mehr um deine Bücher bekümmern würdest, könntest du etwas Feines werden – Buchhalter oder Ingenieur.«

»Ich will Buchhalter werden, Mammi«, rief Sonny dann.

»Kein Mensch will 'n langweiliger Buchhalter werden«, sagte ich, bloß um ihn zu ärgern. »Ich, ich werd' Soldat!«

»Weiß der Himmel, zu etwas anderem wird's bei dir auch wohl nie reichen«, seufzte meine Mutter. Manchmal kam's mir fast vor, als ob die gute Frau ein bißchen einfältig sei: was konnte es denn für einen Mann Besseres geben, als Soldat zu werden?

Weihnachten kam näher, die Tage wurden kürzer, und die Straßen waren voller Leute. Ich dachte an die Sachen, die ich vom Weihnachtsmann bekommen würde. Die Dohertys sagten, es gäbe keinen Weihnachtsmann, und nur Vater und Mutter schenkten einem was. Aber die Dohertys waren eine wilde Bande, zu denen würde der Weihnachtsmann sowieso nicht kommen. Ich horchte herum, wo ich nur etwas über ihn aufschnappen konnte, aber es war nicht viel. Mit der Schreibfeder war ich kein großer Held – doch wenn ein Brief nützen würde, ich würde mich schon dahintersetzen.

»Ach«, sagte meine Mutter mit betrübter Miene, »ich weiß nicht, ob er dies Jahr überhaupt kommen wird. Er hat genug Arbeit, für all die kleinen Jungen zu sorgen, die ihre Aufgaben gut lernen – er kann sich nicht auch um die andern kümmern.«

»Er kommt nur zu Kindern, die gut buchstabieren können, nicht wahr, Mammi?« fragte Sonny.

»Er kommt zu allen Kindern, die sich Mühe geben«, antwortete meine Mutter, »auch wenn sie nicht so gut buchstabieren können.«

Wahrhaftiger Gott – Mühe gab ich mir bestimmt! Und es war nicht meine Schuld, daß uns der ›Prügler‹ vier Tage vor den Ferien Rechenaufgaben stellte, die wir nicht lösen konnten und Peter Doherty und ich uns drücken mußten. Wir taten's nicht mit Begeisterung, das kann mir jeder glauben, denn Dezember ist nicht der geeignetste Monat zum Schuleschwänzen, und die meiste Zeit verbrachten wir in einem Schuppen am Quai, wo wir uns vor dem Regen verkrochen. Unser Fehler bestand einzig darin, daß wir uns einbildeten, wir könnten es bis zu den Ferien durchhalten, ohne entdeckt zu werden. Das war ein kläglicher Mangel an Voraussicht.

Der ›Prügler‹ merkte es natürlich und fragte zu Hause an, warum wir nicht in die Schule kämen. Als ich am dritten Tag heimkam, warf mir meine Mutter einen Blick zu, den ich nie vergessen werde, und sagte bloß: »Da steht dein Essen!« Sie war zu aufgebracht, um zu sprechen. Als ich es ihr mit den Rechenaufgaben vom ›Prügler‹ erklären wollte, ging sie darüber weg, wie man eine Fliege wegscheucht, und sagte: »Von dir will ich kein Wort hören!« Da merkte ich, daß sie nicht wegen des Schwänzens böse war, sondern wegen der Lügen. Mehrere Tage sprach sie überhaupt nicht mit mir. Und selbst da konnte ich immer noch nicht begreifen, warum sie so viel vom Lernen hielt und mich nicht so einfach und natürlich wie die andern aufwachsen ließ.

Doch was das Schlimmste war: Sonny schwoll der Kamm mehr denn je. Er stelzte mit einer Miene umher wie einer, der denkt: »Möcht' mal wissen, was sie ohne mich in dieser alten Bude machen würden!« Er ging an die Haustür, lehnte sich mit den Händen in den Hosentaschen gegen den Pfosten, versuchte wie mein Papa auszusehen und schrie den andern Kindern zu, daß man's in der ganzen Straße hören konnte: »Larry darf nicht kommen. Er hat mit Peter Doherty die Schule geschwänzt, und meine Mutter spricht nicht mit ihm!« Und abends, wenn wir im Bett waren, machte er so weiter: »Der Weihnachtsmann bringt dir dieses Jahr nichts – ha, nein!«

»Wohl!« sagte ich.

»Woher weißt du's denn?«

»Warum denn nicht?«

»Weil du mit Doherty geschwänzt hast. Ich möchte nicht mit den Doherty-Bengeln spielen. Was das für Leute sind! Hatten die Polizei im Haus!«

»Und woher soll der Weihnachtsmann wissen, daß ich die Schule geschwänzt habe?« brummte ich böse, denn mir riß die Geduld mit dem kleinen Affen.

»Natürlich weiß er's. Mammi sagt's ihm.«

»Wie kann's Mammi ihm sagen, wenn er am Nordpol ist? Da kann man's mal wieder sehen, was du für ein Baby bist!«

»Ich bin kein Baby – ich kann besser als du buchstabieren, und der Weihnachtsmann bringt dir dies Jahr nichts!«

»Werden wir ja bald sehen, ob er mir was bringt«, sagte ich und tat sehr weise.

Aber ich tat nur so. Denn wer kann sagen, was für geheime Kräfte diesen himmlischen Burschen zur Verfügung stehen, so daß sie wissen, was man im Schilde führt, selbst wenn sie einem den Rücken kehren? Und ich hatte wegen des Schuleschwänzens ein schlechtes Gewissen, weil ich meine Mutter noch nie so aufgebracht gesehen hatte. In der Nacht überlegte ich mir, daß es für mich nur einen Ausweg gab: den Weihnachtsmann zu sprechen und ihm alles zu erklären. Von Mann zu Mann würde er mich wohl verstehen. Ich war damals ein hübscher Junge, und wenn ich wollte, konnte ich sehr nett sein. Alte Herren brauchte ich nur freundlich anzulächeln, und schon gaben sie mir einen Fünfer. Ich war überzeugt, daß ich's ebenso mit dem Weihnachtsmann machen könnte, wenn ich ihn nur allein erwischte. Vielleicht würde ich etwas Feines von ihm bekommen – eine Eisenbahn oder so –, denn Ludo und Schnippschnapp und ähnliche Spiele hingen mir zum Halse heraus.

Ich fing nun an, mich im Wachbleiben zu trainieren, zählte bis fünfhundert, dann bis tausend, und lauschte, ob ich's vom Shandon elf Uhr und Mitternacht schlagen hörte. Ich glaubte fest, daß der Weihnachtsmann um zwölf Uhr erscheinen würde, da er ja vom Norden her kam und bis zum Morgen die ganze südliche Hälfte erledigen mußte. Über manche Dinge dachte ich wirklich sehr gründlich nach. Leider nur über manche.

Ich war so in meine eigenen Pläne versunken, daß ich kaum merkte, was für Sorgen meine Mutter hatte. Sonny und ich gingen meistens mit ihr in die Stadt, und während sie einkaufte, standen wir unterdessen vor einem Spielzeugladen in der Hauptstraße und besprachen, was wir gern zu Weihnachten haben wollten.

Als mein Vater am Heiligabend von der Arbeit heimkam und meiner Mutter das Haushaltsgeld gab, blickte sie es ungewiß an und stand da und war ganz blaß.

»He?« fuhr er sie ärgerlich an, »stimmt's nicht?«

»Ob's stimmt?« flüsterte sie leise. »Am Heiligabend?«

»Ja, denkst du etwa, ich bekomme mehr, weil's Heiliger Abend ist?« fragte er und steckte die Hände in die Hosentaschen, als wollte er beschützen, was er für sich zurückbehalten hatte.

»Gott im Himmel!« stammelte sie bestürzt. »Und kein bißchen Kuchen im Haus, keine Kerze und gar nichts!«

»Meinetwegen!« schrie er und stampfte auf. »Wieviel kostet die Kerze?«

»Ach, um Himmels willen«, rief sie, »gib mir doch das Geld und rede nicht so vor den Kindern. Glaubst du, ich will sie ohne alles lassen an diesem einen Tag im Jahr?«

»Zum Kuckuck mit dir und den Kindern!« murrte er. »Soll ich mich das ganze Jahr abschuften, damit du Geld für Spielzeug aus dem Fenster wirfst? Da!« sagte er und schleuderte zwei Geldstücke auf den Tisch. »Richte dich damit ein! Das ist alles, was ich dir geben kann!«

Verbittert entgegnete sie: »Der Rest wird wohl ins Wirtshaus wandern!«

Später ging sie in die Stadt, nahm uns aber nicht mit, und kehrte mit vielen Paketen zurück; auch eine Weihnachtskerze hatte sie. Wir warteten mit dem Tee auf Vater, aber er kam nicht. So tranken wir Tee und aßen jeder eine Scheibe von dem Weihnachtskuchen. Dann hob Mutter Sonny auf den Küchenstuhl, damit er Weihwasser auf die Kerze sprenge. Er mußte sie anzünden und dabei sagen: »Himmlisch' Licht, erhelle unsre Herzen!« Ich merkte wohl, wie meine Mutter sich grämte, weil Vater nicht da war. Der Älteste und der Jüngste hätten es tun sollen. Als wir vor dem Zubettgehen unsre Strümpfe aufhängten, war er immer noch nicht da.

Und dann begann für mich die schlimmste Nacht meines Lebens. Ich war hundemüde, aber ich hatte Angst, die Eisenbahn könnte mir entgehen, darum überlegte ich, was ich dem Weihnachtsmann sagen wollte. Ich mußte mir verschiedenerlei ausdenken – je nachdem, was für einer er war. Manche alten Herren haben gern artige, bescheiden sprechende Jungen; andre sind mehr für ein fixes Mundwerk. Als ich mir alles vorgebetet hatte, wollte ich Sonny wecken, um Gesellschaft zu haben, aber der Bursche schlief wie ein Toter. Vom Shandon schlug's elf Uhr. Bald danach hörte ich die Tür gehen, aber es war nur mein Vater, der nach Hause kam.

»Hallo, mein Schätzchen!« sagte er und tat überrascht, weil meine Mutter auf ihn gewartet hatte. Dann wurde er unsicher und fing an zu kichern: »Was bist'n noch so spät auf?«

»Willst du dein Nachtessen?« fragte sie kurz.

»Nein, nicht nötig«, sagte er. »Ich habe auf dem Heimweg bei Daneen ein bißchen Schweinebacke bekommen.« (Daneen war mein Onkel.) »Schweinebacke eß' ich schrecklich gern! – Meine Güte!« rief er und tat noch überraschter, »ist's denn schon so spät? Wenn ich das gewußt hätte, wär' ich zur Mitternachtsmesse in die Kapelle gegangen. Das *Adeste* würde ich gern wieder hören. Das ist ein Choral, den ich sehr gern habe. Ein ergreifender Choral!« Und er begann, ihn mit Fistelstimme zu summen:

»Adeste fideles,
Solus domus dagus.«

Lateinische Hymnen liebte mein Vater sehr, besonders wenn er einen Schluck getrunken hatte, aber da er nie mit den Worten zurechtkam, erfand er sich welche, während er sang, und das machte meine Mutter immer wild.

»Ach, du bist ekelhaft!« rief sie mit erstickter Stimme und zog die Tür hinter sich zu. Mein Vater mußte darüber lachen, als wenn es ein großartiger Witz wäre. Dann zündete er ein Streichholz an, um sich eine Pfeife anzustecken, und eine Weile paffte er geräuschvoll vor sich hin. Das Licht unter der Tür wurde blasser und erlosch, aber noch immer sang er gefühlvoll weiter:

»Dixie medearo,
Tutum tonum tantum,
Venite adoremus.«

Er sang laut und ganz falsch, aber die Melodie kam mir wie ein Wiegenlied vor. Und hätt's mein Leben gekostet, ich konnte mich nicht länger wachhalten.

Gegen Morgen erwachte ich mit dem Gefühl, daß etwas

Schreckliches passiert sein mußte. Alles im Haus war still, und im kleinen Schlafzimmer, das auf den Hof blickte, war es pechrabenschwarz. Erst als ich aufs Fenster schaute, konnte ich sehen, wie schon das ganze Silber erloschen war. Ich sprang aus dem Bette und fühlte nach meinem Strumpf, aber ich wußte von vornherein, daß das Schlimmste eingetroffen war. Der Weihnachtsmann war dagewesen, während ich schlief, und er war mit einem vollkommen falschen Eindruck von mir wieder weggegangen, denn alles, was er dagelassen hatte, war eine Art gefaltetes Buch, eine Feder, ein Bleistift und eine Zehnertüte mit Bonbons. – Nicht mal ein Schnippschnapp-Spiel! Eine Weile war ich so vor den Kopf geschlagen, daß ich nicht denken konnte. Ein Bursche, der über die Dächer reiten und die Kamine hinunterklettern konnte, ohne steckenzubleiben – nein, wahrhaftig –, sollte man nicht annehmen, er wäre gescheiter?

Dann dachte ich, was wohl der hinterlistige Kerl, der Sonny, bekommen hätte. Ich ging zu seiner Bettstelle hinüber und befühlte den Strumpf. Trotz aller Buchstabiererei und Kriecherei hatte er nicht so viel besser abgeschnitten, denn außer der Tüte Bonbons hatte der Weihnachtsmann ihm bloß eine Knallbüchse gegeben – eine, mit der man einen festgebundenen Korken abschießen kann und die in jedem Kramladen für ein paar Fünfer zu haben war. Immerhin, deshalb blieb es doch eine Pistole, und eine Pistole war mehr wert als ein Buch, das war so sicher wie etwas. Die Doherty-Bande kämpfte gegen die Jungen aus der Feldgasse, die immer in unsrer Straße Fußball spielen wollten. Darum kam mir der Gedanke, daß ich die Pistole verteufelt gut gebrauchen könnte, während sie Sonny überhaupt nichts nützte, denn die Dohertys würden ihn nie mitspielen lassen, selbst wenn er's gewollt hätte.

Dann hatte ich eine, wie mir schien, geradezu göttliche Eingebung: wenn ich mir die Pistole nähme und Sonny das Buch gäbe? Für die Doherty-Bande war Sonny absolut unbrauchbar – aber er buchstabierte gern, und ein so fleißiges Kind konnte aus meinem dicken Buch da tüchtig buchstabieren lernen. Den Weihnachtsmann hatte er ebensowenig wie ich gesehen, und was er nicht wußte, tat ihm nicht weh. Ich fügte ihm nichts Böses zu, im Gegenteil (schade, daß Sonny es nicht wußte), ich erwies ihm einen Gefallen. Das war von jeher meine starke Seite gewesen: andern Leuten einen Gefallen zu tun. Vielleicht war es überhaupt ursprünglich die Absicht des Weihnachtsmannes gewesen, und er hatte uns bloß beide verwechselt? Ich steckte also Buch, Bleistift und Feder in Sonnys Strumpf und die Knallbüchse in meinen und sprang wieder ins Bett und schlief weiter. Wie gesagt, damals war ich sehr unternehmend.

Sonny weckte mich auf, schüttelte mich und sagte, daß der Weihnachtsmann dagewesen sei und mir eine Pistole gebracht habe. Ich tat überrascht und ein bißchen enttäuscht wegen der Pistole, und um ihn auf andere Gedanken zu bringen, ließ ich mir sein Bilderbuch zeigen und sagte ihm, daß es ein viel schöneres Geschenk sei als meines.

Es war, wie ich's mir gedacht hatte: der Junge glaubte einfach alles, und nichts konnte ihn nun abhalten, die Geschenke zu nehmen und Vater und Mutter zu zeigen. Das war ein böser Augenblick für mich. Weil Mutter wegen des Schwänzens so böse mit mir gewesen war, getraute ich mich nicht, ihr noch einmal etwas vorzulügen. Immerhin hatte ich den einen Trost, daß der einzige, der mich hätte Lügen strafen können, mittlerweile wieder irgendwo am Nordpol war. Das gab mir ein bißchen Selbstvertrauen, und Sonny und ich stürzten ins andere Schlafzimmer, schwenkten die Geschenke und schrien aus Leibeskräften: »Seht mal, was mir der Weihnachtsmann gebracht hat!«

Meine Mutter wachte auf und lächelte. Dann erblickte sie mich und sah auf einmal ganz anders aus. Das Gesicht kannte ich. Nur zu gut kannte ich's. So hatte sie ausgesehen, als ich vom Schwänzen nach Hause kam und sie mir sagte, daß sie kein Wort von mir hören wollte. »Larry«, fragte sie leise, »wo hast du die Pistole her?«

»Der Weihnachtsmann hat sie in meinen Strumpf gesteckt, Mammi«, antwortete ich und versuchte, eine gekränkte Miene aufzusetzen. »Bestimmt, 's ist die reine Wahrheit!«

»Du hast sie deinem armen Bruder aus seinem Strumpf gestohlen, während er schlief«, sagte sie, und ihre Stimme bebte vor Entrüstung. »Larry, Larry, wie kannst du nur so gemein sein?«

»Aber, aber!« warf mein Vater ärgerlich ein, »am Weihnachtsmorgen!«

»Oh«, erwiderte sie nun ganz wütend, »dir macht's ja gar nichts aus! Aber glaubst du, *ich* will einen Lügner und Dieb als Sohn haben?«

»Ach, was heißt hier Dieb, Frau!« schimpfte er. »Sei doch vernünftig!« Er wurde immer böse, wenn man ihm seine Stimmung verdarb, mochte sie nun gut oder schlecht sein, und diesmal war er besonders erbittert, weil er wegen des Abends vorher ein schlechtes Gewissen hatte. »Hier, Larry«, rief er und nahm Geld vom Nachttisch, »hier habt ihr jeder einen halben Schilling, du und Sonny. Paßt aber auf und verliert ihn nicht!«

Doch ich sah meine Mutter an und las die Verzweiflung in ihren Augen. Ich brach in Tränen aus, warf die Knallbüchse auf die Erde und stürzte aus der Haustür, ehe jemand auf der Straße zu sehen war. Ich rannte die Gasse hinter dem Haus entlang und ins Feld. Als die Sonne aufging, warf ich mich ins nasse Gras. Jetzt verstand ich alles, und es war mehr, als ich ertragen konnte: daß die Dohertys recht hatten, daß es keinen Weihnachtsmann gab, sondern daß meine Mutter ein paar Münzen vom Haushaltsgeld zusammenkratzte – daß mein Vater gemein und schlecht und ein Trunkenbold war und daß meine Mutter darauf gerechnet hatte, ich solle meinen Weg machen und sie aus dem elenden Leben erlösen, das sie jetzt führte. Und ich begriff, daß die Verzweiflung in ihren Augen Angst war – Angst, daß ich wie mein Vater ein Lügner, Dieb und Trunkenbold würde.

Von dem Tage an war meine Kinderzeit zu Ende.

SOPHIA DE MELLO BREYNER ANDRESEN

Die drei Könige aus dem Morgenland

Caspar

In jener Zeit führte Prinz Zukarta in der Stadt Kalash die Verehrung des Goldenen Kalbs ein.

Die Skulptur ließ ihre staunenden, weit aufgerissenen Augen, weiß und schwarz angemalt, auf den unterwürfigen Massen ruhen. Tief hinten in ihren Pupillen keimte fast eine Frage, als sei sie selbst von den Ausmaßen ihrer Macht überrascht. Es war ein junges Kalb mit kleinen, gebogenen Hörnern und kräftigen Beinen, einer flachen, niedrigen, faltigen Stirn. Seine vier Füße, fest auf den Boden gestemmt, vermittelten deutlich den Eindruck von Standfestigkeit, was die Herzen seiner Anhänger beruhigte. Auf seinem gesamten Körper schimmerte das Gold, massiv, schwer, glänzend.

Vor dem Bildnis verneigten sich Frauen auf dem hellen Marmor und ließen ihr dunkles, fast blaues Haar wehen. Aus der Weite der Wüste, von den entferntesten Oasen, aus den abgelegensten Dörfern kamen Menschen, um vor dem Altar ihre Gaben niederzulegen: Sie opferten Gold über Gold. Und die besseren Leute von Kalash, Richter und Kriegsherren marschierten demütig vor dem Kalb auf. Ihnen folgten die Händler, Verkäufer, die Töpfer und

Weber. Sie küssten die Stufen vor dem Altar und legten ihre Opfergaben auf den Boden: Sie brachten Gold über Gold. Selbst die Priester des Mondes und ihre Anhänger und Ministranten warfen sich auf die Knie und berührten den Boden vor dem neuen Idol von Kalash mit der Stirn.

Zukarta sah es mit großer Freude, denn der Kult um das Goldene Kalb war das Fundament seiner Macht.

Und nur selten ging jemand nicht in den Tempel, immer seltener. Die sehr Armen, die sehr Beschämten, die sehr Gedemütigten wagten sich nicht, dort zu erscheinen. Sie waren wie eine eigene Art, denn ihre Armut war als Stigma angesehen, das nur jene betraf, die das Kalb nicht liebte. Sie waren so sehr vom Grund ihrer Seele gedemütigt, dass sie kaum ihre eigenen Gedanken zu denken wagten, die äußerst Armen, die sehr Gedemütigten warteten auf einen anderen Gott.

Sie und Caspar.

Eine Abordnung wichtiger Männer suchte Caspar in seinem Palast auf. Sie sagten:

»Warum lässt du dich nicht vor dem Tempel des Kalbs sehen? Mangelt es dir etwa an Gold, um zu opfern? Was hast du gemein mit dem Abschaum am Hafen? Trägst du nicht etwa auch wie ein König Purpur und Leinen? Wieso forderst du Zukartas Macht heraus? Bist du vielleicht ein Verräter? Im Kult um das Kalb liegen Kalashs Wohlstand und Größe begründet. Hast du dich etwa an unsere Feinde verkauft?«

Caspar antwortete:

»Ich kann die Macht der Götzen nicht anbeten. Mein

Gott ist ein anderer, und ich glaube an sein Kommen, das mir Himmel und Erde ankündigen.«

Als sie diese Antwort vernahmen, sagten die Stammesfürsten und besseren Leute von Kalash:

»Wir werden uns von dir abwenden, denn du hast dich von uns abgewandt und verleugnest unsere Wege. Du wirst nicht mehr an unseren Versammlungen teilhaben, wirst auch nicht mehr angehört werden bei unseren Beratungen, und auch nicht mehr bei unseren Feierlichkeiten und Banketten dabei sein. Auch in unserer Streitmacht wird kein Platz mehr für dich sein. Die Soldaten werden dein Haus nicht mehr schützen, und auch nicht mehr deine Karawanen. Du wirst keinen Schutz mehr durch unsere Gesetze genießen, und unsere Richter werden gegen dich urteilen, deine Vernunft wird wie eine Handvoll Asche sein. Wie die Leute des niedersten Abschaums wirst du weder Schutz noch Fürsprache haben, solange du dich nicht vor dem Altar des Kalbs verneigst, nicht die Gottesbilder verehrst, die wir ehren.«

Und Caspar antwortete:

»Mein Gott ist in mir wie eine Quelle, die nicht versiegt, und ist um mich herum wie eine Festungsmauer.«

Da klopften sich die Honoratioren von Kalash den Staub von den Füßen und verließen Caspars Palast.

Nach diesem Tag kam Caspar viel Unglück. Wegelagerer überfielen seine Karawanen, und Einbrecher plünderten seinen Palast. Sein Haus wurde des Nachts von rätselhafter Hand mit Steinen beworfen, und im Wasser seiner Zisternen lagen auf einmal verdorbene Früchte und tote Vögel.

Es begann eine einsame Zeit.

In die kühlen Innenhöfe des Palasts kamen keine Besucher mehr, und das Plätschern des Wassers in den Brunnen begleitete nicht mehr das Säuseln von Unterhaltungen. Verwandte und Freunde verschwanden, wie vom Schatten verschluckt, und alles schien von Skandal und Entsetzen umgeben.

Doch die Zeit verging.

Caspar horchte dem Wachsen der Zeit. Einsamkeit ließ um ihn herum einen durchsichtigen Raum voller Reinheit entstehen, durch den die Augenblicke einer nach dem anderen hindurchgingen, und das gesamte Universum schien aufmerksam darauf zu achten. Die Stille war wie das unzählige Male wiederholte immergleiche Wort.

Und mit Blick auf die Zeit, dachte Caspar: »Was mag wohl über die Zeit wachsen, wenn nicht Gerechtigkeit?«

*

Auf seiner Terrasse kniend sah Caspar in den Nachthimmel. Er sah die hohe, unermessliche nächtliche Kuppel, dunkel und strahlend, die sich zeigte und gleichzeitig verbarg.

Und er sagte:

»Herr, wie fern bist du und wie verborgen und doch anwesend? Ich kann nur den Hall deiner Stimme hören, die über mich kommt, und mein Leben berührt nur den glänzenden Saum deiner Abwesenheit. Um mich herum sehe ich die Gelassenheit aller Dinge, als würde ich versuchen, eine schwierige Schrift zu entziffern. Aber du bist es, der mich liest und der mich kennt. Du machst, dass von mir nichts verborgen bleibt. Rufst mein ganzes Sein zu dir ans

Licht, damit mein Denken durchsichtig werde und auf das Wort höre, das du immer schon an mich richtest.«

*

Erst kam Caspar der Stern wie ein Wort vor, das plötzlich in die schweigende Aufmerksamkeit des Himmels hinein gesagt wurde.

Dann aber gewöhnte sein Blick sich an den neuen Glanz, und er sah, dass es ein Stern war, ein neuer Stern, wie die anderen, nur etwas näher und heller, und er zog langsam allmählich nach Westen.

Und um diesem Stern zu folgen, verließ Caspar seinen Palast.

Melchior

Die Tontafel war von Generation zu Generation weiter gereicht worden, von Menschenalter zu Menschenalter, von Hand zu Hand. Auf ihr stand geschrieben, dass auf die Welt ein Erlöser gesandt werde, und dass im Osten ein Stern aufgehen werde, um jene zu führen, die nach dessen Reich suchten.

Die Tafel war ein kleines Rechteck aus Ton, mit der Zeit dunkel geworden, und wirkte zerbrechlich, arm und verbraucht. Es glich einem Wunder, dass sie, ohne verlorengegangen zu sein, so viele Jahrhunderte an Zerfall und Überfluss, Plünderungen, Feuer und Kriegen überstanden hatte. Es war ein Wunder, dass sie all das überstanden hatte, ohne der Gier, der Gewalt, der Ruhelosigkeit und Gleichgültigkeit des Menschen anheimzufallen.

Sie lag da im Palast neben Tausenden Tafeln in einer Reihe, auf denen Siege, Schlachten, Massaker und Reichtümer aufgeführt waren. Ihre Buchstaben waren mit der Zeit fast verwischt und die Schrift so alt, dass sie nur noch mühsam zu entziffern war. Viele Deutungen waren möglich.

Deswegen berief Melchior drei Gelehrtenversammlungen ein, damit diese gemeinsam die richtige Auslegung dieses uralten Texts ermitteln sollten.

Zuerst kamen die Geschichtsgelehrten, die sich alle Weisheit der Bibliotheken angeeignet hatten und Schrift, Sprache, Gewohnheiten, Sitten, Annalen und Kodizes alter Zeiten bis in die kleinste Einzelheit kannten.

Die Versammlung tagte einen Monat lang im Königspalast. Es war Hochsommer, und schwer lag die Hitze auf den von der Sonne geblendeten Flachdächern. In den Gärten raschelten mit metallischem Klang die Palmen mit ihren wie Sägen scharfkantigen, harten Blättern.

Wenn es Abend wurde, setzten sich die Gelehrten im Kreis in den Innenhof des Palasts. Melchior hatte den Vorsitz. Ein leises Rauschen vom Wasser, das durch die Becken floss, begleitete die Diskussionen. Barfuß und schweigend gingen die Sklaven herum und schenkten mit Schnee vom Gebirge gekühlten Dattelwein aus.

In ihre Mitte war zwischen die im Kreis sitzenden Männer ein Tisch gestellt worden, auf dem die Tontafel lag. Sie wirkte winzig und unbedeutend zwischen so viel umgebendem Raum und der Pracht, wie ein Abfall aus früheren Zeiten, den die Zeit dort vergessen hatte.

Im Lauf der ausführlichen Diskussionen über dreißig Tage studierten und untersuchten die Gelehrten sorgfältig die uralten Buchstaben Zeile für Zeile.

Und am dreißigsten Tag stand Negurat auf, der Hauptarchivar des Mondtempels, und sagte:

»Ich glaube, deine Auslegung, König, dieses Textes ist nicht die richtige. Denn du hast gelesen: ›Der Welt wird ein Erlöser gesandt, und ein Stern wird im Osten aufgehen, um jene zu führen, die nach seinem Reich suchen.‹ Aber in Wirklichkeit sagt dieser alte Text etwas anderes: So bedeutete das, wo du ›Erlöser‹ gelesen hast, in der früheren Zeit, als die Tafel beschrieben wurde, nicht ›Erlöser‹, sondern ›Großer König‹, und die Buchstaben, die du als ›wird‹ und ›aufgehen‹ gelesen hast, sind keine Verbformen der Zukunft, sondern der Vergangenheit, und das Verb ›suchen‹ steht nicht im Präsens, sondern im Präteritum, und dort, wo du ›führen‹ gelesen hast, muss nach den Entzifferungstechniken der alten Schriften ›führend‹ gelesen werden. Der Text also, König, bezieht sich, anders als du ihn zu verstehen geglaubt hast, nicht auf die Zukunft, sondern auf die Vergangenheit und kündet mitnichten die Ankunft eines Erlösers an, sondern besingt Werke einer großen Persönlichkeit der vergangenen Zeit. Die richtige Lesart dieses Textes lautet also meiner Ansicht nach wie folgt: ›Der Welt war ein großer König gesandt, der wie ein Stern über den Osten herrschte und jene führend, die nach seinem Reich suchten.‹«

Als Negurat fertiggesprochen hatte, erhob sich Atmad, Großarchivar des Palasts, und sagte:

»Negurats Wissen ist groß. Doch die Auslegung der

alten Schrift birgt gewaltige Schwierigkeiten. Zweifellos muss im vorliegenden Text ›großer König‹ gelesen werden und nicht ›Erlöser‹. Doch dem, was er über die Verbformen sagt, stimme ich nicht zu: Ich bin der Ansicht, das Verb ›sein‹ sowie das Verb ›steigen‹ stehen in der Tat im Futur. Ich bin auch nicht mit der Auslegung der Worte ›führen‹, ›suchen‹ und ›Reich‹ einverstanden. Außerdem hat das Verb ›steigen‹ hier die Bedeutung von ›herrschen‹. So dass die meiner Ansicht nach richtige Auslegung des Texts lautet: ›Der Welt wird ein großer König gesandt werden, der wie ein Stern über den Osten herrschen wird, um jene Völker zu Größe zu führen, die seine Macht anerkennen.‹ Die Inschrift ist also tatsächlich eine Prophezeiung, aber eine, die sich bereits erfüllt hat. Es ist klar, dass es sich bei dem großen König um Alexander handelt, der bis an das Reich des Poros über den Orient herrschte und, wie du weißt, in Babylonien gestorben ist.«

Als Atmad gesprochen hatte, erhob sich der alte Gelehrte Akki und sagte:

»Ich hege große Bewunderung für die weisen Worte, die ich gehört habe. Aber tatsächlich wirft die Auslegung dieses uralten Texts so viele Fragen auf, und es gibt so viele Auslegungen, dass man, o König, erkennen muss, dass man in Wirklichkeit nichts daraus schließen kann.«

Da erhob sich Melchior und sagte:

»Geht in Frieden und führt eure Studien fort. Ich werde weiterhin fragen, zuhören und warten.«

Im Monat darauf versammelten sich im königlichen Palast die Schriftgelehrten.

Melchior legte ihnen die Zweifel und Auslegungen der

Historiker vor, und dreißig Tage lang widmeten sich nun die Schriftgelehrten dem Text.

Am dreißigsten Tag, als es Abend wurde und alle im Kreis saßen, der steinerne Tisch mit der Tontafel in der Mitte, erhob sich Ken-Hur und sagte:

»Eine Dichtung erschließt sich nicht unmittelbar. Der Text, den wir vorliegen haben, ist allerdings ein Gedicht, und genau deswegen muss er als Metapher gelesen werden, die sich weder auf die Vergangenheit bezieht noch auf die Gegenwart und auch nicht auf die Zukunft der Welt, in der wir leben, sondern ausschließlich auf jene der Innerlichkeit eines Dichters, auf die Welt der Poesie, welche immer auf Kommendes und auf die Hoffnung gerichtet ist. Also erzählt dieser Text nicht von Tatsachen, sondern versinnbildlicht allein den schöpferischen Geist des Menschen.«

Dann sprach Amer und sagte:

»Der Text ist ein Gedicht, und deswegen steht es am Rand des Erlebten. Ein Gedicht bezieht sich nicht auf das, was ist, sondern vielmehr auf das, was nicht ist. Die Natur ist nämlich eine Schachtel voller Dinge, der ein Dichter nur das entnimmt, was dort nicht ist.«

Da stand Amers Bruder auf und erklärte:

»In einem Gedicht dürfen wir nicht nach dem Sinn suchen, denn das Gedicht steht für sich und für seinen eigenen Sinn. So ist der Sinn einer Rose ausschließlich die Rose. Ein Gedicht ist eine Abmachung der Worte, eine Balance der Silben, es hat ein sehr kompaktes Gewicht, strahlende Größe der Sprache, ein dichtes, makelloses Gewebe, das allein von sich selbst spricht und wie ein Kreis seinen eigenen

Raum definiert, in dem nichts weiter mehr Platz findet. Das Gedicht hat nichts zu bedeuten, sondern erschafft.«

Und zum Ende der Diskussion erhob sich Melchior und sagte:

»Ich danke euch für eure Worte. Ich werde weiter suchen, zuhören und warten.«

Da zogen sich die Schriftgelehrten zurück, und der König blieb allein im Hof vor der Tontafel stehen und lauschte dem Rauschen des Wassers und dem Anbruch der Nacht.

*

Im Monat darauf versammelten sich im Palast die Gelehrten der Wissenschaft. Melchior erläuterte ihnen die Zweifel der Historiker und der Schriftgelehrten, und auch die neue Versammlung tagte dreißig Tage lang.

Am dreißigsten Tag stand Kish auf und sagte:

»Die unwissenden Massen verneigen sich vor den Götzenbildern, aber diejenigen, die meditieren, erkennen die Einzigartigkeit des Universums. Auf welchen Erlöser sollen wir hoffen? Das Universum ist wie eine gut eingestellte Maschine, die ohne Anfang und Ende langsam durch Zeitalter und Epochen kreist. In den Sternbildern, Monden, Dreiecken und Kreisen werdet ihr die Gesetze der Zahlen erkennen, die sich erfüllen und unweigerlich erfüllen werden. Welche Erlösung soll zu erwarten sein?«

Anschließend sprach Maro und sagte:

»Die Götter, die es mal gab, sind lange schon ausgestorben, und das, was wir anbeten, ist nur noch die Asche des Göttlichen. Welcher Mensch hat denn heutzutage noch einen Engel gesehen? Wo ist der, der mit eigenen Augen aus Fleisch und Blut Worte von Isis oder Assur gehört hat? Wir leben in einer verwitweten Zeit, und alles ist blind und taub. In einer Welt des Unrechts und der Unordnung versuchen wir zu überleben wie gejagte Tiere. Unsere Bande zum achtsamen Universum ist zerrissen. Da können wir mit der Faust auf den Boden schlagen, den Kopf voller Anbetung in den Staub werfen. Niemand wird antworten. Der Blick, der uns sah, ist erblindet, und das Gehör, das uns zuhörte, ist verdorrt. Es ist uns alles fremd wie ein Ort, der uns nicht mehr kennt, und der Glanz der Gestirne funkelt ungerührt auf unsere Traurigkeit. Wer will von einem Stern erwarten, dass ihn etwas bewegt?«

Dann sprach Tot und sagte:

»Wir sind geboren, um zu sterben. Unsere ganze Hoffnung wird sich in Asche auflösen. Wo ist der Mensch, der nie starb? Sogar Alexander, Sohn des Amun, der sein Reich von Ägypten bis ans Reich des Poros ausdehnte, starb elend in den Palästen von Babylon. Und dennoch schien etwas Göttliches von seiner Jugend auszugehen, und seine Vollkommenheit war so groß, dass sie niemand als sterblich betrachten konnte. Wer mochte glauben, dass sein Leib, so ebenmäßig und glatt wie eine Säule, je sterben würde, seine scharfe Intelligenz, rein wie die Sonne, sein klarer Blick, in dem sich alles vereinfachte, sein Gesicht, strahlend wie eine Standarte, und seine unbesiegbare Fröhlichkeit? Alexander, Prinz von Makedonien, Sohn des Amun, Quell der Begeisterung aller Völker, führte die Geschicke der Menschen an ihre äußersten Grenzen, so weit, dass in ihm alle zu erkennen glaubten, dass die Natur des Menschen den Zustand des

Göttlichen erlangt habe. Doch Alexander starb im dreiunddreißigsten Jahr seines Lebens, auf der Höhe seiner Kraft und Glorie, auf dem strahlenden Höhepunkt seiner Jugend. Und damit sagten die Götter uns, dass ein Mensch nie sein Schicksal zu überwinden vermag, und dieses Schicksal ist die Bestimmung zum Tod. Deswegen, König, was soll man erwarten? Nichts kann den Zustand des Menschen verändern, und für Hoffnung ist darin kein Platz.«

Als die Denker sich zurückgezogen hatten, stand Melchior von seinem Thron auf und ging zu dem Tisch aus Stein. Zwischen den riesigen Säulen, die den Innenhof umgaben, wirkte die Tontafel besonders zerbrechlich und winzig. Aber der König berührte die fast unlesbar gewordenen Buchstaben mit der Stirn.

*

In dieser Nacht stieg Melchior, als der Mond hinter den Bergen verschwunden war, auf die Terrasse und sah, dass am östlichen Himmel ein neuer Stern stand.

Die Stadt schlief, dunkel und still, in Gassen und verwinkelte Treppen gehüllt. Auf der großen Prachtstraße der Tempel war niemand mehr unterwegs. Nur in der Ferne war von den Mauern her das Rufen der Wachsoldaten zu hören.

Und über die Welt des Schlafs, den verwinkelten Schatten der Träume, in denen die Menschen sich tastend verirrten wie in einem dichten, feuchten, schwankenden Labyrinth, ließ der Stern jung, flackernd und strahlend seine Heiterkeit leuchten.

Und Melchior verließ noch in dieser Nacht den Palast.

Balthasar

König Balthasar liebte die kühle Luft in den Gärten und lächelte beim Anblick seines ebenholzfarbenen Antlitzes im klaren Wasser der Brunnen.

Und er liebte die Freude, den Betrieb, die Üppigkeit der Bankette, und oft gingen seine Feste bis Tagesanbruch.

Doch eines Nachts, als sich alle anderen schon zurückgezogen hatten, blieb der König im Saal zurück, allein nur mit einem jungen Sklaven, der Flöte spielte.

Es erschien ihm, als zeichnete die Melodie in der Luft die Umrisse eines leeren Raums.

Da wurde ihm das Herz schwer vor Traurigkeit, und Balthasar dachte: »Ob ich mich wohl eines Tages vom Leben zurückziehen werde, wie ein satter Gast sich von einem Festmahl verabschiedet? Oder werde ich weiter denselben Durst, denselben Hunger, denselben Wunsch nach bestimmten Augenblicken und Tagen haben?«

Mit diesen Gedanken ging er durch die Tür des Salons in den Garten hinaus. Im unentschlossenen Licht des anbrechenden Morgens wirkte der Garten wie in der Schwebe. Das Zwielicht verwischte die deutlichen Linien der Brunnen und löste die Umrisse der Büsche auf.

Lang schlenderte Balthasar zwischen Blumen und Palmen umher, bis die Sonne aufging. Als schon Morgen war, kam er an eine kleine Terrasse am äußersten Ende des Gartens. Er beugte sich über das Geländer und sah auf der anderen Seite der schmalen Gasse einen jungen Mann an einer Wand lehnen und ihn beobachten.

Balthasar stutzte, als hätte das Antlitz des anderen ihn ins Gesicht geschlagen. Als wäre das Gesicht dieses anderen auf einmal sein eigenes. Oder als hätte er zum ersten Mal in seinem Leben das Gesicht eines anderen Mannes gesehen.

Was ihn am meisten an diesem Gesicht erstaunte, war dessen Offenheit, die nackte Offensichtlichkeit. Als hätte alles Zeremoniell des Lebens in diesem Gesicht seine Maske abgelegt, und die Wirklichkeit zeigte darin nun unverschleiert die Trostlosigkeit, den offensichtlichen Schmerz, die Umstände des Menschen.

Es war das Gesicht eines jungen, schlanken Manns, in dem die hervorstehenden Knochen sich über Zweifel erhaben als Ideogramm des Hungers abzeichneten. Traurigkeit stieg aus dem hintersten Winkel seiner Erinnerung auf und blühte in voller Pracht an der Oberfläche seiner Pupillen. Duldsamkeit lag ihm wie Flugasche auf der Stirn, auf den Lippen, den Schultern. Und in dieser Duldsamkeit lag solche Sanftheit, dass Balthasar plötzlich den brennenden Wunsch spürte, zu weinen und sich selbst mit dem Gesicht in den Staub zu werfen.

Er fragte: »Wer bist du?«

»Ich habe Hunger«, sagte der Mann leise.

»Komm herein«, sagte Balthasar. »Ich lasse dir die besten Früchte vorsetzen, das beste Fleisch, den besten Wein. Ich werde anordnen, dass man dir die Füße mit duftendem Wasser in einer goldenen Schüssel wäscht. Ich werde befehlen, dich in Purpur zu kleiden. Ich werde meine Musiker zu deiner Unterhaltung die schönsten Melodien spielen lassen. Ich werde die Zitherspielerin für dich kommen lassen. Ich werde dir eigenhändig den wertvollsten Teppich zu Füßen legen und mich zu dir setzen, um deine Einsamkeit zu zerstreuen, und werde mir deine Worte anhören, damit du teilhaben kannst an der Freude, und die Brunnen und Gärten meines Palasts sollen deine Traurigkeit zerstreuen.«

Doch der Mann erschrak, als er die Worte hörte. In dem schwarzen Gesicht auf dem weißen Glanz der Terrasse erkannte er voller Schrecken das Gesicht des Königs. Und dachte:

»Weh mir! Wozu ruft mich der König? Ich habe seinen Palast angeschaut, und das ist gewiss ein Verbrechen. Besser, ich fliehe, bevor die Wachen kommen.«

Denn der Mann wusste, wie alle, die arm sind, dass die Welt von Gesetzen beherrscht wird, die gegen ihn gerichtet sind und ihn verurteilen, und fürchtete deswegen jederzeit angeschuldigt und festgenommen zu werden, aus einem ihm nicht ersichtlichen Grund. Er bewegte sich in einem Land, das nicht seins war, und in dem für ihn alles Unsicherheit war und Angst.

Deswegen floh er, verschwand atemlos in den Winkeln der engen Gasse, ohne die Geste Balthasars wahrzunehmen, die ihn rief.

Im Palast sagte der König zu seinen Wachen:

»Geht und sucht in den Straßen nach einem mageren jungen Mann, der in Lumpen gekleidet ist und dessen Augen voll Traurigkeit und Geduld sind.«

Doch als es Abend wurde, kamen die Wachen zurück und sagten:

»Wir haben so viele Menschen in Lumpen gefunden, traurig und geduldig, dass wir den, den du suchst, unter ihnen nicht ausmachen konnten.«

Deswegen hüllte sich Balthasar am nächsten Morgen, nachdem er sich seiner Kleidung aus Purpur entledigt hatte, in einen Wollmantel und ging allein aus dem Palast, nach dem Mann suchen.

Er ging die engen, abschüssigen Gassen hinunter und durchstreifte, weit weg von den triumphalen Prachtstraßen, in denen der sanfte Wind die harten Blätter der Palmen rauschen ließ, geduldig die Armenviertel am Flussufer. Die Packer am Kai schauten mit ihren finsteren Gesichtern zu ihm auf, und der Mann, der Riemenschuhe verkaufte, ließ seinen müden Blick auf dem Antlitz des Königs ruhen. Er sah unter Lasten gebeugte Menschen, sah jene, die Karren zogen, langsam und geduldig wie Ochsen, sah jene, die Fußfesseln trugen, jene, die sich an den Mauern entlangdrückten, geräuschlos wie Schatten, sah jene, die schrien, die weinten, die wimmerten. Sah die, die allein waren, reglos und mit dem Rücken an der Wand, sprachlos, fragend, und auch die heiseren Stimmen der Straßen, die dumpfe Stille, und vor sich die gerade Straße des Schweigens. Sah die, die aus dem schmutzigen Flusswasser nur winzige Fische zogen. Sah jene, deren Gesicht von derselben Farbe ihrer Lumpen war, Hände wie Asche, Flugasche, die mit dem Wind verwehte. Sah den grünen Schatten, das Reich der Geduld, das grenzenlose Land der Trostlosigkeit, das Reich der Gedemütigten, die linke Seite des Lebens, das enterbte Vaterland, den Meeresgrund der Stadt.

*

Und am nächsten Tag ließ der König seine Minister zusammenkommen und sagte zu ihnen:

»Lasst meine Schätze verteilen und alle in den Lagerhäusern und Speichern zusammengetragenen Vorräte. Und gebt alles den Ausgehungerten und Bettlern.«

Als sie das hörten, zogen sich die Minister zur Beratung zurück. Nach drei Tagen kamen sie wieder und erklärten:

»Deine Schätze genügen nicht, um die Sklaven zu retten, und die Vorräte aus deinen Lagerhäusern reichen nicht, um die Hungernden sattzubekommen. Auch reicht deine Macht nicht, um die Ordnung in deiner Stadt umzukehren. Würden wir dem Folge leisten, was du befohlen hast, würden die Grundlagen dessen, was uns hält, ebenso bersten wie die Mauern, die uns beschützen. Dein Wunsch steht dem Wohl des Reiches entgegen.«

Und der König antwortete:

»Dann suche ich nach einem anderen Gesetz und nach einem anderen Reich.«

Da zogen sich die Minister zurück und flüsterten untereinander.

»Man sieht deutlich, dass er uns verrät.«

*

Am nächsten Morgen machte sich Balthasar auf den Weg zum Tempel aller Götter.

Und er las die in den Stein des ersten Altars gemeißelten Worte: »Ich bin der Gott der Mächtigen, und jenen, die mich anrufen, gebe ich die Kraft und die Herrlichkeit, dass sie niemals besiegt werden, sondern gefürchtet wie Götter.«

Der König ging weiter zum zweiten Altar und las:

»Ich bin die Göttin des fruchtbaren Bodens, und jenen, die mir huldigen, gebe ich Kraft, Überfluss und Fruchtbarkeit, und sie werden schön und glücklich sein wie Götter.«

Der König ging zum dritten Altar und las:

»Ich bin der Gott der Weisheit, und jenen, die mich verehren, gewähre ich flinken und feinen Verstand, klare Intelligenz und die Kenntnis der Zahlen. Sie werden das Handwerk und die Künste beherrschen und sich wie Götter der von ihnen geschaffenen Werke rühmen.«

Als er an den drei Altären vorbei war, fragte Balthasar die Priester:

»Sagt mir, wo ist der Altar des Gottes, der die Gedemütigten und Unterdrückten schützt, damit ich ihn anrufen und ihm huldigen kann.«

Nach langem Schweigen antworteten die Priester:

»Von diesem Gott wissen wir nicht.«

*

In der Nacht stieg König Balthasar, als der Mond hinter den Bergen verschwunden war, auf die oberste seiner Terrassen und sagte:

»Herr, ich habe gesehen. Ich habe das Fleisch des Leidens gesehen, das Antlitz der Demütigung, den Blick der Geduld. Wie kann jener, der diese Dinge gesehen hat, dich nicht sehen? Und wie soll ich ertragen, was ich gesehen habe, wenn ich nicht zu dir gelange?«

*

Der Stern zog sehr langsam den Himmel hinauf Richtung Osten. Fast unmerklich bewegte er sich, schien der Erde sehr nah zu sein. Er glitt in vollkommener Stille dahin, ohne dass sich auch nur ein Blatt bewegte. Schon immer. Dabei strahlte er eine Freude aus, eine einzigartige Freude ohne Makel, das nahtlose Kleid der Freude, die Unsterblichkeit, aus der Freude besteht.

Und Balthasar erkannte ihn sofort, denn er konnte kein anderer sein.

RAY BRADBURY

Das Geschenk

Es war ein Tag vor Weihnachten, und noch während die drei zum Raumschiff-Flughafen fuhren, machten Mutter und Vater sich Gedanken. Es war das erste Mal, daß ihr kleiner Sohn in den Weltraum flog, das erste Mal, daß er überhaupt in ein Raumschiff stieg, und sie wollten, daß alles vollkommen war. Als sie am Zolltisch das Geschenk für ihn zurücklassen mußten, das nur wenige Gramm schwerer war, als die vorschriftsmäßige Gewichtsgrenze erlaubte, und auch den kleinen Baum mit den weißen Kerzen, fühlten sie sich um die ganze Weihnachtsfreude und um die eigene Liebe betrogen.

Der Junge erwartete sie im Abfertigungsraum. Während sie nach dem erfolglosen Zusammenstoß mit den interplanetaren Beamten auf ihn zugingen, flüsterten sie miteinander.

»Was sollen wir tun?«

»Nichts. Nichts. Was können wir tun?«

»Diese dämlichen Vorschriften!«

»Und er hatte sich so sehr einen Weihnachtsbaum gewünscht!«

Die Sirene heulte auf, und die Leute drängten sich in das Marsraumschiff. Mutter und Vater gingen schweigend am Schluß, ihren kleinen blassen Sohn zwischen sich.

»Ich werde mir schon etwas einfallen lassen«, sagte der Vater.

»Was ...?« fragte der Junge.

Das Raumschiff startete, und sie wurden kopfüber in den dunklen Weltraum geschleudert.

Das Raumschiff ließ Feuer zurück und die Erde, auf der man den 24. Dezember des Jahres 2052 schrieb; es schoß hinaus, dorthin, wo es keine Zeit gab, keinen Monat, kein Jahr, keine Stunde. Sie verschliefen den restlichen »Tag«. Um Mitternacht irdischer Zeit und nach den New Yorker Uhren wachte der Junge auf und sagte: »Ich möchte aus der Luke sehen.«

Es gab nur oben auf dem nächsten Deck eine Luke, ein ziemlich großes »Fenster« mit einer Scheibe aus ungeheuer dickem Glas.

»Jetzt noch nicht«, sagte der Vater. »Ich nehme dich später mit hinauf.«

»Ich möchte sehen, wo wir sind und wohin wir fliegen.«

»Ich möchte aber aus einem bestimmten Grund, daß du noch wartest«, sagte der Vater.

Er hatte wach gelegen, sich von einer Seite auf die andere gedreht und an das zurückgelassene Geschenk gedacht, an das bevorstehende Weihnachtsfest, den verlorenen Baum mit den weißen Kerzen. Endlich, vor fünf Minuten, hatte er sich aufgerichtet und glaubte nun einen Plan gefunden zu haben. Er brauchte ihn nur auszuführen.

»In genau einer Stunde ist Weihnachten, mein Sohn«, sagte der Vater.

»Oh«, sagte die Mutter, entsetzt darüber, daß er das Fest erwähnte. Sie hatte gehofft, der Junge würde es vergessen.

Das Gesicht des Jungen rötete sich wie im Fieber, und seine Lippen zitterten. »Ich weiß, ich weiß. Ich kriege doch ein Geschenk, nicht wahr? Bekomme ich einen Baum? Ihr habt mir versprochen …«

»Ja ja, du bekommst sogar noch mehr«, antwortete der Vater.

»Aber …«, begann die Mutter.

»Es ist mein Ernst«, sagte der Vater. »Du kannst dich darauf verlassen. All das und noch mehr, viel mehr. Entschuldigt mich jetzt. Ich komme gleich wieder.«

Er ließ sie ungefähr zwanzig Minuten allein. Als er wiederkam, lächelte er. »Gleich ist es soweit.«

»Darf ich deine Uhr halten?« fragte der Junge. Er bekam die Uhr und hielt sie an der Hand, während der Rest der Stunde in Feuer und Stille und unmerklicher Bewegung verstrich.

»Jetzt ist Weihnachten! Weihnachten! Wo ist das Geschenk?«

»Hierher«, sagte der Vater, faßte den Jungen bei der Schulter und führte ihn aus dem Raum, durch einen Flur und eine schräge Treppe hinauf; seine Frau kam nach.

»Ich verstehe nicht«, sagte sie immer wieder.

»Du wirst schon verstehen. Wir sind da«, sagte der Vater.

Sie blieben vor der Tür einer großen Kabine stehen. Der Vater klopfte dreimal und dann zweimal, ein Signalzeichen. Die Tür öffnete sich, das Licht in der Kabine erlosch, und man hörte Stimmen flüstern.

»Geh hinein, mein Sohn«, sagte der Vater.

»Es ist so dunkel.«

»Ich halte dich an der Hand. Komm, Mama.«

Sie traten in den Raum, die Tür schloß sich hinter ihnen, und der Raum war wirklich sehr dunkel.

Vor ihnen tauchte ein großes Glasauge auf, die Luke, ein Fenster, etwa einen Meter zwanzig hoch und einen Meter achtzig breit, durch das sie in den Weltraum hinausschauen konnten.

Der Junge erschrak.

Hinter ihm erschraken auch die Eltern, aber jetzt fingen in der dunklen Kabine ein paar Menschen an zu singen.

»Fröhliche Weihnachten, mein Sohn«, sagte der Vater.

Die Stimmen sangen die alten, vertrauten Weihnachtslieder. Der Junge ging langsam vorwärts und preßte dann sein Gesicht an das kalte Glas der Luke. Da stand er lange Zeit und schaute hinaus in den Weltraum, in die tiefe Nacht, in der zehn Milliarden hübsche weiße Kerzen brannten …

PETER BICHSEL

Das Fest des Dazugehörens

Weihnachtsgeschichten? Vielleicht ist auch das eine: Der Polizist kommt in den Kindergarten, um Verkehrsunterricht zu erteilen, und er fragt, ob denn jemand wisse, was ein Verkehrsteilnehmer sei. Selbstverständlich weiß es keines der Kinder, also begibt er sich, vermeintlich, auf ihr Niveau und sagt: »Es gibt so Dinger auf der Straße, die haben vier Räder und machen Brumm-brumm, wie sagt man denen?« – »Autos«, sagt einer. »Und dann gibt es auch solche mit zwei Rädern, die Brumm-brumm machen, wie sagt man denen?« – »Töff, Motorrad«, sagt einer. Und dann das Moped, das Fahrrad. Und jetzt sagt der Polizist: »Es gibt aber noch andere Verkehrsteilnehmer, die haben keine Räder, die stehen auf zwei Beinen und gehen auf ihnen, wie sagt man denen?« Und ein Mädchen antwortet: »Denen sagt man Grüezi, Grüßgott.«

Die Geschichte ist wahr und hat sich vor vielen Jahren in dem Schulhaus zugetragen, in dem ich damals unterrichtete. Ich finde es eine wunderschöne Geschichte, weil hier der kalten Vernunft des Gesetzes menschliche Wärme entgegengesetzt wurde. Der wunderschöne »Irrtum« des Mädchens hatte seine Ursache wohl darin, dass es annahm, dass der Polizist der Hüter des Anstandes sei und dass es eben anständig sei zu grüßen.

Ich grüße gern, und ich genieße es, im kleinen Ort zu wohnen, wo sich die meisten noch grüßen. Es heißt nicht nur, dass ich den anderen wahrgenommen habe, es ist auch ein gegenseitiges Zeichen des Dazugehörens. Gegrüßt werden und grüßen kann ein bisschen Wärme in einen grauen Tag bringen. Autofahrer haben kaum Gelegenheit dazu. Grüßen ist ein Privileg der Fußgänger.

Ein anderes kleines Mädchen, meine spätere Frau, war davon überzeugt, dass man die Polizisten nur freundlich grüßen muss, dann machen sie einem nichts – irgendwie eine Verwechslung mit dem Sankt Nikolaus und dem Schmutzli, und also auch eine Vorstellung von Anstand.

Oder wäre vielleicht das eine Weihnachtsgeschichte: An der Busstation steht ein Mann, durch und durch ein Schweizer. Nun kommen zwei kleine Buben, wahrscheinlich ausländischer Herkunft, auf ihn zu und fragen, ob er ihnen sagen könnte, welchen Bus sie nehmen müssten zum McDonald's. Der Mann geht zum Fahrplan, macht sich kundig und erklärt den beiden, welchen Bus sie nehmen müssten, nämlich den auf der anderen Seite der Straße, und wann er fährt. Die beiden bedanken sich und gehen über die Straße. Da bleibt einer stehen. Dreht sich um und kommt zurück, geht auf den Mann zu und fragt: »Sind Sie Albaner?« Das Dazugehören als Voraussetzung der Freundlichkeit. Weihnachten, das Fest des Dazugehörens.

Im Bus, mit dem ich täglich fahre, grüßt man Leute, die man immer wieder sieht, die Leute, mit denen man zusammen fährt. Außer morgens früh, wenn die Leute halb verschlafen zur Arbeit fahren. Ich fahre ganz selten so früh, und wohl deshalb fällt mir auf, wie unheimlich still es ist am Morgen im Bus. Auf der nächsten Station steigen zwei Behinderte ein, auch sie fahren zur Arbeit in einer geschützten Werkstatt. Sie steigen ein und sagen laut und deutlich: »Guten Morgen miteinander.« Die Schweigenden im Bus schrecken auf, wie wenn hier ein Überfall angekündigt würde.

Abends spät sitzt ein Mann mit Turban im Bus – er wohnt in meiner Nachbarschaft, schon seit zwei, drei Jahren. Er geht mit Rosen von Restaurant zu Restaurant. Ein schlechter Verkäufer, der kaum etwas sagt, kaum Deutsch kann, kaum lächelt, aber eine leichte Verbeugung andeutet, wenn ihm jemand das Geld für die Rose gibt. Ich habe ihn zwei Jahre lang immer wieder gegrüßt, und er hat meinen Gruß nicht erwidert. Einmal, als wir gemeinsam auf den Bus warteten, habe ich ihn auf englisch angesprochen, wir wechselten ein paar Worte. Seither grüßt er mich freundlich, legt seine Hand aufs Herz und nickt. Ich freue mich jedesmal, wenn er grüßt. Ich habe es damals fast nicht mehr ausgehalten, dass er nicht grüßte. Jetzt fahren wir endlich im selben Bus. Ich kenne ihn eigentlich nicht. Ich kenne weder seinen Namen noch seine Geschichte, und er kennt auch mich nicht. Aber wir nehmen uns nun gegenseitig wahr. Er ist jetzt da und ich auch. Wir haben fast nichts Gemeinsames – eigentlich nur diesen Bus. Das ist wenig, sehr wenig. Aber in einer kalten Dezembernacht ist es doch ein kleines Etwas.

Ich wünsche Ihnen ein frohes Fest des Dazugehörens.

Nachweis

Der Verlag dankt folgenden Rechteinhaber:innen für die Genehmigung zum Abdruck:

Adler-Olsen, Jussi (* 1950, Kopenhagen)
Kredit für den Weihnachtsmann. Aus: Karoline Adler (Hrsg.), *Schau, wie schön der Christbaum brennt*. Copyright © 2011 by dtv Verlagsgesellschaft, München. Aus dem Dänischen von Hannes Thiess.

Andersen, Hans Christian (* 1805, Odense – 1857, Kopenhagen)
Der Tannenbaum. Aus: *Die schönsten Märchen von Hans Christian Andersen*. Ausgewählt von Daniel Keel und Silvia Zanovello. Mit einem Vorwort von Egon Friedell und einem Nachwort von Walter Muschg. Copyright © 2005, Diogenes Verlag AG Zürich.

Auster, Paul (* 1947, Newark, New Jersey)
Auggie Wrens Weihnachtsgeschichte. Aus: ders., *Smoke / Blue in the Face. Zwei Filme*. Copyright © 1991, Rowohlt Verlag GmbH, Hamburg. Aus dem amerikanischen Englisch von Werner Schmitz und Gerty Mohr.

Bichsel, Peter (* 1935, Luzern)
Das Fest des Dazugehörens. Aus: ders., *Im Winter muss mit Bananenbäumen etwas geschehen. Geschichten für die kalte Jahreszeit*. Copyright © Insel Verlag Berlin 2021.

Bradbury, Ray (1920, Waukegan, Illinois – 2012, Los Angeles)
Das Geschenk. Aus: ders., *Medizin für Melancholie*. Copyright

© 1952 by Ray Bradbury. Copyright der deutschen Übersetzung © 1981, Diogenes Verlag AG Zürich. Aus dem amerikanischen Englisch von Margarete Bormann.

Breyner Andresen, Sophia de Mello (1919, Porto – 2004, Lissabon)
Die drei Könige aus dem Morgenland. Aus: dies., *Exemplarische Erzählungen.* Copyright © 2021 Elfenbein Verlag, Berlin. Aus dem Portugiesischen von Michael Kegler.

Calvino, Italo (1923, Havanna – 1985, Siena)
Die Kinder des Weihnachtsmanns. Aus: ders., *Marcovaldo oder Die Jahreszeiten in der Stadt.* Copyright © 1988 Carl Hanser Verlag GmbH & Co. KG, München. Aus dem Italienischen von Heinz Riedt.

Čechov, Anton (1860, Taganrog – 1904, Badenweiler)
An Weihnachten. Aus: ders., *Die Dame mit dem Hündchen. Späte Erzählungen 1897–1903.* Copyright © 2015, Diogenes Verlag AG Zürich. Aus dem Russischen von Peter Urban.

Daudet, Alphonse (1840, Nîmes – 1897, Paris)
Die drei stillen Messen. Aus: ders., *Œuvres complètes illustrées.* Copyright © Librairie de France, Paris 1930. Aus dem Französischen von Anton Friedrich.

De Crescenzo, Luciano (1928, Neapel – 2019, Rom)
Krippenliebhaber und Baumliebhaber (Titel von der Herausgeberin). Aus: ders., *Also sprach Bellavista. Neapel, Liebe und Freiheit.* Copyright © 1986, Diogenes Verlag AG Zürich. Aus dem Italienischen von Linde Birk.

Gorki, Maxim (1868, Nischni Nowgorod, Russland – 1936, Moskau)
Von einem Knaben und einem Mädchen, die nicht erfroren sind. Aus: ders., *Erzählungen.* Erster Band. Copyright © Aufbau Verlage GmbH & Co. KG, Berlin 1953. Aus dem Russischen von Amalie Schwarz.

Guggenheimer, Michael (* 1946, Tel Aviv)
Schöne Weihnachten. Aus: Charlotte Schallié, Margrit V. Zing-

geler (Hrsg.), *Globale Heimat.ch. Grenzüberschreitende Begegnungen in der zeitgenössischen Literatur.* Erschienen in der edition 8. Copyright © 2012, Michael Guggenheimer.

Hemingway, Ernest (1899, Illinois – 1961, Idaho)
Weihnachten in Paris. Aus: ders., *Reportagen 1920–1924.* Copyright © 1990, Rowohlt Verlag GmbH, Hamburg. Aus dem amerikanischen Englisch von Werner Schmitz.

Irving, Washington (1783, New York – 1859, ebd.)
Weihnachten. Aus: ders., *Gottfried Crayon's Skizzenbuch.* Erschienen 1968 im Winkler-Verlag München. Copyright der Übersetzung © Siegfried Schmitz. Aus dem amerikanischen Englisch von Siegfried Schmitz.

Lagerlöf, Selma (1858, Mårbacka, Schweden – 1940, ebd.)
Die Heilige Nacht. Aus: dies., *Geschichten zur Weihnachtszeit.* Nymphenburger in der F.A. Herbig Verlagsbuchhandlung GmbH, München, 1967. Aus dem Schwedischen von Marie Franzos.

Lee, Laurie (1914, Stroud, UK – 1997, Slad, UK)
Ein kalter Winterspaziergang auf dem Lande. Aus: ders., *Merry Christmas! Weihnachtsgeschichten von der Insel.* Zürich: Dörlemann 2022. Titel der Originalausgabe: *Village Christmas And other Notes on the English Year.* Reproduced with permission of Curtis Brown Group Ltd, London on behalf of the Beneficiaries of the Estate of Laurie Lee. Copyright © Laurie Lee. Copyright der Übersetzung © 2022 Dörlemann Verlag AG, Zürich. Aus dem Englischen von Manfred Allié.

Machado de Assis, Joaquim M. (1839, Rio de Janeiro – 1908, ebd.)
Die Weihnachtsmesse. Copyright © 1987, Diogenes Verlag AG Zürich. Aus dem brasilianischen Portugiesisch von Curt Meyer-Clason.

Mishani, Dror (* Cholon, Israel)
Neun Uhr bei ihm, acht bei ihr. Erstmals erschienen im Sep-

tember 2020 in der Zeitung Jedi'ot Acharonot. Copyright © 2020, Dror Mishani. Aus dem Hebräischen von Markus Lemke.

Mulot, Agathe (* 1991, Schwäbisch Gmünd)

Noemis Oma. Exklusivbeitrag für diese Anthologie. Abdruck mit freundlicher Genehmigung der Autorin. Copyright © 2023, Agathe Mulot.

Noll, Ingrid (* 1935, Shanghai)

Die Gans hieß immer Babette – Weihnachten in China. Aus: dies., *Falsche Zungen. Gesammelte Geschichten.* Copyright © 2004, Diogenes Verlag AG Zürich.

O'Connor, Frank (1903, Cork, Irland – 1966, Dublin)

Der Weihnachtsmorgen. Aus: *Irische Weihnacht.* Herausgegeben und übersetzt von Elisabeth Schnack. Erschienen 1977 im Arche Verlag. Titel der Originalausgabe: *The Holy Door and Other Stories.* Reprinted by permission of Peters Fraser & Dunlop (www.petersfraserdunlop.com) on behalf of the Estate of Frank O'Connor. Copyright © 1973, Frank O'Connor. Copyright der Übersetzung © 1977, Elisabeth Schnack. Aus dem Englischen von Elisabeth Schnack.

Paley, Grace (1922, New York – 2007, Thetford, Vermont)

Die lauteste Stimme. Aus: dies., *Die kleinen Widrigkeiten des Lebens. Storys.* Copyright © Schöffling & Co. Verlagsbuchhandlung GmbH, Frankfurt am Main 2013. Aus dem amerikanischen Englisch von Sigrid Ruschmeier.

Pérez Galdós, Benito (1843, Las Palmas – 1920, Madrid)

Der Ochse und der Esel. Erschienen 1979 in *Spanische Erzähler vom 14. bis 20. Jahrhundert*, herausgegeben von Albert Theile und Werner Peiser, im Manesse Verlag Zürich. Aus dem Spanischen von Gerda Theile-Bruhns.

Rolef, Franz (1832–?)

Weihnachten in Sevilla. Aus: ders., *Reisebriefe aus Spanien und Marocco (November 1883 bis April 1884). Ein Beitrag zur*

Kenntnis spanischer Zustände. Erstmals erschienen 1885 bei Druck und Verlag F. Dilger, Freiburg im Breisgau.

Smith, Zadie (* 1975, London)

Weihnachten bei Familie Smith. Aus: dies., *Sinneswechsel. Gelegenheitsessays*. Copyright © 2015, Verlag Kiepenheuer & Witsch GmbH & Co. KG, Köln. Aus dem Englischen von Tanja Handels.

Winterson, Jeanette (* 1959, Manchester)

Weihnachten in New York. Aus: dies., *Wunderweiße Tage. Zwölf winterliche Geschichten*. Copyright © 2017 Wunderraum Verlag, München, in der Penguin Random House Verlagsgruppe GmbH. Aus dem Englischen von Regina Rawlinson.

Erzählungen
Ausgewählt von Shelagh Armit und Marie Hesse
272 Seiten

Was gibt es Schöneres, als Weihnachten mit den Liebsten zu feiern? Das gemeinsame Kochen und endlose Weihnachtsessen, der Waldspaziergang mit der besten Freundin, ob auf dem Land oder mitten in Las Vegas – Weihnachten ist etwas Besonderes. Umso mehr, wenn es Wurst mit Lebkuchengewürz gibt, der Geist einer Hexe zu Besuch kommt und das Christkind den ersten Weihnachtsbaum erfindet. Mit Geschichten von Horst Evers, Zsuzsa Bánk, F. Scott Fitzgerald, Susanne Falk u. v. a.

21 Weihnachtslieder, gesammelt von Anne Diekmann,
unter Mitwirkung von Willi Gohl,
mit Zeichnungen von Tomi Ungerer
24 Seiten

Von ›Lasst uns froh und munter sein‹ über ›O Tannenbaum‹ und ›Ihr Kinderlein kommet‹ bis ›Stille Nacht, heilige Nacht‹ – alle klassischen Advents- und Weihnachtslieder, die man für das Fest braucht, mit Noten und Liedtexten. Zauberhaft illustriert von Tomi Ungerer.